Von Catherine Coulter
sind als Heyne-Taschenbücher erschienen:

Lord Deverills Erbe · Band 04/15
Liebe ohne Schuld · Band 04/45
Magie der Liebe · Band 04/58
Sturmwind der Liebe · Band 04/75
Die Stimme des Feuers · Band 04/84
Die Stimme der Erde · Band 04/86
Die Stimme des Blutes · Band 04/88
Jadestern · Band 04/96
Calypso · Band 04/104
Sherbrooke-Braut · Band 04/122
Die Satansbraut · Band 04/126
Karibische Nächte · Band 04/129
Mitternachtssonne · Band 04/135

CATHERINE COULTER

EIN EHRBARES ANGEBOT

Roman

Deutsche Erstausgabe

WILHELM HEYNE VERLAG
MÜNCHEN

HEYNE ROMANE FÜR »SIE«
Nr. 04/139

Titel der Originalausgabe
AN HONORABLE OFFER

Aus dem Amerikanischen
von Traudi Perlinger

4. Auflage

Printed in France 1997
Umschlagillustration: Elaine Duillo / Agentur Schlück
Umschlaggestaltung: Atelier Ingrid Schütz, München
Gesamtherstellung: Brodard & Taupin

ISBN 3-453-08113-7

Für meine Schwestern
Aniko, Ildiko, Leslie,
Ursula und Zita

KAPITEL 1

Mit jedem Schritt fiel Sabrina das Atmen schwerer. Sie legte ihre behandschuhte Hand an die schmerzende Brust, lehnte sich haltsuchend an eine alte, knorrige Ulme und spürte fröstelnd die rauhe Rinde an ihrer Wange. Einen Augenblick fühlte sie sich vor dem beißendkalten Dezembersturm beschützt, der erbarmungslos an den nackten Ästen des mächtigen Baumes rüttelte.

Bald würde aus den schweren grauen Wolken Schnee fallen. Der riesige, undurchdringliche Wald von Eppingham wurde ihr nun in der anbrechenden Dämmerung zur lebensbedrohenden Gefahr.

Sie zwang sich weiterzugehen, in der Hoffnung, die Orientierung nach Süden nicht verloren zu haben. Noch vor kurzem war sie ihrer Sache sehr sicher gewesen. Auch nachdem ihre Stute sich am Hinterlauf verletzt hatte, war sie zuversichtlich, rechtzeitig ihren Weg zu finden. Doch nun fürchtete sie, sich zu verirren, zumal das einsetzende Schneetreiben binnen kurzem jedes Erkennungszeichen verwischt haben würde.

Sie bückte sich, um sich von den Dornen eines Brombeerstrauches zu befreien, die sich an ihrem Umhang festgehakt hatten. Ein quälend trockener Husten brannte in ihrer Brust. Tränen tropften aus ihren Augen und liefen über ihre kalten Wangen. Sie wischte sich die Augen, und als ihr Blick sich wieder klärte, sah sie unwillkürlich Trevors Bild vor sich: seine feingeschnittenen Züge, seine hellgrünen, schrägen Augen unter den schweren Lidern. Er hatte sie belustigt gemustert. Es war so töricht von ihr gewesen, ihn in die langgezogene, düstere Gemäldegalerie im abgelegenen Ostflügel zu begleiten! Ein Schauer durchfuhr sie. Doch diesmal war es nicht die beißende Kälte, sondern das Grauen der Erinnerung.

»Zier dich nicht so, kleine Sabrina. Du bist ein raffiniertes Luder, und ich war bisher sehr geduldig. Gib zu, daß du mich begehrst.«

Der vergoldete Rahmen des Portraits ihres Urgroßvaters bohrte sich in ihre Schulterblätter. Sie konnte nicht weiter zurückweichen.

»Du vergißt dich, Trevor. Da du mein Schwager bist, will ich dir deine Unverschämtheit nachsehen.« Sie bemühte sich, streng und hochnäsig zu klingen. Doch das seltsame Funkeln seiner Augen machte ihr angst. »Um Himmels willen, denk doch an deine Frau.«

Er lachte rauh und griff nach ihr.

»Laß mich los. Hast du kein Ehrgefühl? Wie kannst du Elisabeth so etwas antun? In ihrem eigenen Haus?«

»Ihr Haus, mein Täubchen? Wenn der alte Herr in die Grube fährt, gehört das Haus mir, und alle seine Bewohner werden mich Lord nennen. Du weißt genau, daß ich dich lieber gehabt hätte, aber es sollte nicht sein. Du versagst mir deine Gunst doch nur, weil du neidisch auf deine Schwester bist. Sei zärtlich zu mir, Sabrina, und ich werde dir ungeahnte Lustgefühle bereiten.«

Sie hielt entsetzt die Luft an, als er sich an sie preßte und ihre Schultern streichelte. »Ich werde schreien, Trevor. Die Dienerschaft hört auf mein Wort, nicht auf deines.«

»Schrei, bis du heiser bist, Sabrina. Wenn ich dich liebe, tue ich es nicht in Hörweite der dummen Dienerschaft. Aber du zitterst ja, mein Liebes.«

Sein Gesicht war ihrem nun so nah, daß sie die winzigen Schweißperlen auf seiner Oberlippe sah. Seine Hände waren ihr immer zu weich, zu weiß erschienen, und er trug zu viele Ringe. Doch nun umkrallten diese Finger ihren Hals und drückten ihr die Kehle zu. Verzweifelt suchte sie sich zu befreien.

Seine Finger schlossen sich enger um ihren Hals, und sein Gesicht verschwamm ihr vor den Augen. Plötzlich ließ er sie los, ihre Lippen öffneten sich, um nach Luft zu ringen. Da spürte sie seinen Mund auf ihrem, seine Zunge drängte sich gierig zwischen ihre Zähne. Sie erstarrte vor Grauen, dann würgte sie an seiner Zunge und biß instinktiv die Zähne aufeinander.

»Du Miststück!« stieß er hervor und schlug ihr hart ins Gesicht und gleich darauf noch einmal.

Durch die Wucht der Schläge knallte sie mit dem Kopf gegen den Bilderrahmen. »Du bist ein böses, grausames Ungeheuer, Trevor!«

Ihre Beschimpfungen erheiterten ihn sichtlich. Die Röte wich aus seinem Gesicht, er lachte. »Stolze Frauen gefallen mir, Sabrina. Du bist eine Frau von wahrhaft aristokratischer Gesinnung. Ich frage mich, ob dein jungfräuliches Blut blau oder rot fließen wird, wenn ich dich nehme.«

Erst jetzt wurde ihr wirklich klar, daß er vorhatte, sie zu vergewaltigen. Vor Entsetzen stotterte sie: »Ich . . . ich sage meinem Großvater, wie gemein du bist, Trevor. Er wird dich töten lassen!«

»Du wirst dem alten Herrn kein Sterbenswort sagen, mein Täubchen. Andernfalls sorge ich dafür, daß dem siechen Greis bald das letzte Stündlein geschlagen hat. Nun aber Schluß mit dem Unsinn.« Er ließ seinen Blick in die Runde schweifen. »Es gefällt mir irgendwie, dich hier im Kreise deiner illustren Vorfahren zu besteigen. Findest du es nicht passend, Sabrina, daß ich, der Emporkömmling, mein Recht beanspruche? Es ist eine Ehre für dich, vom künftigen Graf von Monmouth entjungfert zu werden.«

»Du lüsterner Widerling! Der Gedanke, daß du mit den Eversleighs verwandt bist, macht mich krank.«

»Du machst mir wirklich Spaß, meine Liebe«, meinte er entzückt, während seine Augen über ihren Körper strichen. »Du hast viel mehr Temperament als deine fade Schwester Elisabeth.«

Sabrina schauderte und wehrte sich verbissen gegen ihn. Doch seine Finger gruben sich in ihre Schultern und drückten sie wieder schmerzhaft gegen den Bilderrahmen. Seine hellen Augen verengten sich. Plötzlich packten seine Finger den Kragen ihres Kleides und rissen ihn ruckartig nach unten. Das Mieder zerfetzte dabei unter seinen Händen. Namenloses Entsetzen packte sie, als sein Blick über ihre Brüste wanderte, die sich unter dem dünnen Stoff ihres weißen Unterkleides heftig hoben und senkten. Ohne einen klaren Gedanken zu fassen, warf sie sich gegen ihn und kämpfte verzweifelt mit einer Kraft, die sie sich selbst nie zugetraut hätte.

Er packte einen ihrer wütend auf ihn einschlagenden Arme und drehte ihn auf ihren Rücken. Ein greller Schrei entrang sich ihr, worauf er ihr den Arm noch weiter nach hinten drehte. Ihre Pein bereitete ihm sichtliches Vergnügen. Seine andere Hand krallte sich in den Spitzenbesatz ihres Unterkleides und riß ihn in Fetzen. Mit vor Gier glasigen Augen starrte er auf ihre nackten Brüste. »Mein Gott, bist du schön. Hör auf, dich gegen mich zu wehren, Sabrina, und ich werde dir beibringen, was Leidenschaft ist.« Er legte eine Hand auf ihre Brust und knetete sie brutal.

»Laß mich los!« schrie sie und entwand sich ihm wieder.

»Du mußt lernen, deinem Herrn und Meister zu gehorchen, meine Liebe. Schmerz und Lust liegen häufig eng beieinander. Auch in deiner sündigen Seele, Sabrina.«

»Ich verabscheue dich, du bist wahnsinnig!«

Seine Hand wanderte von ihrer Brust nach unten und griff durch den Stoff ihrer Röcke nach ihrer Scham.

»Nein!« schrie sie gellend in verzweifeltem Ekel.

Er gab ein häßlich wieherndes Lachen von sich. Seine Hände umfingen ihre Hüften, er hob sie hoch und schleuderte sie auf die Dielen des Parketts. Sein muskulöser Körper warf sich auf sie, sein hartes Geschlecht preßte sich gegen ihren Bauch. Sie wand sich verzweifelt unter ihm, vermochte sich jedoch nicht von ihm zu befreien.

Endlich gelang es ihr, ihm eine Hand zu entwinden.

Mit aller Kraft schlug sie ihm die Faust ins Gesicht und spürte klebriges Blut auf ihren Fingern.

Seine Gesichtszüge verzerrten sich zu einer zornigen Grimasse. Er schlug blindwütig auf sie ein, bis ihr schwarz vor den Augen wurde, nur durchzuckt von den grellen Blitzen ihrer Pein.

Plötzlich bäumte er sich mit stierem Blick über ihr auf, schlug noch einmal zu und fluchte laut. Dann brach er in tierisches Grunzen aus. »Verfluchtes kleines Luder«, lallte er und rollte seitlich von ihr herunter.

Durch einen Schleier aus Schmerz und Grauen sah Sabrina ihn neben sich auf dem Rücken liegen. Er atmete stoßweise, keuchend. Auf seiner engen, beigen Reithose bildete sich ein nasser, dunkler Fleck.

Sie schnellte auf die Füße und hielt ihr zerfetztes Kleid vor der Brust zusammen. »Du Schwein, du dreckiges, gemeines Schwein«, schrie sie. »Ich bringe dich um. Wenn du mich noch einmal anrührst, bringe ich dich um!«

Er blickte zu ihr hoch und betastete seine aufgesprungene, blutende Lippe; seine feingeschnittenen Gesichtszüge waren wieder entspannt und unter Kontrolle. »Du ... hast mich zu sehr erregt, Sabrina. Mir sind die Pferde durchgegangen. Schmerz und Lust, meine Taube, sind unentwirrbar und auf wundersame Weise miteinander verbunden. Ich werde dich besitzen, und niemand wird mich davon abhalten, am wenigsten du. Verschließ deine Türe nicht vor mir, sonst werde ich dafür sorgen, daß dein Schmerz größer ist als deine Lust.«

Sabrina schluckte schwer an ihren aufsteigenden Tränen, drehte sich um und floh aus der Ahnengalerie. Die Absätze ihrer Seidenschuhe begleiteten ihre Flucht wie ein unheimlich hallender Trommelwirbel.

Sie hörte die samtweichen Schritte eines Dieners und schmiegte sich in eine Mauernische, bis die Schritte sich entfernten. In ihrem Schlafzimmer angekommen, drehte sie mit bebenden Fingern den Schlüssel herum. Dann trat sie an den großen Spiegel neben dem Schrank aus

Nußbaumholz. Ihre Finger tasteten über ihr zerschundenes Gesicht. Sie starrte in ihre geschwollenen, tränennassen Augen und auf ihre geröteten Wangen. Lange stand sie so in wildem Zorn über ihre Ohnmacht und Hilflosigkeit.

Vor sechs Wochen erst war er aus Italien angereist, mit seinem gewinnenden, jungenhaften Charme, den er in erster Linie an Elisabeth versprühte. Sie dachte an seine Hände, diese weichen, blassen Frauenhände. Großvater hatte vor sich hingebrummt, Trevor sei nichts als ein verwöhnter, eitler Geck.

Großvater. Sabrina wandte sich vom Spiegel und setzte sich aufs Bett. Er war so krank. Wenn sie ihm sagte, Trevor habe versucht, ihr Gewalt anzutun, zwei Wochen nach seiner Hochzeit mit Elisabeth, würde er einen Tobsuchtsanfall bekommen. Sie unterdrückte ein Schluchzen. Ihr Großvater war zu alt und zu krank, um diese Nachricht zu verkraften. Sabrina erhob sich in einem plötzlichen Entschluß. Sie wollte mit Elisabeth sprechen. Gemeinsam würden sie entscheiden, was zu tun war. Sie benetzte ihr Gesicht mit kaltem Wasser, um die heißen roten Schwellungen zu lindern. Dann zog sie sich ein schlichtes Hauskleid an und machte sich auf den Weg zu Elisabeth.

Ihre Schwester saß in ihrem Schlafzimmer an einem zierlichen Schreibtisch, um sich schriftlich für die Hochzeitsglückwünsche zu bedanken.

»Laß uns allein, Mary«, befahl Sabrina der Zofe knapp.

Elisabeth richtete ihre hellblauen Augen fragend auf ihre Schwester, schwieg jedoch, bis das Mädchen das Zimmer verlassen hatte. Dann legte sie die Feder nieder und strich sich gewohnheitsmäßig eine helle Haarsträhne aus dem Gesicht und steckte sie in ihren Nackenknoten. »Was hat dein dramatischer Auftritt zu bedeuten, Bree?«

»Elisabeth, ich muß mit dir sprechen. Ich . . . ich weiß, was ich dir zu sagen habe, wird dich erschrecken, aber du mußt mir helfen. Wir müssen uns gegenseitig helfen. Es handelt sich um Trevor, Elisabeth ... er hat soeben versucht, mir Gewalt anzutun.«

Elisabeth hob eine helle Augenbraue und blickte zur Standuhr auf dem Kaminsims. »Aber Sabrina, es ist kurz nach zwei Uhr nachmittags.«

Sabrina starrte ihre Schwester verständnislos an, wollte den Spott in ihrer Stimme nicht wahrhaben. In wenigen schnellen Schritten war sie bei ihrer Schwester und legte ihr die Hand auf den Seidenärmel. »Hör mir bitte zu, Elisabeth! Für Trevor macht es keinen Unterschied, ob es Tag oder Nacht ist! Er bat mich, ihm die Ahnengalerie zu zeigen und dort ... Er ist gemein und grausam, Elisabeth! Er hat sogar gedroht, Großvater etwas anzutun, wenn ich ihm sage, was er von mir wollte. Du mußt mir helfen. Was sollen wir tun?«

Elisabeth schüttelte die Hand ihrer Schwester ab, als ekle sie sich vor ihrer Berührung. »Sabrina, ich dulde nicht, daß du solchen Unsinn redest. Du sprichst von meinem Ehemann und deinem Schwager. Bedeutet es dir so wenig, daß er nach Großvaters Tod der Graf von Monmouth sein wird?«

Sabrina trat unwillkürlich einen Schritt zurück. »Elisabeth, hast du mich nicht verstanden? Das ist kein Unsinn. Du mußt mir glauben. Trevor hat keinen Anstand. Er ist ein Wüstling. Er ist deiner nicht wert. Bitte sag mir, was sollen wir nur tun?«

Elisabeth lehnte sich in dem zierlichen französischen Stuhl zurück und schlug die Fingerspitzen leicht und rhythmisch gegeneinander. »Ich nehme an, du bist nach wie vor Jungfrau, Bree.«

Sabrina starrte mit großen Augen in das hochmütige, abweisende Gesicht ihrer Schwester.

»Sag schon, bist du es oder nicht?«

Tiefe Röte überzog Sabrinas Wangen. Hätte ihr Schwager nicht die Beherrschung verloren, wäre sie es jetzt gewiß nicht mehr. »Ja, Elisabeth, ich bin noch Jungfrau.«

Elisabeths Wimpern senkten sich über ihre zu Schlitzen

verengten Augen. »Meine liebe Schwester, du hast also mit Trevor geflirtet, und er, weiblichen Reizen nicht abhold wie alle Männer, hat dich nur zu gern in die Ahnengalerie begleitet. Und als du erkanntest, daß er auf dein leichtfertiges Spiel einging, bist du fortgelaufen.«

Sabrina schnappte hörbar nach Luft. »Um Himmels willen, Elisabeth, du kannst doch nicht glauben, was du da sagst. Das klingt, als hätte ich deinen Mann absichtlich verführen wollen. Ich sage dir, er ist lüstern und grausam. Ein gemeiner Kerl, dem an keiner von uns etwas liegt. Bitte, Elisabeth, du mußt mir helfen, um deiner selbst willen!«

Elisabeth erhob sich abrupt und baute sich drohend vor ihrer jüngsten Schwester auf. »Nun hör mir gut zu, du verwöhntes Balg! Jahrelang, schon bevor unsere Eltern starben, habe ich zugesehen, wie du dich bei Großvater eingeschmeichelt und ihn um den kleinen Finger gewickelt hast. Er hatte nur noch Augen für dich, er las dir jeden Wunsch von den Augen ab, und mich hat er kaum eines Blickes gewürdigt. O ja, Großvater gab nur zu gerne seine Einwilligung, daß ich eine Saison bei Tante Barresford verbringe, damit ich möglichst schnell einen Mann finde, weil er mich los sein wollte. Aber ich wußte immer, daß mein Platz hier ist, auch wenn du ständig versucht hast, meine Position und meine Rechte als Erstgeborene zu untergraben. Damit ist endgültig Schluß, Sabrina. Ich bin Trevors Frau. Und wenn der unselige alte Mann stirbt, bin ich Gräfin von Monmouth. Und von diesem Tag an, meine liebe Schwester, werde ich die uneingeschränkte Herrin sein, und du hast mir zu gehorchen!«

Sabrina zuckte unter dem blanken Haß zusammen, den sie im Gesicht ihrer Schwester erkannte. Sie hatte immer gespürt, daß ihre kühle Zurückhaltung eine bittere, verschlossene Einsamkeit überdeckte. Daß sie aber der Grund für Elisabeths Bitterkeit war, erfüllte sie mit Trauer und Bestürzung. Sie bemühte sich um Verständnis für ihre Schwester. »Elisabeth ... du muß erschöpft sein. Du hast Trevor doch nicht geheiratet, um Gräfin Monmouth zu werden.«

Die freudlosen fünf Jahre nach ihrem achtzehnten Geburtstag und ihre einzige Saison in London waren Elisabeth wie eine endlose, graue Ewigkeit erschienen. Fünf Jahre mußte sie zusehen, wie dieses frühreife Mädchen zur Frau erblühte. Mit tödlicher Ruhe sagte sie nun: »Ich habe genau das getan, was ich beabsichtigt hatte. Und du, Sabrina, hattest damit nie etwas zu tun und wirst nie etwas damit zu tun haben.«

Sabrina spürte, wie ihr die Angst die Brust zuschnürte. »Elisabeth«, flehte sie mit erstickter Stimme. »Trevor drohte, mir ein zweites Mal Gewalt anzutun. Sogar in meinem Zimmer! Er hat mir weh getan ... er ist nicht normal!«

»Halt den Mund!«

Sabrina starrte ihrer Schwester in die Augen. »Ich habe nie geahnt, daß du mich nicht leiden kannst, Elisabeth«, brachte sie schließlich hervor, und in ihr schwirrten die bösartigen Worte herum, die ihre Schwester ihr an den Kopf geschleudert hatte. »Ich habe dir nie weh tun wollen. Ich wußte nicht, daß meine Liebe zu Großvater ihn dir entfremdet hat. Du siehst das falsch. Wende dich nicht von mir ab, Elisabeth. Du bist meine Schwester, und ich möchte doch nur dich und mich vor diesem schrecklichen Mann beschützen.«

»Geh mir aus den Augen, Sabrina! Ich höre mir deine Lügen nicht länger an!«

Sabrina straffte die Schultern. »Wenn du mir nicht zuhören willst, sehe ich mich gezwungen, mit Großvater darüber zu sprechen.« Sie machte auf dem Absatz kehrt und ging rasch zur Tür.

Elisabeths Stimme klang schneidend scharf. »Wenn du die Frechheit besitzt, Großvater mit deinem schamlosen Geschwätz zu behelligen, werde ich ihm berichten, daß du dich in deiner maßlosen Eifersucht Trevor an den Hals geworfen hast und er dir eine Abfuhr erteilt hat! Überlege gut, was du tust, Schwester! Denk an deine verlorene Ehre! Von mir kannst du kein Erbarmen erwarten!«

Sabrina fühlte sich plötzlich wie eine verhaßte Fremde in ihrem eigenen Haus. Unschlüssig stand sie an der Tür und schaute ihre Schwester verzweifelt an.

Elisabeth schürzte ihre schmalen Lippen und sagte mit einstudierter Betonung: »Nein, Großvater würde dir nicht glauben. Und du kannst dir denken, was Trevor dazu sagen wird. Geh nur, Sabrina, geh zu Großvater. Du wirst im Handumdrehen seine Zuneigung verloren haben. Möglicherweise bringt deine ekelhafte Geschichte ihn sogar ins Grab. Möchtest du die Schuld an Großvaters plötzlichem Tod tragen?«

Sabrina schüttelte mechanisch den Kopf, immer wieder, unfähig Worte zu finden.

»Weißt du, Sabrina«, fuhr Elisabeth fort und musterte ihre Schwester kalt, »du hast hier eigentlich nichts mehr verloren. Wenn dir die Aufmerksamkeit meines Gemahls wirklich so große Sorgen bereitet, wäre es besser, du gehst.«

Sie bemerkte die flackernde Angst in den lebhaften Augen ihrer Schwester und wandte ihr abrupt den Rücken zu. »Geh«, sagte sie kalt, »deine Gegenwart widert mich an.«

Sabrina schluckte die Tränen hinunter, die ihre Mundwinkel erreicht hatten. Sie mußte sich zusammennehmen, mußte sich zwingen, die gräßlichen Ereignisse des Nachmittags zu verdrängen. Sie preßte die Hand an ihr Mieder und spürte einen Funken Zuversicht bei dem Gedanken an die drei Pfundnoten, die sie an der Brust trug. Damit konnte sie die Postkutsche nach London zu ihrer Tante Barresford bezahlen.

Sie wischte sich eine nasse Haarlocke aus der Stirn und schaute sich unruhig um. Sie war mit Sicherheit in die richtige Richtung gegangen. Lichteten sich die dichten Bäume nicht schon ein wenig? Es konnte nicht mehr weit sein bis Borhamwood und der Wärme und Geborgenheit des Gasthauses ›Zum Raben‹.

Wieder wurde sie von einem trockenen Hustenanfall geschüttelt, der ihr schier die Brust zu sprengen drohte. Sie sackte vornüber und krampfte beide Hände über der Brust zusammen. Ihr Atem ging schwer und rasselnd; sie wußte, daß sie krank war. Sie war Trevor entronnen, aber zu welchem Preis? Um alleine und verloren in diesem verhextem Wald zu sterben? »Ich will nicht sterben«, schrie sie in das unheimliche Heulen des Windes. Verzweifelt kämpfte sie sich durch das Gestrüpp; jeder Baum wurde zum Ziel, das es zu erreichen und hinter sich zu lassen galt. Hoffnung stieg wieder in ihr auf, denn sie glaubte erneut, der Wald vor ihr lichte sich. Eine unter Mooskissen versteckte Wurzel, die sich über den Waldboden schlängelte, wurde ihr zum Verhängnis. Sabrina sah sie, doch ihr Hirn leitete die Warnung nicht an ihre Füße weiter. Sie stolperte und stürzte mit dem Gesicht vornüber auf die gefrorene Erde. Benommen vom Sturz blieb sie liegen. Das weiche Moos wärmte sie und schien sie vor der scharfen Kälte des Windes zu schützen.

Ich bleibe nur ein wenig liegen, um mich auszuruhen, flüsterte ihr Verstand. Hier bin ich vor Trevor sicher. Es ist so warm. Ja, ich ruhe mich nur ein wenig aus.

KAPITEL 2

Phillip Edmund Mercerault, Vicomte Derencourt, zügelte seine braune Stute Tosha und versuchte sich in dieser abweisenden Wildnis zu orientieren. Dann fluchte er anhaltend und gotteslästerlich. Und am meisten verfluchte er Charles, diesen Dummkopf, der unfähig war, eine genaue Wegbeschreibung zu geben, ausgenommen möglicherweise den Weg zur Bond Street. Es gab weder einen Wegweiser zur Ortschaft Borhamwood noch war er an irgendeiner gottverdammten Bauernkate vorbeigekommen, wo er sich bei einer Tasse Tee hätte aufwärmen können. Er war ein Trottel gewesen, seinen Diener Dambler samt Kutsche und Gepäck alleine loszuschicken. Nun fror er erbärmlich, hatte Hunger und nur zweimal Unterwäsche zum Wechseln in seinen Satteltaschen. Zur Jagd gehen und vorweihnachtliche Festivitäten auf Schloß Moreland! Hah, ein verdammter Wunschtraum, fluchte er in sich hinein.

Er tätschelte Toshas glänzenden Nacken und stemmte ihr sanft die Fersen in die Flanken. In betont zuversichtlichem Ton redete er auf das Pferd ein: »Nun komm, Tosha. Wenn wir hier noch länger rumstehen, findet man uns bei der Schneeschmelze im März.«

Mit gefurchter Stirn überlegte er, ob er tatsächlich nach Norden ritt, denn der undurchdringlich dichte Wald gab ihm keinerlei Aufschluß. Tosha schnaubte plötzlich, und er gewahrte zu seiner Linken eine Hütte, die sich zwischen den hohen Bäumen zu verstecken schien. Er dirigierte Tosha herum, und der Gedanke an heißen Tee dämpfte seinen Zorn gegen Charles.

Bei näherem Hinsehen erwies sich die vermeintliche Hütte als einstöckiges Jagdhaus aus rotem Backstein, dessen Vorderseite bis unters Dach mit Efeu bewachsen war.

An der von zwei Steinsäulen begrenzten Haustür schwang er sich aus dem Sattel, betätigte vernehmlich den Türklopfer und trat sich die kalten Füße warm.

Mißmutig brummte er weitere Flüche, als sich auf sein Klopfen nichts rührte. Das Haus war allem Anschein nach unbewohnt. »Der Besitzer war wohl so vernünftig, dieser Wildnis bis zum Frühling zu entfliehen«, knurrte er mißmutig. »Tosha«, fuhr er fort und schwang sich wieder in den Sattel. »Ich verspreche dir einen extra Eimer Hafer, wenn du mich nach Moreland bringst, damit ich Charles eine tüchtige Tracht Prügel verabreichen kann.«

Phillip fingerte mit der linken Hand durch die weiten Stoffbahnen seines dicken Wintermantels nach seiner Taschenuhr. Es war kurz vor elf Uhr vormittags. Er spähte in den grauen Himmel und führte Tosha wieder zurück auf den schmalen, zerklüfteten Weg.

Sein pelzgefütterter Mantel vermochte nicht den schneidenden Wind abzuhalten, der ihm bis in die Knochen fuhr. Fröstelnd stellte er den Pelzkragen hoch und zog den Kopf zwischen die Schulterblätter.

Was als amüsanter Ausflug aufs Land begonnen hatte, wurde rasch zu einer höchst unangenehmen Begegnung mit den gnadenlosen Naturgewalten eines Yorkshire-Winters. Er sehnte den sauertöpfischen Dambler herbei, dessen schmaler Mund wie in ewiger Trauer nach unten gezogen war. Doch sein Diener hätte mit Sicherheit eine köstliche Tasse dampfenden Tees für ihn bereit gehabt.

Eine Schneeflocke ließ sich auf seinem Nasenrücken nieder. Er kroch noch tiefer in seinen Mantel und trieb Tosha an. An einer Weggabelung hob Phillip erneut sein mißmutiges Gesicht in den grauen Himmel. Er hatte nicht die leiseste Ahnung, in welche Richtung er reiten sollte. Also fingerte er eine Münze aus seiner Westentasche und überließ dem Schicksal die Entscheidung. Kopf oder Zahl. Achselzuckend lenkte er Tosha weiter nach links.

Es schneite bald heftiger, und Tosha, die das unwirtliche Wetter ebensowenig ausstehen konnte wie ihr Herr, verfiel schnaubend in eine schnellere Gangart.

Der Vicomte verdrängte die Gedanken an die widrigen gegenwärtigen Umstände und dachte an seine träge, sinnliche Geliebte Martine. Als er ihr eröffnete, er beabsichtige eine Reise in den Norden, um an einigen vorweihnachtlichen Festen auf dem Land teilzunehmen, hatte sie sich auf die Ellbogen gestützt, ihm ihr üppiges Dekolleté präsentiert und mit einem lasziven Gurren gemeint: *»Ah, mon grand chou, tu préfères les elements d'hifer à moi!«* Er grinste und hätte auf der Stelle einen Großteil seines weltlichen Besitzes dafür gegeben, jetzt nackt und wohlig in ihrem großen Bett zu liegen, umfangen von ihrem weichen, wohlduftenden Körper.

Der Schneefall war nun sehr dicht geworden, und der Vicomte brachte Tosha erneut zum Stehen, um sich zu orientieren. Die dünne, weiße Schneedecke lenkte seine Aufmerksamkeit auf einen großen, dunkelblauen Fleck auf der Erde. Er verengte die Augen gegen das gleißende Weiß und wischte sich den geschmolzenen Schnee vom Gesicht.

»Was zum Teufel ist das?« brummte er und lenkte Tosha vom Weg ab in den Wald. Dann zügelte er das Pferd und starrte verblüfft auf einen dunkelblauen Samtumhang, der eine reglose Frauengestalt bedeckte.

»Guter Gott, eine Frau!« Er sprang aus dem Sattel und kniete neben der Gestalt nieder. Vorsichtig drehte er sie um und blickte in das Gesicht eines jungen Mädchens. Sie war so bleich wie der Schnee, auf dem sie lag, und ihre Lippen waren vor Kälte blau. Zwei Schürfwunden zogen sich über ihre Wange, das Blut mit Schmutz und Schnee vermischt. Eine dunkle Haarlocke hatte sich aus der Kapuze ihres Umhangs gelöst und klebte ihr als nasse Strähne im Gesicht.

Der Baron streifte einen Lederhandschuh ab, seine Hand glitt in den Umhang und tastete nach ihrer Brust. Sie lebte, doch ihr Atem ging rasselnd, und er vermochte sie nicht zu wecken. In Polen, vor drei Wintern, nach dem Rückzug der Franzosen aus Rußland, war er zahllosen Fällen von schwerer Unterkühlung begegnet. Er wußte nur zu gut, daß sie meist in einer lähmenden Starre, gefolgt vom sicheren Tod endete. Rasch hob er die Fremde hoch und hüllte sie in seinen Mantel. Trotz ihrer durchnäßten Kleidung war sie federleicht.

Ihm war klar, daß er ohne die bewußtlose Frau nicht weiterreiten konnte. Aus dem Schneetreiben wurde jetzt ein wütender Schneesturm. Das Jagdhaus war die einzige Rettung. Dort würden sie wenigstens ein trockenes Dach über dem Kopf haben.

Er drückte die Bewußtlose an sich und spornte Tosha an. »Das Leben wird reichlich kompliziert«, murmelte er zwischen die gespitzten Ohren seiner Stute.

Vor einem kleinen Stall neben dem Jagdhaus schwang Phillip sich aus dem Sattel und führte Tosha hinein. Das Mädchen hielt er in der Beuge seines rechten Arms. Behutsam legte er sie im Heu ab, nahm Tosha Sattel und Zaumzeug ab und warf ihr eine Pferdedecke über.

Die schwere Eichentür an der Vorderseite des Hauses war verriegelt wie nicht anders erwartet. Seine Stiefel knarrten im Schnee, als er rasch zur Rückseite des Hauses ging. Die Hintertür war weniger stabil. Er trat einen Schritt zurück, hob das rechte Bein und stieß seinen Stiefelabsatz krachend durch die Tür. Das bewußtlose Mädchen fest an die Brust gedrückt, betrat er eine kleine Küche.

Die zersplitterte Tür schloß er so gut es ging und rückte einen kleinen Tisch davor, damit der Sturm sie nicht aufstoßen konnte. Die Küche machte einen recht wohnlichen Eindruck. Überall standen Dinge des Alltags auf Regalen und auf dem Küchentisch herum, ein sicheres Zeichen, wie Philipp hoffte, daß das Haus während des Winters nicht völlig verlassen war. Neben dem Kamin war ein hoher Stapel Holzscheite aufgerichtet. Ohne einen Blick in die Speisekammer zu werfen, war er dennoch zuversichtlich, dort genügend Eßbares zu finden, um nicht vor Hunger sterben zu müssen.

Er trug das Mädchen rasch durch die Küche, einen schmalen Flur entlang, warf einen flüchtigen Blick in ein kleines Eßzimmer und einen anschließenden Wohnraum. Sämtliche Möbel waren mit weißen Hüllen zugedeckt, um sie vor Licht und Staub zu schützen.

Er eilte eine gewundene Treppe hinauf. Am Ende des oberen Flurs öffnete er die Tür zu einem geräumigen Schlafzimmer und trug die Bewußtlose zu dem Baldachinbett in der Mitte des Zimmers, schlug die Decke zurück und legte sie in das Bett hinein. Geschickt befreite er sie von dem nassen Umhang. Ihr Kleid war ebenso naß wie der Umhang. Während er die vielen Haken und Ösen ihres Mieders öffnete, bemerkte sein geschulter Blick die Qualität und Verarbeitung des Kleides. Sie war kein Bauernkind, das stand jedenfalls fest. Beim Anblick ihrer Stiefel stutzte er. Sie trug Reitstiefel, ungeeignet für einen Waldspaziergang. Rasch zog er ihr Unterrock und Unterhemd aus und rollte ihre Strümpfe nach unten. Ohne ihren Körper zu beachten, steckte er sie unter die Decke und zog sie ihr bis unters Kinn hoch. Dann nahm er ihr langes, volles Haar, nicht weniger naß als ihre Kleidung, und breitete es auf dem Kissen aus, so daß es ihr bleiches Gesicht wie einen dunklen Strahlenschein umgab.

Behutsam legte er ihr die Hände auf Stirn und Wangen. Sie fühlte sich kalt an. Er wußte, wenn er sie erwärmen würde, würde das Fieber sie erhitzen und ihr vermutlich das Leben aus dem Körper brennen. So wie es Lucius verbrannt hatte, dachte er bekümmert, als die Erinnerungen auf ihn einstürmten. Lucius, sein französischer Halbbruder, der dem französischen Kaiser freiwillig in die wilden, unbekannten Steppen Rußlands und damit ins Verderben gefolgt war. Lucius war ein starker, robuster Mann gewesen, kein dünnes Häufchen Elend wie dieses junge Mädchen hier. Als er auf die reglose Gestalt blickte, sah er einen Augenblick Lucius' verwüstetes Gesicht vor sich, tief gezeichnet von den Monaten unmenschlicher Entbehrungen in Eis und Schnee.

Beinahe wütend steckte Phillip die Decke rings um den Körper des Mädchens fest. Er zwang sich, die schmerzlichen Erinnerungen loszuwerden, die ihn gelegentlich noch jetzt in seinen Träumen verfolgten. Wieder blickte er in das schmale, bleiche Gesicht mit den geschwungenen Lippen, die immer noch blau vor Kälte waren. Es war ihm nicht gelungen, Lucius zu retten, doch verflucht sollte er sein, wenn er dieses Mädchen sterben lassen würde.

Aus einem Schrank holte er einen Arm voll Decken und breitete sie über sie. Dann ging er in die Küche und holte Brennholz. Seine lässige Trägheit, für die er in seinem Freundeskreis bekannt war, war völlig von ihm abgefallen.

Er schichtete die Scheite in den Kamin und entfachte ein Feuer, das alsbald prasselnd die Kaminwände schwärzte. Nach einem Blick auf seine Patientin, die sich immer noch nicht rührte, ging er in den Stall, um nach Tosha zu sehen und sein Gepäck zu holen.

Mit hochgezogenen Schultern trottete er im dichten Schneetreiben zum Stall. Die Leute, die im Winter nach der Jagdhütte sahen, würden wohl kaum zurückkehren, solange der Schneesturm anhielt.

Beim Betreten des Stalles empfing Tosha ihn mit einem leisen Wiehern. Zu seiner Erleichterung entdeckte er einen bis oben hin mit Heu gefüllten Holzverschlag. Zumindest mußte er sich keine Sorgen um das Wohlergehen seines Pferdes machen. Er tätschelte Toshas seidigen Nacken, nahm die Satteltaschen an sich und machte sich eilig auf den Rückweg.

Im Schlafzimmer empfing ihn wohlige Wärme. Er holte seine Unterwäsche zum Wechseln aus den Taschen und legte sie sorgfältig über einen Stuhl. Dabei kam ihm der Gedanke, daß er ihr so etwas wie ein Nachthemd überziehen müßte. Er entfernte den weißen Schonbezug von einer Kommode und durchsuchte die Schubladen, fand aber nur Männerwäsche. Leider zu klein für mich, dachte er, während er einige Stücke inspizierte. In der untersten Schublade lagen zwei alte, abgetragene Morgenmäntel aus Samt.

Er setzte sich zu ihr ans Bett und legte ihr die Hand auf Stirn und Wangen. Ihre Haut fühlte sich etwas wärmer an, und in ihre Lippen war etwas Farbe zurückgekehrt. Doch sie war nach wie vor bewußtlos. Behutsam tastete er ihre Schädeldecke unter der schwarzen Haarfülle ab, ohne eine Beule oder Wunde zu entdecken. Dann entfernte er die Decken bis zur Taille und legte sein Ohr an ihre Brust. Ihr Atem ging schwer, begleitet von einem schleimigen Rasseln. Lucius' entzündete Lungenflügel hatten damals das gleiche böse Geräusch von sich gegeben. Er deckte sie weiter auf und tastete rasch ihre Gliedmaßen ab. Sie hatte keine Knochenbrüche. Nun kam etwas Bewegung in sie, sie machte den schwachen Versuch, die Arme über der Brust zu verschränken und begann heftig zu zittern. Er legte ihr behutsam die Arme an die Seite und zog ihr rasch den Morgenmantel an. Ihr zarter Körper ließ ihn schmunzeln. Sie paßte beinahe zweimal in das unförmige Ding. Er gürtete den Mantel um ihre Mitte, zog die Decken wieder bis an ihr Kinn hoch und tätschelte ihre Wangen.

Sie murmelte unverständliche Worte und drehte ihr Gesicht von ihm ab. »Komm schon«, drängte er und schüttelte sie. »Es ist Zeit, die Welt und mich anzusehen.« Er erinnerte sich nur zu gut an die Männer, denen die Kälte alle Lebensgeister geraubt hatte. »Verdammt noch mal! Tu, was ich dir sage!« schrie er sie deshalb an.

Er packte sie an den Schultern und rüttelte sie. Leise wimmernd versuchte sie die Hände gegen ihn zu erheben, hatte aber nicht die Kraft, um sich von den Decken zu befreien.

»Mach die Augen auf und sieh mich an«, befahl er und schüttelte sie wieder heftig.

Sabrina hörte aus weiter Ferne eine Stimme und zwang sich, die Augen zu öffnen. Sie gewahrte einen Mann dicht über ihr und wurde von Entsetzen gepackt. »Nein, bitte nicht, Trevor, laß mich los! Laß mich los!«

Phillip blickte in große, veilchenblaue Augen, umgeben von einem dichten Kranz schwarzer Wimpern. Er sah ihre Angst und murmelte beschwichtigend: »Ich bin nicht Trevor, und ich tue Ihnen nichts.«

Ihre Lider flatterten wie Schmetterlingsflügel. Die Männerstimme war ihr unbekannt. Sie bemühte sich, einen klaren Kopf und einen klaren Blick zu bekommen. »Sie sind nicht Trevor«, brachte sie heiser hervor.

»Nein, der bin ich nicht. Und von mir haben Sie nichts zu befürchten.«

Mit einem Mal spürte sie das bleierne Gewicht der Decken und versuchte sie abzuschütteln. »Bitte«, wimmerte sie leise. »Es tut so furchtbar weh. Ich krieg keine Luft.«

Phillip wußte, daß ihre Schmerzen nicht nachlassen würden. »Sie werden keine Erleichterung verspüren, wenn ich die Decken wegnehme. Können Sie mich hören?«

Sie kämpfte weiter, und Phillip hielt behutsam ihre Hände fest. »Nein, Kleines, ich muß Sie warmhalten. Ich weiß, das Atmen ist sehr schmerzhaft, aber Sie dürfen sich nicht gegen mich wehren.« Er dachte an die Worte, die er vor langer Zeit zu Lucius gesagt hatte und wiederholte sie nun laut. »Atmen Sie tief durch. Ich versuche Ihnen zu helfen.«

Sie nickte matt und schloß die Augen. Er holte ein paar Handtücher aus dem Wäscheschrank und legte sie vor den Kamin. Nach wenigen Minuten nahm er das obere Handtuch hoch, das beinahe zu heiß war, um es anzufassen.

Er schlug die Decken zurück, öffnete den Morgenmantel und entblößte ihre Brust. »Es wird einen Augenblick weh tun«, sagte er sanft. »Aber danach werden Sie leichter atmen können.« Sie stöhnte auf und versuchte ihn abzuwehren, als er das heiße Handtuch auf ihre Brust legte.

Er hielt ihre Hände fest, schloß den Mantel und deckte sie wieder zu. Sie wimmerte vor Schmerz, Tränen benetzten ihre Wimpern.

Er ließ ihre Hände los. »Es tut mir leid«, sagte er weich. »Aber ich muß es tun.« Dann versuchte er sie abzulenken.

»Wie heißen Sie?«

Sie holte rasselnd Luft und flüsterte: »Bree.«

»Brie ist ein französischer Käse. Ihre Eltern müssen einen merkwürdigen Sinn für Humor gehabt haben.«

Sie lächelte schwach. »Bree ist mein Kosename, die Kurzform von Sabrina.«

»Das klingt weitaus ansprechender als französischer Käse. Ich heiße Phillip.«

»Phillip«, wiederholte sie schwach. Erstaunt stellte sie fest, daß der Schmerz in ihrer Brust nachzulassen schien durch die Hitze, die das Handtuch an ihrem Körper verströmte.

Sie blickte in das Gesicht über ihr, ein junges Männergesicht mit regelmäßigen Zügen. Sie sah in seine Augen, bezwingende, haselnußbraune Augen, beinahe zu schön für einen Mann. Flüchtig wunderte sie sich, wer der Mann war, und warum sie bei ihm war, war freilich zu schwach, um eine Frage zu formulieren.

Phillip, dem ihr forschender Blick nicht entging, hätte gerne ihre Gedanken gelesen. Sie versuchte, ihm ihre Hände zu entziehen, und er gab sie frei. Dann hob sie eine Hand und betastete vorsichtig sein Gesicht. Er blickte sie weiterhin aufmerksam an. »Sie sind anders als Trevor«, sagte sie etwas töricht. Dann fiel ihre Hand geschwächt auf die Bettdecke.

»Ja, Bree, ich bin anders.« Er nahm erneut eine ihrer schmalen Hände und betrachtete ihre schlanken Finger.

Ein schmerzlicher Schatten flog über Sabrinas Gesicht. Sie drehte den Kopf auf dem Kissen zur Seite, um ihm ihre Schwäche nicht zu zeigen, vermochte allerdings nicht den trockenen Husten zu unterdrücken, der ihren Oberkörper vor Schmerz aufbäumen ließ.

Phillip erhob sich und holte ein zweites heißes Handtuch. Sie erschauerte, als er es auf ihre Brust legte und sie wieder zudeckte. Dann begab er sich auf die Suche nach einer Medizin, um ihre Schmerzen zu lindern. In einer Kammer am Ende des Flurs fand er in einer Hausapotheke Verbandszeug, Salben, Tinkturen und ein Fläschchen Laudanum, wie es in eine ordentliche Jagdhütte gehörte. Er träufelte einige Tropfen Laudanum in ein Glas Wasser und ging damit in Sabrinas Krankenzimmer.

Er schob einen Arm unter ihre Schultern und brachte sie zum Sitzen. »Hier, Bree, das lindert den Schmerz.«

Er zwang sie, langsam zu trinken, doch die Flüssigkeit löste einen weiteren erstickenden Hustenanfall aus. Er hielt sie im Arm, bis sie wieder zu Atem kam, dann setzte er das Glas erneut an ihre Lippen. Zwischen kurzen, keuchenden Atemzügen schaffte sie es, den Rest zu trinken. Phillip legte sie behutsam ins Kissen zurück, und sie lag still und wartete, bis der Schmerz nachließ.

Phillip stand sinnend vor ihr, ließ seine Augen über die schlanken Konturen ihres Körpers schweifen, und ein starker Beschützerinstinkt erfaßte ihn. Sie kann nicht älter als achtzehn sein, dachte er, eine junge Dame aus gutem Hause, dazu mit großer Wahrscheinlichkeit unverheiratet, da sie keinen Ring trägt. Wut gegen diesen Trevor stieg in ihm auf, denn der schien für ihr Leid verantwortlich zu sein.

Er strich ihr eine Locke ihres rabenschwarzen Haares aus der Stirn. Sie schien eingeschlafen zu sein. Ihre dichten Wimpern lagen reglos auf ihren bleichen Wangen. Eigentlich recht hübsch, dachte er ohne rechten Zusammenhang.

Phillip ließ die Schlafzimmertür offen, um zu hören, wenn sie aufwachte, und ging nach unten in die Küche. Mit leiser Wehmut dachte er an die Zeiten, als er mit den

Kameraden in Spanien am Lagerfeuer gesessen hatte, an dem sie Vögel und Wildkaninchen am Spieß brieten, um zu überleben. Damals hatte er gelernt, aus abgenagten Knochen Suppe zu kochen, und er hatte seinen Männern zugesehen, wie sie sogar Fladenbrot in heißer Asche buken. Doch das lag mehr als vier Jahre zurück. Seither hatte er keinen Gedanken daran verschwendet, woher seine nächste Mahlzeit kam. Er dachte an die köstlichen Speisen, die sein französischer Koch Dupin in London für ihn zubereitete und beschloß, dem Mann bei seiner Rückkehr mehr Lohn zu geben.

Zuversichtlich inspizierte er die Speisekammer neben der Küche. Mit Erleichterung stellte er fest, daß der Besitzer der Jagdhütte etwas von Vorratshaltung verstand. Von einem Haken an der Decke hing ein ganzer Räucherschinken. In gut verschlossenen Behältern gab es Mehl, Salz und Zucker, Zwiebeln, Karotten und getrocknete Erbsen und sogar einen halb gefüllten Holzbehälter mit getrockneten Äpfeln.

Phillip Edmund Mercerault, Vicomte Derencourt, band sich eine große, weiße Schürze um und machte sich daran, eine Suppe zu kochen. Er putzte und zerkleinerte Gemüse, schnitt eine dicke Scheibe Schinken in hübsche Würfel und gab alles zusammen mit einer Handvoll Erbsen in einen Topf. Dann schaute er sich suchend nach Wasser um. Da kein Wunder geschah, begab er sich mit einem zweiten Topf ins Freie, den er mit Schnee füllte. Kurze Zeit später stand er am Herdfeuer und blickte prüfend in seinen Suppentopf. »Du bist also im Grunde gar kein so nutzloser Kerl«, sagte er laut zu sich, legte die Schürze ab, wusch sich die Hände und begab sich wieder nach oben.

Leise trat er ans Bett und blickte zu Sabrina hinunter. Ihre Augen waren geschlossen; die Atemzüge kamen nun laut rasselnd. Er legte ihr wieder die Hand an die Wange, sie fühlte sich immer noch kühl an.

Sabrina spürte die leichte Berührung und zwang sich,

die Augen zu öffnen. Sie nahm wieder das Gesicht eines Mannes über sich wahr, und ein Stich der Angst durchfuhr sie. Doch dann kam die Erinnerung. »Phillip«, flüsterte sie.

»Ja, Sabrina«, hörte sie seine tiefe, beruhigende Stimme.

Einen Augenblick fand sie es merkwürdig, daß er ihren Namen kannte. Verschwommen erinnerte sie sich an ihre Flucht aus Monmouth Hall, daran, daß ihr Pferd sich den Hinterlauf auf dem gefährlichen bemoosten Boden verstaucht hatte, und an die eisige Kälte. »Mir ist kalt«, krächzte sie. Dann runzelte sie die Stirn, versuchte sich zu orientieren. »Ich bin nicht mehr im Wald.«

»Nein. Sie sind hier bei mir in Sicherheit. Bleiben Sie ruhig liegen, Bree. Ich kümmere mich um Sie.«

Woher er wohl ihren Kosenamen kannte, wunderte sie sich und kuschelte sich tiefer in die Decken.

Phillip holte ein weiteres Handtuch vom Kamin. Er mußte es ein paarmal in die Luft werfen, so heiß war es. Sie hielt den Atem an, als er es behutsam auf ihre Brust legte.

»In ein paar Minuten werden Sie sich vorkommen wie eine Scheibe verbrannter Toast.«

»Ich fühlte mich eher wie ein ausgehöhlter Laib heißes Brot«, röchelte sie. Sie spürte die sengende Hitze und zwang sich, ruhig liegen zu bleiben. Seine Finger berührten ihr Haar, und sie hörte ihn sagen: »Versuchen Sie, den Kopf möglichst still zu halten. Ihr Haar ist noch feucht.«

Sie schenkte ihm den Anflug eines Lächelns. »Ich glaube nicht, daß ich irgendeinen Körperteil bewegen kann«, flüsterte sie.

Er tätschelte ihre Schulter. »Versuchen Sie zu schlafen, Bree. Ich bin hier, wenn Sie mich brauchen.« Sie hielt die Augen geschlossen, und er erwartete auch keine Antwort. Phillip trat an ein kleines Fenster und zog die Vorhänge zurück. Draußen war nichts zu sehen außer dem wirbelnden Tanz der dicken Schneeflocken. Der Sturm trieb den Schnee gegen die Scheiben. Ein schiefes Grinsen verzog seine Lippen. Das Schicksal und Charles' unmögliche Wegbeschreibung hatten sein Leben drastisch verändert, zumindest für den Augenblick.

Der betagte Graf von Monmouth saß gekrümmt in seinem Stuhl und blickte seine Enkelin Elisabeth mit kaum verhohlener Verachtung an. Dann wanderte sein Blick zu seinem Großneffen und Erben, Trevor Eversleigh, dessen hochmütige, gutgeschnittene Gesichtszüge ihm keinerlei Aufschluß gaben. Obgleich der Körper des Grafen von der Gicht geplagt und verkrümmt war, klang seine Stimme fest und scharf. »Es sind nun zwei Tage vergangen, zwei Tage ohne ein Lebenszeichen, ohne eine Spur von Sabrina. Du weißt sehr gut, Elisabeth, daß sie ihr Elternhaus nicht ohne triftigen Grund verlassen würde.« Er zog ein zerknittertes Blatt Papier aus der Tasche seines Morgenmantels und wedelte damit in Elisabeths Richtung. »Und dieser Brief, den sie mir schrieb, gibt mir keinerlei Aufschluß. Was meint sie damit, sie kann nicht länger hierbleiben und muß zu ihrer Tante Barresford nach London?« Sabrinas Stute war gestern zum Schloß zurückgekehrt, mit einer Schwellung am Hinterlauf und von Dornengestrüpp blutig zerkratzt. Beim Anblick des Pferdes war ihm das Blut in den Adern gefroren. »Ich habe genug von deinen dummen Ausreden über ihre gedrückte Stimmung! Ich will die Wahrheit hören, Mädchen. Wenn ich bitten darf!«

Elisabeth stand hochaufgerichtet vor dem Grafen, eine gespensterhafte Erscheinung in ihrer Schlankheit; nervös verlagerte sie das Gewicht von einem Fuß auf den anderen. Was sollte sie diesem alten Tattergreis sagen, diesem strengen Despoten, in dessen Gegenwart sie sich nicht einmal setzen durfte? Aus ihrem ohnehin bleichen Gesicht war nun jegliche Farbe gewichen. Hastig wischte sie sich eine dünne, farblose Haarsträhne aus dem Gesicht, die sich aus ihrem Nackenknoten gelöst hatte.

»Vermutlich, Mylord«, warf Trevor ein und trat an ihre Seite, »möchte Elisabeth Ihnen nicht noch größeres Leid zufügen.« Er nahm ihre leblose Hand und drückte sie. »Komm, meine Liebe, wir dürfen es nicht länger verheimlichen. Du kannst deine Schwester nicht ewig schützen.«

Elisabeths Augen weiteten sich bei den Worten ihres Ehemanns; sie schüttelte kaum merklich den Kopf.

»Also, Mädchen, steh nicht da wie eine dumme Gans! Heraus mit der Sprache! Wenn du etwas über Sabrinas Fortgehen weißt, dann wirst du es mir jetzt auf der Stelle sagen!«

Seine Grobheit ermutigte Elisabeth. Mit leiser, aber fester Stimme begann sie zu sprechen: »Wie Trevor sagt, Großvater, möchte ich dir ungern weh tun. Doch wenn du darauf bestehst, die Wahrheit zu hören . . .« Sie hob die mageren Schultern und setzte hastig hinzu: »Wenn du es wissen willst, Bree ist eifersüchtig auf mich . . . und Trevor. Sie wollte ihn für sich haben.« Sie stockte. Kälte kroch in ihr hoch bei dem tiefen Knurren ihres Großvaters.

»Liebste«, ermunterte Trevor sie zärtlich, »Seine Lordschaft muß die ganze Wahrheit erfahren. Sprich weiter, ich bitte dich.« Seine Finger schlossen sich fester um ihre Hand, und sie mußte alle Kraft aufbringen, um nicht vor Schmerz aufzustöhnen.

Sie holte tief Luft. »Sie versuchte . . . sich Trevor an den Hals zu werfen, Großvater, ihn zu verführen, um ihn in deinen Augen zu kompromittieren, damit er gezwungen wäre, das Schloß und möglicherweise auch mich zu verlassen.«

»Was redest du für einen blühenden Unsinn! Dummes Geschwätz!«

»Nein, Großvater, ich sage die Wahrheit. Außerdem habe ich es selbst gesehen. Sie wollte meinem Gemahl das Portrait von Großmutter Camilla in der Ahnengalerie zeigen. Dort warf sie sich ihm an den Hals und wollte ihn dazu verführen, sie zu lieben.«

Elisabeth stockte wieder, und Trevor übernahm die Rede. Seine grünen Augen strahlten aufrichtig und klar. »Ich gab ihr zu verstehen, Mylord, so sehr ich sie auch schätze, möchte ich Elisabeth nicht betrügen. Sie wurde wütend und drohte mir, Ihnen zu sagen, daß ich ... ihr Avancen gemacht hätte. Zufällig stand Elisabeth in der Nähe und hörte alles mit.«

Der alte Graf senkte den Blick auf seine verkrümmten Finger. Im bleischweren Schweigen war in der Bibliothek nur das Knistern des Kaminfeuers zu hören. Die Gesichtszüge des Greises verzerrten sich vom Schmerz eines Gichtanfalls, und Elisabeth machte einen raschen Schritt auf ihn zu.

»Bleib mir vom Leib, Mädchen!« knurrte der Graf, und seine Augen funkelten böse. »Wollt ihr behaupten, Bree habe ihr Elternhaus fluchtartig verlassen, mir einen nichtssagenden Brief geschrieben, nur weil Trevor Eversleigh sie edelmütig abgewiesen hat?«

Trevor antwortete in aller Ruhe: »Das vermuten wir, Mylord. Vielleicht plagen sie ... Gewissensbisse wegen ihres Verhaltens, und sie fürchtete, es würde übles Gerede geben. Dabei müßte sie wissen, Mylord, daß ich als Gentleman über die Geschehnisse kein einziges Wort verlieren werde. Und wie ich Elisabeth kenne, hat sie ihrer Schwester bereits vergeben.«

Seine Finger schlossen sich erneut um Elisabeths Hand, und sie beeilte sich zu versichern: »Trevor hat recht, Großvater. Bree weiß, wie sehr ich sie liebe.«

»Ja, davon bin ich überzeugt«, sagte der Graf mit beißender Ironie. Er blickte durch die hohen Glasscheiben der Verandatür am Ende der Bibliothek. Draußen tobte der Schneesturm mit unverminderter Heftigkeit. Sabrina war nicht in Borhamwood angekommen, um von dort die Postkutsche nach London zu nehmen. Angst und Trauer schnürten ihm die Kehle zu wie damals beim Tod seiner Frau Camilla. Sabrina war Camilla so ähnlich, sie hatte die gleichen veilchenblauen Augen, eine Farbe, die er nie vergessen würde. Er zweifelte keine Sekunde an Sabrinas Unschuld. Ihr Ehrgefühl war ebenso ausgeprägt und standhaft wie sein eigenes. Eine Welle ohnmächtiger Wut durchflutete ihn. Vielleicht war Sabrina umgekommen, und er mußte sich die unverschämten Lügen von Elisabeth und Trevor anhören. Ohne seine Enkelin oder seinen Erben noch eines Blickes zu würdigen, befahl der Graf eisig: »Schickt mir Jesperson herein. Wenn es Neuigkeiten von Sabrina gibt, wünsche ich unverzüglich verständigt zu werden.« Mit einer unwirschen Handbewegung wies er die beiden aus dem Zimmer.

»Seien Sie versichert, daß wir Sie umgehend unterrichten, Mylord«, beteuerte Trevor in vollendeter Höflichkeit und verließ mit Elisabeth an der Hand die Bibliothek. Nachdem er die Flügeltüren geschlossen hatte, wandte er sich an seine Frau. »Bist du nicht dreiundzwanzig Jahre alt, meine Liebe?«

Auf ihr verblüfftes Nicken fuhr er mit samtweicher, spöttischer Stimme fort: »Und die kleine Sabrina ist achtzehn Jahre. Du hattest ganze fünf Jahre Vorsprung, meine Beste, um die Zuneigung des alten Herrn zu gewinnen, ehe sie das Licht der Welt erblickte. Du hast kläglich versagt.«

»Sie ist fort ... vielleicht für immer.«

»Möglicherweise braucht sie keine weltliche Zuwendung mehr.«

Elisabeths Lippen wurden zu einem schmalen Strich. »Hätte sie sich nicht benommen wie eine alberne Närrin. Sie kam zu mir, um dich bei mir anzuschwärzen. Sie erwartete, daß ich dich zur Rede stelle.«

»Nun, Elisabeth, du hast Sabrina seit jeher gehaßt. Daß sie sich nun als verführerische Hure entpuppt, ist doch ganz in deinem Sinn.«

»Wir beide wissen, daß das nicht stimmt«, sagte sie leise, und ihre Augen fixierten sein Gesicht.

»Selbst wenn ich erst seit zwei Wochen dein Gatte bin, erwarte ich von dir Loyalität und Gehorsam, meine Liebe.«

Elisabeths Stimme wurde noch leiser. »Ich verhalte mich dir gegenüber loyal, weil es in meinem Interesse liegt. Doch als künftige Gräfin Monmouth werde ich nicht zulassen, daß du den Namen Eversleigh in den Schmutz ziehst.«

Trevor betrachtete seine unscheinbare, fade Frau und fragte sich, ob sie je fähig wäre, vor Lust zu stöhnen. Seit der Hochzeitsnacht hatte er sie mit unerschütterlicher Höflichkeit behandelt und seine Fleischeslust unterdrückt. Die Zeit würde kommen, um ihr zu zeigen, daß er ihr Herr und Meister war. Unterdessen fand er ihre Versuche, ihn unter Kontrolle zu halten, eher erheiternd. Sie ahnte nicht einmal, daß die Autorität des alten Grafen ihn im Zaum hielt, nicht ihr geziertes Getue. War der alte Mann einmal unter der Erde, würde er genau das tun, wonach ihn verlangte.

Er schenkte Elisabeth ein gewinnendes Lächeln und sagte mit honigsüßer Stimme: »Ach liebste Gemahlin, Männer haben nun einmal schwache Seiten. Mach dir nur keine Sorgen — die einzige Frau, die ich wirklich liebe und begehre, bist du.«

Seine Worte verfehlten ganz und gar ihren Eindruck auf Elisabeth; sie hielt sie keiner Entgegnung für würdig. Sie blickte auf ihren Ehering mit dem großen Smaragd. Etwas, worauf sie stolz sein sollte, ein Symbol, von dem sie lange Zeit befürchtet hatte, es sei ihr für immer versagt. Dennoch war ihr der Ring fremd, beinahe so fremd wie vor zwei Monaten, als der Graf sie in die Bibliothek gerufen hatte, ihr den Ring in die ausgestreckte Hand legte und verkündete: »Du wirst heiraten, Elisabeth. Der Eversleigh Smaragd gehört nun dir. Ich bin davon überzeugt, daß du Gefallen an dem Mann findest, denn er wird nach meinem Tod Graf von Monmouth sein.«

Sie hatte ihn mit großen Augen und offenem Mund angestarrt.

»Trevor, mein Cousin?« brachte sie schließlich stockend hervor.

»Natürlich, Kind. Oder denkst du, der Titel geht an einen Fremden?«

Aber Trevor Eversleigh war ein Fremder. Elisabeth hatte ihn nur zweimal in ihrem Leben gesehen, als er zu Besuch aus Italien kam. Sie erinnerte sich an den schlanken, jungen Mann mit hellgrünen Augen und strohblondem Haar. Er hatte eine breite Stirn und eine gerade Nase, beides von klassischer Schönheit. Doch irgendwie war er ihr weich erschienen, sein Erscheinungsbild beinahe zu korrekt, und er trug zu viele Ringe an den Fingern.

»Nein, nein, natürlich nicht, Großvater«, beteuerte Elisabeth hastig. »Kommt er zu Besuch?«

»Natürlich. Wie könnte er dich sonst heiraten?« Ohne eine Antwort abzuwarten, wies er Elisabeth mit gebieterischer Geste an, auf dem Stuhl ihm gegenüber Platz zu nehmen. »Setz dich. Ich werde dir alles erklären.«

Der Graf hielt den Blick kurz auf seine Hände gesenkt, dann begann er: »Wie du weißt, Elisabeth, ist Trevor der Enkel meines jüngeren Bruders. Du wirst dich nicht an Trevors Vater erinnern. Vincent besudelte den Namen Eversleigh und floh mit einer geschiedenen Frau, einer Hure, auf den Kontinent. Ich möchte dir die Geschichten über das sündige Leben dieser Frau in Italien ersparen. Es genügt zu wissen, daß sie vor drei Monaten an Pocken erkrankte und eines grausamen Todes starb. Damals hat dein Cousin mir geschrieben. Ich habe nicht die Absicht, Trevor die Sünden seiner Eltern vorzuhalten. Er ist schließlich mein Erbe und der künftige Graf von Monmouth. Ich bin alt, Elisabeth. Ich wünsche, daß Trevor Eversleigh hier auf Monmouth Hall lebt, um zu lernen, was von ihm als künftigem Graf erwartet wird. Du sollst auch wissen, daß ich das Recht habe, das Vermögen der Eversleighs nach meinem Gutdünken zu verteilen. Ich habe Trevor davon unterrichtet, daß er das Vermögen erbt, wenn er dich zur Frau nimmt. Seine Antwort weist ihn als kühlen Rechner aus. Er ist bereit, hier auf Monmouth zu leben, zumindest bis zu meinem Tod.«

Elisabeth warf unsicher ein: »Aber ich erinnere mich nicht, daß Cousin Trevor mir Zuneigung entgegenbrachte, Großvater.«

»Unsinn! Ihr beide habt euch seit sechs Jahren nicht gesehen. Er wird bald achtundzwanzig, ist also ein erwachsener Mann. Und du wirst nicht jünger. Hör also auf mit diesem romantischen Geschwätz, Elisabeth. Er wird dich gut behandeln, darauf kannst du dich verlassen.«

»Ja, Großvater«, sagte Elisabeth und nickte gehorsam.

»Ich erwarte ihn nächste Woche. Dann findet die Hochzeit unverzüglich statt.«

Der Graf wandte sich ab, als habe sie bereits das Zimmer verlassen. »Du kannst jetzt gehen und über die glückliche Fügung deines Schicksals nachdenken. Schick Sabrina zu mir.«

Elisabeth verließ die Bibliothek mit einem Lächeln auf den Lippen. Obwohl sie ihren zukünftigen Ehemann kaum kannte, versetzte sie der Gedanke an ihre baldige Heirat in Hochstimmung. Sie hatte sich bereits als alte Jungfer gesehen, die keinen Mann abbekommt. In der Saison in London bei Tante Barresford hatten nur zwei Herren um ihre Hand angehalten, und beide hatten es eindeutig auf ihre Mitgift abgesehen. Endlich mußte sie sich keine spitzen Bemerkungen mehr über ihren ledigen Stand und keine kränkenden Vergleiche mit Sabrina anhören. Und obendrein, dachte sie, und ihre hellen Augen glänzten, würde sie bald Gräfin Monmouth sein.

Elisabeth spürte Trevors Finger, die ihre Schultern streichelten. Sie warf ihm ein zuversichtliches Lächeln zu. Ohne Anteilnahme überlegte sie, ob ihre jüngere Schwester umgekommen war.

»Ich fürchte um Brees Wohlergehen«, sagte sie laut zu Trevor und versuchte, seine Hand nicht zu beachten, die von ihren Schultern zu ihrem Busen wanderte. Ihre Worte hatten den gewünschten Effekt; er ließ von ihr ab.

»Ja, ich auch«, sagte er leise. »Es ist wirklich jammerschade, jammerschade.«

Der nachdenkliche Tonfall versetzte ihr einen ärgerlichen Stich. »Vielleicht«, meinte sie mit mühsam beherrschter Stimme, »hat sie Unterschlupf gefunden.«

»Ja«, sagte er gedehnt. »Vielleicht kommt sie schon bald zu uns zurück.«

»Falls sie zurückkehrt, versichere ich dir, Trevor, daß sie nicht lange bleibt.«

Phillip löste sein Halstuch, warf es über eine Stuhllehne und sank erschöpft in einen Sessel neben Sabrinas Bett. Mit einem argwöhnischen Stirnrunzeln beäugte er die Suppe, die er zubereitet hatte, zwang sich jedoch, die salzige Brühe mit dem verkochten Gemüse und den zähen Schinkenwürfeln zu essen. Danach stellte er den leeren Teller auf den Boden, lehnte sich zurück und schloß die Augen. Wie lang es wohl dauern würde, bevor Charles sich wegen seiner Verspätung Sorgen machte? Würde er nach ihm suchen lassen? Ein Grinsen zog seine Mundwinkel hoch. Daran zweifelte er erheblich. Die Herren würden vielmehr derbe Scherze über sein Ausbleiben machen und sich vor Lachen auf die Schenkel klatschen. Vermutlich würde man Wetten abschließen, daß er sich die stürmischen Wintertage und Nächte im warmen Bett einer Dorfschönheit versüßte. Eigentlich ein Jammer, dachte er, daß er ihre Spekulationen enttäuschen mußte.

Er blickte zu Sabrina, die sich unruhig im Schlaf bewegte, und dachte über ihre Herkunft nach. Die wenigen Worte, die sie bisher gesprochen hatte, waren keineswegs vom schweren Yorkshire Dialekt gefärbt. Er malte sich eine kalte, herrschsüchtige Stiefmutter aus und einen schwachen, lieblosen Vater. Aus welchem anderen Grund sollte ein junges Mädchen aus gutem Haus in eine Lage wie diese geraten?

»Nun, mein Kind«, sagte er an die schlafende Sabrina gerichtet, erhob sich und legte ihr die Hand wieder auf die Stirn. »Das werde ich früh genug herausfinden.« Mit dem nächsten Atemzug fluchte er leise vor sich hin.

Ihre Haut war heiß und trocken. Das Fieber hatte sie gepackt.

Der Zug um seinen Mund verhärtete sich, als er zusah, wie sie sich unruhig unter den vielen Decken wand. Dann öffnete sie plötzlich die Augen und versuchte wild die Decken abzuschütteln. Ihre Augen starrten glasig ins Leere. »Nein Großvater, das darfst du nicht! Mein armer Diablo. Nein!«

Phillip nahm ihre Schultern und drückte sie ins Kissen zurück. Sie starrte ihn mit blicklosen Augen an. Dann schlug sie gegen seine Brust. »Lassen Sie mich los. Hören Sie? Lassen Sie mich los!«

Sie schluchzte bitter, erstickte beinahe an ihren eigenen Tränen. Er nahm sie in die Arme und wiegte sie sanft. »Still, Bree«, beruhigte er sie und strich ihr das wirre Haar aus der Stirn. »Sie sind in Sicherheit, glauben Sie mir.«

Sie wurde ruhiger, und er glaubte, sie würde wieder in einen unruhigen Schlaf sinken. Doch sie bäumte sich in seinen Armen auf und versuchte, ihn von sich zu stoßen. »Es ist so heiß. Warum brennt das Feuer, wenn es so furchtbar heiß ist?«

Er setzte ein Glas Wasser an ihre Lippen, und sie trank mit gierigen, großen Schlucken. »Mach das Fenster auf, Mary. Bitte öffne das Fenster!«

Phillip fluchte wieder, diesmal wegen seiner Gedankenlosigkeit. Er kannte nur eine Methode, um das Fieber zu senken. Behutsam legte er sie zurück und eilte in die Kammer, wo er das Verbandzeug und die Arzneien gefunden hatte, und holte eine Flasche Alkohol.

Sabrina glaubte an den Wellen sengender Hitze zu ersticken, die aus ihrem Innern aufstiegen. Sie hörte aus weiter Ferne eine Männerstimme. »Bleiben Sie ruhig liegen, Bree. Ich helfe Ihnen.«

Dann spürte sie ein nasses Tuch auf ihrem Gesicht und versuchte es wegzuwischen. Wieder hörte sie eine Männerstimme, deutlicher diesmal. »Bleiben Sie ganz ruhig liegen.« Angestrengt bemühte sie sich, die Bedeutung der

Worte zu verstehen. Sie spürte kühle Luft an ihrem Körper, ein feuchtes Tuch bedeckte sie. Die Kühle war wohltuend. Dann spürte sie, wie sie umgedreht wurde. Das feuchte Tuch strich über ihren Rücken, über ihre Hüften, ihre Schenkel und spendete wohltuende Kühle.

Phillip wusch sie jede halbe Stunde mit einer Mischung aus Alkohol und Wasser, den ganzen Nachmittag bis in den späten Abend. Dann breitete sich ein zufriedenes Lächeln über seine erschöpften Züge, als er ihr die Hand wieder auf die Stirn legte. Für den Augenblick hatte er das Fieber besiegt. Einen kurzen Moment glaubte er, auch in ihrem Gesicht ein Lächeln zu sehen, bevor sie die Augen schloß und einschlief.

Phillip stieg müde aus seinen Kleidern, nahm eine Decke von Sabrinas Bett und machte es sich in einem großen Sessel vor dem Kamin bequem. Dann horchte er auf den Sturm, der ums Haus heulte, und die Kristalle der Schneeflocken, die gegen die Scheiben getrieben wurden. Ein tröstliches Geräusch, das entspannend auf Körper und Geist wirkte. Er hatte einen leichten Schlaf und würde hören, wenn Sabrina nachts wach wurde. Im Krieg auf der Pyrenäenhalbinsel hatte er die bittere Erfahrung gemacht, daß Männer, die sich dem Schlaf ganz hingaben, mitunter morgens nicht mehr erwachten. Die Franzosen sandten kleine Spähtrupps aus, als Bauern verkleidet, die sich nachts in die englischen Lager schlichen und möglichst vielen Soldaten den Garaus machten. Er würde das grauenvolle Gurgeln aus der Kehle seines Feldwebels nie vergessen, einem kampferprobten, alten Haudegen aus Devonshire. Phillip hatte seinen Mörder erwischt und den Mann mit bloßen Händen erwürgt. Doch das machte seinen Feldwebel auch nicht wieder lebendig. Eine Welle aus Übelkeit und Wut stieg in ihm hoch.

Du entwickelst dich zu einem morbiden Narren, schalt er sich. Vergiß endlich die blutigen Greuel des Krieges in Spanien.

Er löschte die Kerze mit zwei Fingern, seufzte tief und zog sich die Decke bis zum Hals. Seltsam, dachte er im Einschlafen, daß ein krankes Mädchen die verblassende Erinnerung an eine grausige Vergangenheit wieder aufwühlen konnte und ihn dazu brachte, Szenen in bildhafter Deutlichkeit vor sich zu sehen, von denen er geglaubt hatte, sie seien längst vergessen oder tief in seinem Innern vergraben.

Miß Teresa Elliott blickte stirnrunzelnd in den perlenden Champagner in ihrem Glas. »Also wirklich, Charles«, lamentierte sie mit näselnd gekränkter Stimme, um die Aufmerksamkeit ihres Gastgebers wieder auf sich zu lenken, »Sie müssen doch eine Vorstellung davon haben, wo seine Lordschaft sein könnte! Haben Sie nicht davon gesprochen, Sie hätten Phillip persönlich eine ausführliche Beschreibung des Weges nach Schloß Moreland gegeben?«

»Ja, ich denke, das habe ich bereits erwähnt.«

Sie achtete nicht auf den Spott in seiner Stimme und fuhr fort: »Sind Sie denn kein bißchen über Phillips Ausbleiben besorgt? Dieser fürchterliche Schneesturm tobt immer noch ... Vielleicht ist er verletzt und liegt hilflos irgendwo im Schnee.«

Charles blickte in Miß Elliotts unbestritten bezaubernd hübsches Gesicht. Und zum wiederholten Male dachte er, welch ein Jammer, so viel Schönheit an ein ewig nörgelndes, lamentierendes Frauenzimmer zu verschwenden.

»Ich kann Ihre Gefühlskälte einfach nicht begreifen, Charles«, näselte Miß Elliott nach kurzer Pause weiter und stellte ihr Champagnerglas verärgert auf den zierlichen Tisch. »Haben Sie nicht gesagt, Phillips Diener sei bereits eingetroffen? Was meint er denn zu dieser Verspätung? Sie werden ihn doch hoffentlich befragt haben.«

»Ich befürchte beinahe, Teresa«, meinte Charles nun zuckersüß, »der Champagner trübt Ihr Erinnerungsvermögen. Selbstverständlich habe ich lange und ausführlich mit Dambler gesprochen. Und er hat seine Aussage im Verlauf des Tages nicht widerrufen.«

Mit zarter Hand vollführte sie eine wegwerfende Bewegung. »Pah! Welch absurde Vorstellung, Seine Lordschaft schickt seinen Diener voraus, weil er die Landschaft genießen möchte. Und noch dazu ganz alleine! Charles, Sie wissen doch, daß man der Dienerschaft nicht trauen darf. Halten Sie es nicht für angebracht, den Mann etwas genauer auszuhorchen?«

Charles winkte einen Livrierten heran, um Miß Elliotts Glas nachzufüllen. Damblers Bericht, der Vicomte wolle die letzten Meilen bis zum Schloß reiten, schien ihm keineswegs ungewöhnlich. Er kannte Phillips ungewöhnliche Launen. Ihm schien vielmehr der Gedanke absurd, er könne sich im Schneesturm verirrt haben. Phillip war nicht der Mann, der sich irgendwo verirrte, es sei denn, er legte es darauf an. Teresas Finger zupften gnadenlos an Charles' Ärmel.

»Sie werden doch mit Sicherheit morgen einen Suchtrupp nach ihm aussenden!«

Charles betrachtete sie sinnend und kam zur Überzeugung, ihre Gesellschaft sei beinahe schwerer zu ertragen als der Schneesturm, der draußen tobte. Seufzend bediente er sich eines duldsamen Tonfalls, der sich auch im Umgang mit seiner überaus empfindsamen Mutter als äußerst nützlich erwiesen hatte. »Sehen Sie, Teresa, wollte ich Männer auf die Suche nach ihm schicken, würden sie keine zehn Schritte vor dem Tor im tiefen Schnee versinken. Ich muß wohl oder übel warten, bis die Wetterlage sich einigermaßen beruhigt hat. Sollte Phillip dann immer noch nicht auftauchen, werde ich persönlich eine Suchmannschaft anführen.«

Er wünschte, ihr offen zu sagen, sie möge endlich aufhören, ihn mit ihrem Jammern zu langweilen. Der Anflug eines Lächelns huschte über Charles' Lippen, denn er war der Überzeugung, Phillip habe es sich entweder in einem Dorfgasthaus oder auf einem nahegelegenen Landgut gemütlich gemacht, sprach dem Bier ordentlich zu und verführte das hübscheste Mädchen weit und breit. Seit Phillip vor etwa sieben Jahren mit einer Kugel in der Schulter aus der Schlacht von Ciudad Rodrigo heimgekehrt war, hatte er es sich zur Lebensaufgabe gemacht, Unannehmlichkeiten jeder Art um jeden Preis zu vermeiden. Charles brachte seine Gedankengänge in abgeschwächter Form Miß Elliott gegenüber zum Ausdruck.

»Sie dürfen nicht vergessen, Teresa, Phillip war jahrelang Soldat. Wenn er vom Schneesturm überrascht wurde, gebot ihm die Vernunft, seinen Weg nach Moreland nicht fortzusetzen, sondern irgendwo Schutz zu suchen ... Zweifellos bedauert er, Ihre reizende Gesellschaft vermissen zu müssen.«

Miß Elliot fühlte sich sichtlich geschmeichelt über das eilends hinzugefügte Kompliment. Zu Charles' Entzücken beugte Edgar Plummer sich nun in vollendeter Form über Miß Elliotts Hand, hauchte einen Kuß darauf und bat sie, ihn zum Pianoforte zu begleiten und die Gäste mit einer Gesangsdarbietung zu erfreuen. Sie zierte sich ein wenig, ließ sich dann aber doch von Mr. Plummer zum Pianoforte am Ende des langgestreckten Salons geleiten, und Charles sank erleichtert in die Seidenkissen zurück.

»Na bitte! Nun traktiert sie uns wieder mit ihren melancholischen französischen Balladen, die sie zweifellos dem armen Phillip widmet!«

»Still, Margaret«, meinte Charles sanft zu seiner jüngeren Schwester, die sich neben ihm auf dem roten Brokatsofa niedergelassen hatte. »Wenigstens ist die Dame beschäftigt. Erinnere mich daran, daß ich Edgar ein Weihnachtsgeschenk besorge. Er ist wirklich ein hochanständiger Kerl.«

»Hat sie dir wieder wegen Phillip in den Ohren gelegen?«

»Genau. Mir scheint, Miß Elliott hat Phillip als Heiratskandidat ins Auge gefaßt. Ich habe mich gehütet, ihr zu sagen, daß er sich vermutlich die Zeit in den Armen einer Dorfschönheit vertreibt.«

»Aber Charles!« flötete Margaret in gespielter Entrüstung. »Wie kannst du nur solch lose Reden führen ... So etwas schickt sich nicht, auch wenn ich nun verheiratet bin.«

Charles grinste in die blitzenden braunen Augen seiner Schwester und freute sich an dem spitzbübischen Lächeln ihrer vollen Lippen. Seit ihrer Eheschließung mit Sir Hugh Drakemore vor einem halben Jahr hatte sie etwas zugenommen und sah entzückend aus in ihrem tief dekolletierten Abendkleid aus schwerer, crèmefarbener Seide. »Du magst zwar eine verheiratete Frau sein, Schwesterherz, doch ich weiß, daß du jeden Männerrock sehr aufmerksam musterst — seit du fünfzehn bist.«

Das liebenswürdige Lächeln wich von Margarets vollen Lippen, und sie wandte den Blick ihrer braunen Augen abschätzend zu einer Glasvitrine mit feinem Dresdner Porzellan. »Weißt du, Charlie«, meinte sie gedehnt, »ich war in Phillip wirklich sehr verliebt ... bis ich Hugh begegnet bin. Ich habe ihm alle möglichen Fallen gestellt, aber er hat mich behandelt wie du — nicht ohne Zuneigung, gewiß, aber im Grunde genommen wie ein kleines Kind.« Dann fuhr sie mit trauriger Stimme fort: »Phillip ist im Sommer dreißig geworden. Ich habe mich oft gefragt, wieso er nie geheiratet hat. Ich kenne Dutzende von Debütantinnen, die seinen Antrag liebend gerne annehmen würden.«

Charles war die Verliebtheit seiner kleinen Schwester in Phillip keineswegs entgangen, und er hatte sich weise aus der Sache herausgehalten. Er stellte Veränderungen an ihr fest, die zweifellos auf seinen Schwager, Sir Hugh Drakemore, zurückzuführen waren, einem ruhigen, gesetzten Gentleman, der um einige Jahre älter war als Margaret. Er sah die aufrichtige Zuneigung in ihren Augen und fragte unvermittelt:

»Ist dir die Gräfin von Bufford ein Begriff?«

Margaret legte den Kopf schief. »Selbstverständlich. Sie kleidet sich stets nach der neuesten Mode. Mutter findet sie grauenhaft, obwohl die Gräfin ihr stets die höchste Ehrerbietung entgegenbringt. Ich muß sagen, Lord Bufford tut mir leid. Er kommt mir vor wie ein gutmütiges Hündchen, das seiner Herrin brav überall hin folgt und auf einen Knochen wartet.«

»Keine schmeichelhafte Beschreibung, aber ziemlich treffend. Vor etwa zehn Jahren war sie Debütantin und hatte bald den Ruf einer unnahbaren Eiskönigin. Sie war von außergewöhnlicher Schönheit, besaß ein beträchtliches Vermögen und hatte aus beiden Gründen Erfolg bei Männern. Phillip war damals Rittmeister bei den Husaren und verbrachte den Frühling in London, da sein Vater kurz zuvor gestorben war. Phillip war jung, unerfahren im Umgang mit Frauen wie Elaine und tief betrübt über den Tod des Vaters.«

Margaret sah ihren Bruder mit großen Augen an. »Du willst doch nicht sagen, daß Phillip sich in sie verliebte?«

Charles hob die Schultern. »Es steht mir nicht zu, seine Gefühle für Elaine genau zu beschreiben. Fest stand jedenfalls, daß er sie begehrte. Ist das Liebe? Ah, sieh nur! Edgar bittet Miß Elliott um eine Zugabe. Drück die Daumen, daß er Erfolg hat.«

»Mir ist egal, ob sie singt oder nicht, Charlie«, sagte Margaret ungeduldig. »Komm, erzähl mir, was geschah.«

Charles betrachtete seine Schwester nachdenklich und wunderte sich, wieso er die Geschichte nach all den Jahren wieder ausgrub. Bedächtig fuhr er fort: »Nun gut, Margaret, aber du mußt mir versprechen, die Geschichte für dich zu behalten. Die meisten Leute haben davon gehört, kennen aber nicht die ganze Geschichte.«

»Ich gebe dir mein heiliges Ehrenwort, Charlie.«

»Phillip bat Elaine, ihn zu heiraten, und sie gab ihm ihr Jawort. Als Hochzeitstermin wurde der April des nächsten Jahres festgesetzt. Das Trauerjahr für seinen Vater wollte Phillip natürlich einhalten. Du wirst dich nicht mehr erinnern, aber im Herbst 1805 gab es einige blutige Aufstände auf der Pyrenäenhalbinsel. Phillip hielt es für seine Pflicht, trotz Elaines Einwände seinem Regiment zu folgen. Ich frage mich manchmal«, meinte Charles sinnend, »wieso wir uns alle so irren konnten. Wir waren ausgemachte Narren! Phillip zog also in den Krieg nach Spanien, kehrte Anfang Februar nach London zurück, nahm seinen Abschied und machte sich daran, Mercerault Ashby für seine neue Schloßherrin zu renovieren. Er hatte sich irgendwie verändert. Mit einem Mal empfand ich ihn als erwachsenen Mann.«

»Halt mich nicht für albern, Charlie, aber Phillips Augen sind wie ein Spiegel seiner Seele. Seine Augen lachten oft, wenn sein Mund ernst blieb. Und manchmal stand Trauer in seinen Augen, wenn sein Mund lachte.«

»Du bist nicht nur ein albernes Gänschen, Schwesterherz, du hast außerdem zu viele Liebesromane gelesen.«

»Na gut, dann behalte ich eben meine weisen Gedanken über Phillips schöne Augen für mich. Erzähl weiter.«

»Ich werde die Nacht nie vergessen, in der er mich in meiner Wohnung in der Half Moon Street aufsuchte, völlig betrunken und mit bleichen, harten Gesichtszügen, als sei er dem Satan persönlich begegnet.« Charles sprach langsam weiter, sah Phillips junges Gesicht vor sich, seinen in bitterer Verachtung verzerrten Mund, seine braunen Augen düster umwölkt. Er hörte seine schneidende Stimme, kalt wie Eis.

»Elaine will auf der Stelle heiraten, Charlie, nicht wie geplant im April.«

Charles hatte vorsichtig eingeworfen: »Sie scheint sich mehr nach dir gesehnt zu haben, als du vermutet hast. Das ist ein gutes Zeichen.«

Ein bitteres Lachen entrang sich Phillips Kehle. »Sich nach mir gesehnt! Ein schlechter Scherz! Gib mir ein Glas Cognac, Charles, und zwar schnell!«

Wortlos goß Charles aus der Kristallkaraffe auf der Anrichte ein ordentliches Maß in ein Glas und reichte es dem Freund. Phillip stürzte den Inhalt in einem Zug hinunter und schleuderte das leere Glas gegen die Kamineinfassung, so daß die Splitter tausendfach durchs Zimmer spritzten.

»Guter Gott Phillip, was ist passiert?«

Der Vicomte hob den Blick und sagte mit tonloser Stimme, so leise, daß Charles sich vorbeugen mußte, um seine Worte zu hören: »Elaine . . . meine Eiskönigin . . . ist schwanger, mein Freund. Und ich versichere dir, ich bin nicht der Vater.«

Charles fuhr entsetzt zurück. »Wer dann?« fragte er hilflos.

»Genau diese Frage habe ich Elaine gestellt, doch sie weigerte sich tränenreich, mir eine Antwort darauf zu geben. Zugegeben, es war nicht besonders fein von mir, sie zu beschatten. Aber ich habe es getan, habe mich in zugige Hausecken gedrückt und habe ihr nachgespürt. Und für mich gibt es keinen Zweifel, wer der Vater des Kindes ist: ihr nichtsnutziger Cousin Roger.« Phillip machte eine kurze Pause. Sein Blick war kalt und dumpf. »Bedauerlicherweise wird er sein Kind nicht zu Gesicht bekommen, da ich ihn vorher töte.«

Charles hielt den Atem an. Gewiß, er hatte Elaine häufig in Begleitung ihres Vetters gesehen, doch daran war nichts Ungewöhnliches oder gar Anstößiges; er war schließlich ein Verwandter. In den Augen der vornehmen Gesellschaft war nichts Fragwürdiges in ihrem Verhalten.

»Wie wirst du dich Elaine gegenüber verhalten?«

»Diesem liederlichen Frauenzimmer?« Er wurde von einem harten Lachen geschüttelt. »Wenn sie sich als unnahbare Eiskönigin aufspielt, Charles, so frage ich dich, was sind denn all die anderen Damen? Ich sage dir, mein Freund, was sie sind — ehrlose Dirnen, die für jeden Mann die Beine breit machen. Ich danke Gott, daß ich rechtzeitig die Wahrheit erfahren habe, um mich nicht in ihren Fangnetzen zu verstricken.«

Charles rüttelte den Freund an den Schultern. »Du bist besoffen wie ein Bierkutscher, Phillip, du weißt nicht, was du redest! Ich bringe dich zu Bett. Wir entscheiden morgen, was zu tun ist, wenn du wieder klar im Kopf bist.«

»Nein, Charles. Was getan werden muß, wird noch heute nacht getan. Ich bringe diesen Schweinehund Roger um. Wirst du mein Sekundant sein?«

»Aber Phillip . . .«

Phillip unterbrach ihn schroff. »Ich verlange eine Antwort, Charles.«

»Aber der Skandal, Phillip. Hast du daran gedacht, was das für deine Mutter bedeutet? Für Elaines Familie? Mein Gott, Mann, du bist der Vicomte Derencourt!«

Phillip sah Charles einen kurzen Augenblick an, dann sagte er leise: »Wenn ich meine Ehre verliere, Charles, habe ich alles verloren. Vermutlich wird die sogenannte vornehme Gesellschaft mich zur Hölle wünschen.« Er erhob sich und warf seinen Mantel um. »Kommst du, Charles?«

Der Blick ihres Bruders war wehmütig in die Ferne gerichtet, und Margaret zupfte ihn ungeduldig am Ärmel. »Was ist dann passiert, Charlie? Nun mußt du mir die Geschichte schon bis zum Ende erzählen.«

»Selbstverständlich habe ich Phillip zu Roger Travers' Wohnung begleitet. Weder er noch sein Diener waren anwesend. Seine Haushälterin, eine fahrige, magere Vogelscheuche, zeigte Phillip eine schriftliche Nachricht von Roger, wonach er das Land verlassen und sich auf eine ausgedehnte Europareise begeben hatte. Wie du weißt, Margaret, gab es keinen Skandal. Elaine ließ das Kind abtreiben. Dabei muß gepfuscht worden sein, denn sie hat Bufford bis heute keinen Erben geschenkt. Phillip verließ England umgehend und ging nach Spanien zurück. Elaine setzte eine Anzeige in die *Gazette* und gab die Auflösung ihrer Verlobung mit Phillip bekannt. Im Juni heiratete sie Bufford. Den Rest der Geschichte kennst du.«

»Wie konnte sie Phillip so etwas antun!« entfuhr es Margaret entrüstet.

Charles nahm die zierliche Hand seiner Schwester. »Ich weiß, daß du die Geschichte als Geheimnis hütest. Phillip wäre höchst ungehalten, wenn er wüßte, daß ich sie dir erzählt habe.«

»Ist dieses treulose Flittchen der Grund, warum er nie geheiratet hat?«

Charles schwieg, sein Blick schweifte zu Teresa, die graziös am Pianoforte lehnte. »Eine solche Erfahrung mag das Leben eines Mannes verändern, ihn verbittern, ihn zum argwöhnischen Frauenhasser machen. Nicht aber Phillip. Er ist zu klug und weltoffen, um Elaines verabscheuungswürdiges Verhalten auf das gesamte weibliche Geschlecht zu übertragen.«

»Aber warum hat er dann nie geheiratet?«

Charles grinste. »Was bist du nur für ein hartnäckiges, kleines Geschöpf, Margaret! Würdest du freundlicherweise in Betracht ziehen, daß ich so alt bin wie Phillip und gleichfalls nicht geheiratet habe. Wollen wir uns darauf einigen, daß ich zum Junggesellen geboren bin, während Phillip ...« Er hob die Schultern. »Phillip, meine Liebe, ist ein äußerst vorsichtiger Mann.«

In Margarets Augen blitzte ein kriegerisches Funkeln. »Diese niederträchtige Person! Und ich sage dir, Charlie, Phillip hat wegen dieser grauenhaften Enttäuschung nicht geheiratet.«

»Wie alle Damen gibst auch du nicht Ruhe, ehe du davon überzeugt bist, ein Mann müsse ein tragisches Geheimnis in seiner Brust bewahren, das ihn daran hindert, vor den Traualtar zu treten. Glaube mir, der Mann, der Phillip vor zehn Jahren war, hat nichts mit unserem Phillip von heute zu tun.«

Charles' Aufmerksamkeit wurde von Miß Elliotts gereizt näselnder Stimme abgelenkt. »Nein, ich habe nicht den Wunsch, Whist zu spielen«, hörte er sie zur verwitweten Gräfin von Mowbray sagen. »Mein Partner ist der

Vicomte Derencourt, und ich werde auf ihn warten, bevor ich mich an den Spieltisch setze.«

»Auch so eine Eiskönigin«, meinte Margaret mit gedämpfter Stimme zu ihrem Bruder. »Ich schwöre dir, daß ich deine Geschichte mit äußerster Diskretion behandle, Charlie.« Und im Aufstehen setzte sie hinzu: »Und nun Bruderherz, werde ich mich opfern und als Partnerin der Gräfin beim Whist einspringen.«

KAPITEL 3

»Bitte, bitte, machen Sie Feuer. Es ist so kalt!«

Phillip drückte Sabrinas zitternden Körper enger an sich. Sie barg ihr Gesicht an seinem Hals, und er spürte regelrecht den Schmerz, den ihr jeder röchelnde Atemzug bereitete. Eine losgelöste Haarsträhne kitzelte ihn unter der Nase, und er drehte den Kopf zur Seite. Sie stöhnte leise, ihre Hände klammerten sich fester an ihn, als wolle sie sich mit der Wärme seines Körpers zudecken. Unvermutet verspürte er körperliches Verlangen nach ihr. Was bist du bloß für ein geiler Bock! schalt er sich und zwang seine Gedanken in eine andere Richtung. Vor Jahren hatte er Lucius genauso in den Armen gehalten, um seinen gepeinigten, bebenden Körper zu wärmen.

Seine Gedanken wanderten von seinem verstorbenen Halbbruder in die Gegenwart zum Schneesturm, der unvermindert heftig um das Haus tobte. Und er schwor sich, zukünftige Winter in wohltemperierten Londoner Salons zu verbringen. Ein Lächeln umspielte seine Lippen, und er drückte Sabrina einen leichten Kuß auf die Stirn. Er glaubte nicht an Schicksalsfügungen, da er der festen Überzeugung war, ein Mann bestimme den Verlauf seines Lebens selbst, bis der Zufall oder seine eigene Dummheit ihn eines Besseren belehrte. Er hatte Sabrina durch Zufall gefunden. Nun stellte er Überlegungen an, welche Veränderungen ihr oder sein Leben dadurch erfahren würde.

Am nächsten Morgen wachte er verschwitzt und steifgelegen auf. Am liebsten wäre er in ein Siegesgeheul ausgebrochen, als er feststellte, daß auch Sabrina schwitzte. Er machte sich sanft von ihr frei. Sie rollte sich fast zu einer Kugel zusammen und schlief weiter. Er horchte auf ihre ruhigen, tiefen Atemzüge.

»Diesmal habe ich gewonnen«, sagte er laut in die Stille. Er beobachtete noch eine Weile das sanfte Heben und Senken ihrer Brüste. Er fühlte sich auf absurde Weise glücklich und war sehr stolz auf sich. Die Kälte im Zimmer riß ihn allerdings aus seinen selbstzufriedenen Gedanken, und er fing an, wieder Feuer im Kamin zu machen.

Sabrina schlief bis in den späten Vormittag. Phillip erhitzte einige Eimer Wasser auf dem Küchenherd und goß sie in eine runde Kupferwanne. Dann riß er sich die Kleider vom Leib und tauchte seinen kraftvollen Körper in das heiße Wasser. Nachdem er sich mit Hingabe geschrubbt hatte und das Gefühl der Sauberkeit genoß, fiel sein Blick angewidert auf das Häufchen schmutziger Wäsche neben der Wanne. Kurz entschlossen warf er alles ins Wasser und wusch die Sachen recht und schlecht, so gut er es eben konnte. Mit einem amüsierten Grinsen stellte er sich Damblers sauertöpfische Miene vor beim Anblick des völlig zerknitterten feinen weißen Batisthemdes, dessen Biesen und Rüschen an Kragen und Manschetten schlaff und traurig herabhingen.

Er hängte die Sachen zum Trocknen auf, zog die frische, mitgebrachte Wäsche an und begab sich wieder nach oben.

Sabrina schlief noch immer, eingerollt auf der Seite liegend. Ihre Stirn fühlte sich kühl an, doch der Morgenmantel war durchgeschwitzt. Um Sabrina nicht in Verlegenheit zu bringen und um sich selbst Unannehmlichkeiten zu ersparen, hoffte er inständig, sie würde erst aufwachen, wenn er den Morgenmantel gewechselt hatte.

Mit geübten Griffen schälte er sie aus dem verschwitzten Kleidungsstück. Er verdrängte dabei strikt jeglichen unpassenden Gedanken bei der Berührung ihres Körpers. Dennoch ließ er seine Blicke bewundernd über die Rundungen ihrer jungen Brüste, den Schwung ihrer Hüften, den flachen Bauch und die wohlgeformten, langen Schenkel wandern.

Sie stöhnte leise im Schlaf und zog die Beine an, wobei

sie seine Hand einen Moment zwischen ihrem Bauch und den Knien festklemmte. Behutsam befreite er sich und zog ihr den Morgenmantel an.

Phillip blickte in ihr schlafendes Gesicht. Er empfand große Sympathie für sie, obgleich er sie überhaupt nicht kannte. Sie mochte ein ebensolches Luder sein wie Elaine, brummte er in sich hinein.

Die beiden Brotlaibe, die der Vicomte aus dem Backrohr des alten Eisenherdes holte, wurden von ihm mit einem schiefen Grinsen bedacht. Die flachen, an den Rändern reichlich verkohlten Fladen erinnerten ihn irgendwie an die Brocken, die seine Arbeiter aus dem Steinbruch in der Nähe seines Landhauses Mercerault Ashby in Essex gebrochen hatten, um damit die alten Mauern des Wachturms auszubessern. Er ließ die unansehnlichen Gebilde etwas abkühlen, bevor er mit spitzen Fingern eine Kante abbrach, um das Resultat seiner Backkunst zu kosten. Stein mußte sicherlich ähnlich schmecken, fand er, tröstete sich jedoch mit dem Gedanken, daß es zumindest eßbar und nahrhaft war.

Nachdem er sich davon überzeugt hatte, daß Sabrina immer noch schlief, zog Phillip sich den Mantel über und begab sich in den Stall, um nach Tosha zu sehen. Vereinzelt tanzten immer noch Schneeflocken vom Himmel, doch der heulende Sturm hatte sich beinahe gelegt. Er blickte in die weiße Landschaft, die nun heiter und friedlich lag und atmete die klare, kalte Luft tief in die Lungen.

Der Sturm hatte den Schnee hüfthoch an die Mauern von Haus und Stall geweht. Die ganze Landschaft glich den kunstvollen Verzierungen aus Zuckerguß und Schlagsahne, die Dupins Meisterhand auf seine üppigen Tortenkunstwerke zauberte. Phillip blickte den Weg entlang, der sich wie ein riesiges Reptil unter der Schneedecke zum Haus schlängelte. Auf diesem Weg würde mit Sicherheit in den nächsten Tagen kein Mensch durchkommen.

Tosha begrüßte ihn mit einem gelangweilten Wiehern und rieb ihre Samtnase in seine Handfläche. »Wenn wir hier noch länger bleiben«, meinte er mit leisem Vorwurf, »wirst du dich zu einer fetten, faulen Märe herausfressen.«

Phillip legte ihr einen großen Haufen Heu vor, füllte einen Eimer mit Schnee, der in der Wärme des Stalls bald zu Wasser geschmolzen sein würde und ging langsam zum Haus zurück. Auf das freche Tschilpen eines Sperlings in den schneebedeckten Zweigen eines Obstbaums hob er den Kopf. »Ich an deiner Stelle, mein gefiederter Freund, würde mich möglichst rasch vor dem Specht im nächsten Astloch verkriechen.« Dann schüttelte er belustigt den Kopf. Wenn Sabrina nicht bald zu sich käme, würde er noch anfangen, mit Töpfen und Tassen zu reden.

Er war beinahe fertig mit der Beseitigung des Chaos, das er in der Küche angerichtet hatte, als er einen dumpfen Schlag über seinem Kopf hörte. Mit einem Ruck hatte er sich die Schürze weggerissen und rannte in großen Sätzen die Treppe hinauf.

Er stieß die angelehnte Tür auf und blieb wie angewurzelt stehen. Sabrina stand neben dem Bett und klammerte sich mit beiden Händen am Bettpfosten fest. Der viel zu weite Morgenmantel schlabberte mächtig an ihr herunter, und der Saum umgab ihre Füße wie eine schwere, grüne Schleppe.

Er trat einen raschen Schritt auf sie zu, und in seiner Sorge um sie klang seine Stimme barsch. »Wieso zum Teufel sind Sie aufgestanden?«

Sie hob schützend den Arm und machte einen erschrockenen Schritt nach hinten. Dabei verfingen ihre Füße sich im Stoff des Mantels. Sie stolperte ungeschickt gegen den Nachttisch.

Er bekam sie noch zu fassen, bevor sie zu Boden sank.

»Nehmen Sie Ihre Hände weg!« rief sie empört und versuchte vergeblich, sich zu befreien.

Er lächelte über die Entrüstung in ihrer Stimme. Er kannte jeden Körperteil von ihr, doch er war für sie ein Fremder. Er bezweifelte, ob sie sich an die wenigen Worte erinnerte, die sie gewechselt hatten, bevor sie ins Delirium gefallen war.

»Ich tue Ihnen nichts, Sabrina. Erinnern Sie sich nicht, wer ich bin?«

Sie schüttelte stumm den Kopf, und er las Angst in ihren Augen.

»Bitte Sabrina, Sie müssen wieder ins Bett zurück. Sie haben nichts von mir zu befürchten. Ich bin nur um Ihr Wohl besorgt, Ehrenwort.«

Sie versteifte sich in seinen Armen, als er sie vorsichtig ins Bett hob. Ihre großen, veilchenblauen Augen blickten ihn fragend an.

Er setzte sich neben sie und legte ihr aus Gewohnheit die Hand an die Stirn. »Das Fieber ist gesunken«, stellte er sachlich fest. »Sie werden wieder gesund, aber es dauert noch ein Weilchen. Noch dürfen Sie nicht in der Gegend herumspazieren, Sabrina.« Fürsorglich deckte er sie zu.

»Sie kennen meinen Namen«, sagte sie langsam, ihre großen Augen waren immer noch auf sein Gesicht gerichtet.

»Ja. Und ich weiß, daß man Sie Bree ruft. Klingt fast wie mein französischer Lieblingskäse. Ich heiße Phillip.«

Ihre glatte Stirn furchte sich angestrengt. »Phillip«, wiederholte sie mit krächzender, leiser Stimme. »Wo bin ich?«

Er lächelte bedauernd. »Das, meine liebe Sabrina, kann ich Ihnen nicht sagen, da ich selbst keine Ahnung habe, wo wir uns befinden. Mir ist diese Ecke von Yorkshire völlig fremd.«

»Wenn Sie ein Fremder sind, was tun Sie dann hier ... Mylord?«

»Mylord? Woher wollen Sie wissen, ob ich ein Lord, ein Kaufmann oder ein Schweinehirt bin?«

Ihr Blick fiel auf seine linke Hand.

»Ich kenne keinen Kaufmann oder Schweinehirt, der einen Siegelring trägt.«

Phillips Blick ruhte kurz auf dem schweren Rubinring, der in der Familie Mercerault seit nahezu zweihundert Jahren auf den jeweils erstgeborenen Sohn vererbt wurde. »Sie sind eine gute Beobachterin, Sabrina. Wenn ich mich Ihnen vorstellen darf: Ich bin Phillip Mercerault, Vicomte Derencourt.«

Phillip glaubte einen Funken des Erkennens in ihren Augen zu entdecken, bevor ihre schweren, schwarzen Wimpern sich über ihre Augen senkten. »Darf ich mehr von Ihrem Namen wissen als nur Sabrina?«

Sie zögerte, bevor sie vorsichtig antwortete: »Ich heiße Eversleigh, Sabrina Eversleigh.«

»Schon besser.« Der Name Eversleigh schien ihm nicht völlig unbekannt zu sein. Er versuchte sich vergeblich zu erinnern. Sabrina hielt die Augen fest geschlossen.

»Sabrina«, sagte er weich, »bevor Sie wieder einschlafen, müssen Sie etwas essen.«

An der Tür sagte er noch über die Schulter hinweg: »Ich rate Ihnen, im Bett zu bleiben. Das nächste Mal bin ich vielleicht nicht schnell genug, um Sie aufzufangen, bevor Sie stürzen.«

Wenige Minuten später kehrte Phillip mit einem Tablett zurück. »Es ist angerichtet, Mylady. Ich helfe Ihnen, sich aufzusetzen.«

Sie öffnete die Augen und blickte ihm direkt ins Gesicht. »Ich trage keinen Siegelring, Mylord.«

»Nein, das ist richtig«, entgegnete er, und sein Blick glitt über ihre schlanken Hände. »Auch keinen Ehering, Sabrina.« Ihre Augen weiteten sich, und er glaubte, erneut Angst aufflackern zu sehen. Rasch wurde sein Ton sachlich. »Schluß mit Ringen, Lord und Ladyschaften.« Er griff ihr unter die Arme, half ihr, sich aufzurichten, setzte sich neben sie und rührte heftig in der Suppe, um sie zu kühlen.

»Ein Rezept vom Koch Seiner Majestät des Königs persönlich«, sagte er grinsend und hielt ihr einen Löffel Suppe an den Mund.

Sie leerte brav beinahe die Hälfte der Schale, bevor sie kopfschüttelnd ablehnte. »Die Suppe Seiner Majestät schmeckt köstlich, Phillip, aber ich schaffe keinen einzigen Bissen mehr. Wo haben Sie die nur aufgetrieben?«

»Sie kränken mich, Bree. Ich bin nämlich kein völlig wertloser Bursche. Das Rezept ist meine eigene Kreation.«

»Ein Vicomte kann nicht kochen«, sagte sie mit Nachdruck.

»Wenn ein Vicomte mehrere Jahre im Krieg auf der iberischen Halbinsel verbringt, lernt er rasch, selbst für sein leibliches Wohl zu sorgen. Wenn Sie wieder zu Kräften gekommen sind, werden Sie rasch erkennen, was für eine schreckliche Brühe ich Ihnen hier vorgesetzt habe.«

Ein Schatten flog über ihr Gesicht. »Mein Vater kam in der Schlacht von Ciudad Rodrigo um.«

Eversleigh. Vielleicht kam ihm der Name deshalb so bekannt vor. »Das tut mir leid«, sagte er teilnahmsvoll. »Bevor ich Sie Morpheus' Armen überlasse«, setzte er hastig hinzu, um sie keinen traurigen Gedanken zu überlassen, »müssen Sie noch von meinem köstlichen, selbstgebackenen Brot kosten.«

Mit erstaunten Augen beobachtete sie, wie er ein Stück davon abbrach und lachte heiser.

»Sieht verdächtig nach Schildkröte aus.«

»Sie spotten über meine Backkünste, Mylady?«

Ihr Lächeln vertiefte sich, und in ihren Wangen bildeten sich zwei Grübchen. »Aber nein, Sir, ich habe Schildkröten sehr gern — allerdings nur als Haustiere.«

»Sie sind sehr undankbar, Sabrina.« Während sie das Brot kaute, fügte er hinzu: »Ich finde eher, mein Brot gleicht einem verunglückten Ziegelstein.«

Sie schluckte einen Bissen und sagte mit großem Ernst: »Ich kann mich nicht erinnern, je würzigeres Brot gegessen zu haben.«

»Danke für die Blumen. Ich pflichte Ihnen absolut bei. Doch irgend etwas fehlt daran. Könnte es Hefe sein?«

Sie lächelte und lehnte den Kopf müde gegen das Kissen.

Als er ihr die Hand auf die Wange legte, versteifte sie sich wieder.

»Kein Fieber«, erklärte er sachlich.

»Wie lange bin ich hier mit Ihnen?«

»Zweieinhalb Tage. Ich weiß allerdings nicht, wie lange sie durch diesen verhexten Wald gelaufen sind, bevor ich Sie fand.«

»Das ist der Wald von Eppingham.«

»Aha. Jetzt weiß ich wenigstens, daß Sie eine Eversleigh sind und daß diese unwirtliche Gegend Eppingham genannt wird.«

»Welcher Tag ist heute?«

»Mittwoch, wenn ich nicht irre.«

Mittwoch. Sie wandte das Gesicht ab, damit er ihre Besorgnis nicht sah. Am Sonntag hatte sie Monmouth Hall verlassen. Das schien eine Ewigkeit her zu sein. Sie dachte an den Brief, den sie ihrem Großvater hinterlassen hatte. Tränen brannten in ihren Augen, die sie rasch zurückdrängte. Mittlerweile wußte Großvater, daß sie Borhamwood nicht erreicht hatte. Vermutlich glaubte er, sie sei im Schneesturm umgekommen.

Phillip, der ihre Qual spürte, sagte sanft: »Wir wollen später darüber reden, warum Sie von zu Hause fortgegangen sind, Bree. Ich kann mir gut vorstellen, daß Ihre Familie bereits nach Ihnen sucht. Der Schneesturm hat sich bald ausgetobt.« Seine Hand legte sich auf ihre schmalen Finger. »Machen Sie sich keine Sorgen, meine Liebe, alles wird gut werden. Im übrigen sind meine Freunde wohl schon unterwegs und durchstöbern Ihren Wald von Eppingham auf der Suche nach mir.«

Sabrina brachte nur ein schwaches Nicken zustande. Sie hatte nicht genau mitbekommen, was er sagte. Sie war erschöpft, zu müde zum Denken. Sie sah ihn lange an und hörte sich sagen: »Ihre Augen ... Sie haben schöne Augen. Es ist lange her, aber ich erinnere mich, daß ich den Wunsch hatte, Sie lachen oder die Stirn runzeln zu sehen, um in Ihren Augen zu lesen, was für ein Mensch Sie sind.«

»Meine Augen geben Ihnen darüber keinen Aufschluß, Sabrina«, murmelte er weich. »Nun schlafen Sie. Alles wird wieder gut, das verspreche ich Ihnen.«

Sie antwortete nicht. Phillip blieb an ihrem Bett sitzen, bis sie eingeschlafen war. Ich habe also schöne Augen, Sabrina, dachte er mit einem schiefen Lächeln, erhob sich, trat ans Fenster und blickte in die verschneite Landschaft. Wo hatte er bloß den Namen Eversleigh schon gehört?

»Steh nicht herum und halte Maulaffen feil, Mädchen! Hast du keine Neuigkeiten für mich?«

Elisabeth stand mit gesenkten Augen vor dem Grafen, ihre Finger nestelten nervös an den Falten ihres Kleides. »Nein, tut mir leid, Großvater. Sämtliche Männer haben sich auf die Suche gemacht, seit der Sturm heute morgen nachgelassen hat, aber sie haben nichts gefunden, keine Spur.«

»Beteiligt Trevor sich an der Suche?«

»Zu Anfang ja, Großvater«, sagte sie vorsichtig und hob den Blick.

»Was soll das heißen?«

»Trevor verträgt unser Klima nicht. Die Kälte zwang ihn, die Suche abzubrechen und zum Schloß zurückzukehren. Er hat sich in sein Schlafzimmer begeben, um sich aufzuwärmen.«

Der Graf wandte den Blick von ihr ab und starrte lange schweigend durch die Fenster der Bibliothek in die weiße Winterlandschaft. »Bree ist kein Dummkopf«, sagte er mehr zu sich als zu Elisabeth.

Nein, der Dummkopf war immer ich, dachte sie bitter, nicht seine geliebte Sabrina. »Ich bin nicht weggelaufen«, sagte sie mit lauter Stimme, »und habe keine Schande über mich und meine Familie gebracht.«

Die buschigen Brauen des Grafen zogen sich unwirsch zusammen. Beißend und mit tiefer Verachtung entgegnete er: »Bree ist kein Flittchen, Elisabeth, auch wenn du ihr das in deiner Gehässigkeit gemeinerweise nachsagen möchtest. Sabrina soll sich diesem eitlen Affen Trevor an den Hals geworfen haben? Allein die Idee ist zum Lachen!« Elisabeth erbleichte, dennoch zweifelte er daran, daß er sie dazu bringen würde, ihm die Wahrheit zu sagen. Törichterweise hatte er angenommen, Elisabeths Abneigung gegen ihre Schwester würde sich legen, sobald sie sich einen Ehemann geangelt hatte, noch dazu nicht irgendeinen Ehemann, sondern den zukünftigen Graf von Monmouth. Er hatte dafür gesorgt, daß sie vor Sabrina heiratete. Er war sogar so weit gegangen, den Antrag eines angesehenen Adeligen für Sabrina abzulehnen, damit Elisabeth als erste der beiden Schwestern unter der Haube war. Er schüttelte den Kopf, wohl wissend, daß er nicht ganz aufrichtig mit sich selbst war. Nein, in erster Linie war es ihm darum gegangen, Sabrina so lange wie möglich bei sich zu behalten. Hätte Clarendon bloß ein Auge auf Elisabeth geworfen statt auf Sabrina. Aber natürlich hatte der sich beim ersten Anblick zu Sabrina hingezogen gefühlt. Der Graf zwang sich, Elisabeth wieder anzuschauen. »Hast du mir sonst nichts zu sagen?« forderte er, ohne eigentlich zu wissen, was er von ihr hören wollte.

Die eisblauen Augen des Grafen betrachteten kühl Elisabeth, die sich stumm Mut zuredete. Schließlich war sie die künftige Gräfin von Monmouth. Der alte Mann würde bald keine Macht mehr über sie haben. Er würde im Grab verrotten und vergessen sein, von ihr mit Sicherheit. »Ich wundere mich, daß Bree Monmouth Hall verlassen hat — aus welchen Gründen auch immer — ohne ihre Pläne mit Ihnen zu besprechen, Sir. Sie haben selbst gesagt, daß ihr Brief Ihnen keinerlei Aufschluß gegeben hat. Ist das nicht ein Beweis für ihre Schuld ... und für die Schmach, die sie über das Haus Monmouth gebracht hat?«

Damit hatte sie ihn getroffen. Er sackte sichtlich in seinem Lehnstuhl zusammen, und seine blauen Augen verdüsterten sich. Ja, deine wunderbare Sabrina, dachte sie voll Hohn, die all ihre Träume und Gedanken mit ihrem geliebten Großvater besprach, sie war fortgelaufen und hatte ihm nur einen nichtssagenden Zettel hinterlassen.

Der Graf atmete tief durch. »Diese Geschichte, die du und Trevor mir aufgetischt habt, glaube ich nie und nimmer, Elisabeth. Und nun hinaus mit dir. Geh mir aus den Augen!«

Sie hielt den Atem an, machte auf dem Absatz kehrt und verließ rasch die Bibliothek. Auf dem Weg durch die geflieste Halle überlegte sie, was mit ihr und Trevor geschehen würde, falls Sabrina nicht im Schneesturm umgekommen war.

»Lady Elisabeth.«

Sie drehte sich erschrocken um. »Ja, Ribble?«

»Vergebung, Mylady. Aber der Marquis von Arysdale möchte Lady Sabrina seine Aufwartung machen. Ich habe ihn in den Salon geführt. Ich ... ich habe Seiner Gnaden nicht gesagt, daß Lady Sabrina ... nicht anwesend ist.«

Elisabeths Mund war trocken geworden, nervös leckte sie sich die Lippen. Guter Gott, Richard Clarendon, hier! Ribble beobachtete sie, und sie zwang sich zu einem gleichmütigen Lächeln. »Ich empfange ihn, Ribble.« Unsicherheit und Erregung kämpften in ihr bei dem Gedanken an ein Wiedersehen mit Richard, in den sie sich als Fünfzehnjährige verliebt hatte. Er war damals zweiundzwanzig. Sie hatte ihn im Lauf der Jahre auf jede erdenkliche Weise ermuntert, hatte sogar in aller Offenheit über ihre Mitgift gesprochen, die selbst für einen Herzog von Portsmouth kein Pappenstiel war. Als seine junge Frau vor zwei Jahren plötzlich gestorben war, keimte wieder

Hoffnung in ihr auf. Doch vor kaum sechs Monaten war sie zufällig Zeuge eines Gesprächs geworden, in dem Richard beim Grafen um Sabrinas Hand anhielt. Der Schock und der Verrat saßen ihr noch heute in den Knochen. Sie fühlte sich um so mehr gedemütigt, als keiner der beiden Männer verlegen schien, sie in Hörweite zu wissen.

Der Graf hatte jovial bemerkt: »Meine kleine Bree wird mit Ihrem Leben als leichtlebiger Bonvivant nicht einverstanden sein, mein Lieber, denn ein oberflächliches Leben ist keineswegs nach ihrem Geschmack. Überlegen Sie sich diesen Schritt also genau und ändern Sie Ihren Lebensstil, denn ich habe nicht die Absicht, meine Enkelin in eine Ehe zu drängen, die sie unglücklich macht.«

»Sabrina ist jung, Sir«, hatte Richard höflich erwidert, »sie ist ein sprühendes, bezauberndes und reines Geschöpf. Ich versichere Ihnen, Mylord, als meine Frau wird ihr kein Wunsch unerfüllt bleiben, am allerwenigsten der Wunsch nach Liebe und Zuneigung.«

»Sie glauben also, Richard, Ihr Charme und . . . Ihre Männlichkeit werden meine Enkelin überzeugen und glücklich machen?«

»Lady Elisabeth.«

Sie schüttelte die Erinnerung ab und wandte sich gereizt dem Butler zu. »Ja, Ribble?«

»Wenn ich fragen darf, Mylady . . . Gibt es Neuigkeiten von Lady Sabrina?«

Elisabeth wußte, daß der Dienerschaft nicht die geringste Kleinigkeit aus dem Leben der Herrschaft entging. Mit Sicherheit wußte dieser alte Narr, daß Sabrina sich bloßgestellt hatte. Dennoch besaß er die Frechheit, sie, die neue Herrin auf Monmouth Hall anzusprechen, um sich nach Sabrina zu erkundigen.

»Ich fürchte, Ribble«, antwortete sie kalt, »meine Schwester wird den Schneesturm nicht überlebt haben. Die Männer suchen immer noch nach ihr, wie Sie wissen. Doch bald wird Seine Lordschaft die Sinnlosigkeit des

Unternehmens einsehen und die Männer zurückholen. Ihre Leiche wird wohl erst bei der Schneeschmelze gefunden werden.«

Ein schmerzlicher Zug flog über das faltige Gesicht des alten Mannes.

»Natürlich eine furchtbare Tragödie und für uns alle ein großer Verlust«, fuhr sie noch kälter fort, während sie sich in Bewegung setzte. »Bringen Sie mich nun in den Salon, Ribble.«

Ribble öffnete schweigend die Flügeltüren des Salons, und Elisabeth rauschte an ihm vorbei.

Ihr Begrüßungslächeln war eine starre Maske. Mit ausgestreckten Händen ging sie dem Besucher entgegen. »Richard! Was treibt Sie nach Yorkshire, ausgerechnet jetzt? Ich wette, London ist ein durchaus angenehmerer Aufenthaltsort als Yorkshire um diese Jahreszeit.«

Der Marquis von Arysdale, lässig an den Kaminsims gelehnt, nahm Haltung an und hob Elisabeths Hand elegant an die Lippen. »Welche Freude, Sie zu sehen, Elisabeth. Die Ehe scheint Ihnen zu bekommen. Ich bedauere nur, daß ich an der Hochzeitsfeier nicht teilnehmen konnte.«

Elisabeth reagierte auf den gehauchten Handkuß mit leichter Wangenröte in ihrem farblosen Gesicht. Richard war ein notorischer Frauenheld, das hatte sie immer gewußt, sich aber nichts daraus gemacht. Nun, da sie verheiratet war und wußte, was Männer an Frauen interessierte, dachte sie unwillkürlich, was sie beim Liebesakt empfinden würde, wenn Richard ihr Gatte wäre. Die roten Flecken auf ihren Wangen vertieften sich, als sie sich Richards muskulösen Körper nackt im Bett vorstellte.

»Wo ist Sabrina, Elisabeth?«

Sie senkte den Blick und sagte mit glaubhaft bebender Stimme: »Bitte setzen Sie sich, Richard. Ich habe schlechte Nachrichten für Sie.«

»Was zum Teufel meinen Sie damit?« Sein Charme war mit einem Mal verflogen.

»Bitte, Richard«, bat sie leise mit einer Handbewegung zu einem blauen Brokatsofa.

»Wo ist Sabrina?« forderte der Marquis barsch und setzte sich widerwillig neben sie.

Liebend gern hätte sie seine Sympathien für Sabrina zerstört, ihm gesagt, wie schmachvoll sie sich benommen hatte, doch sie wußte genau, daß sie Zurückhaltung üben mußte. Richard war unberechenbar. Möglicherweise bekam er einen Wutanfall, würde Trevor vielleicht sogar töten. »Sabrina ist . . . verschwunden«, stammelte sie mit gesenktem Kopf und wartete stumm.

»Sabrina besitzt keine überirdischen Kräfte, sie kann sich nicht in Luft auflösen. Was zum Teufel meinen Sie also damit, sie ist verschwunden?«

»Wie ich es sage, Richard«, hauchte sie. »Sie hat das Schloß am Sonntag verlassen, bevor der Schneesturm einsetzte. Sie hinterließ Großvater einen kurzen Brief, in dem sie ihn davon in Kenntnis setzte, daß sie zu Tante Barresford nach London reisen wollte. Doch dort ist sie nie angekommen. Wir befürchten, daß ihr ein Unglück zugestoßen ist und sie umgekommen ist.«

Der Marquis sprang auf die Füße und starrte wild auf sie herab, seine dunklen Augen funkelten gefährlich. »Herrgott, Elisabeth, was reden Sie? Sabrina wußte, daß ich sie besuchen werde . . . ich denke auch, daß ihr der Grund meines Besuchs bekannt war.«

Elisabeth genoß die Trumpfkarte, die er ihr soeben unwissentlich zugespielt hatte. »Vielleicht, Richard«, hauchte sie mit tränenfeuchten Augen, »haben Sie uns damit den Grund ihrer Flucht genannt.«

»Das ist doch völlig absurd, eine bösartige Unterstellung, Elisabeth. Und das wissen Sie genau!«

Er drehte auf dem Absatz um und stapfte mit wütenden Schritten zur Tür.

Elisabeth war im Nu auf den Beinen. »Wohin wollen Sie, Richard?«

Über die Schulter, ohne sie eines Blickes zu würdigen,

warf er ihr zu: »Ich spreche mit dem Grafen. Von Ihnen scheine ich ja keine vernünftige Antwort zu bekommen.«

Sabrina rannte einen langen, dunklen Korridor entlang. Menschen starrten auf sie herab, doch niemand machte Anstalten, ihr zu helfen. Beim Geräusch schwerer Schritte, die sich bedrohlich näherten, wirbelte sie im Laufen herum. Trevor war hinter ihr her, in seinen Augen stand Gier und Wollust. Sie spürte einen scharfen Stich im Rücken und schrie gellend auf. Die Menschen blickten kalt und teilnahmslos auf sie herab. Eine Hand umklammerte ihre Schulter, sie schrie wieder gellend.

»Sabrina! Wachen Sie auf!«

Das Entsetzen lähmte ihren Verstand noch einige Sekunden.

»Aufwachen! Sie haben einen Alptraum!«

Mühsam öffnete sie die Augen und blickte in Phillips Gesicht. Sie stöhnte erleichtert auf und schlang hilfesuchend ihre Arme um seinen Hals.

»Die Gesichter ... es waren so viele Gesichter, und keiner wollte mir helfen.«

Phillip hielt sie eng umschlungen, strich ihr das wirre Haar aus der Stirn. »Es war nur ein Alptraum, Sabrina. Sie haben nichts zu befürchten. Was haben Sie für Gesichter gesehen?«

Sie holte tief und stockend Luft und lehnte sich zurück, um ihn anzusehen. »Die Gesichter ... es müssen die Portraits in der Ahnengalerie gewesen sein. Es waren so viele ... Tote, sie konnten mir nicht helfen.«

»Sie sind in die Ahnengalerie gelaufen, um sich vor Trevor in Sicherheit zu bringen?«

»Ja ... nein«, sagte sie abweisend, als sie ihre Fassung wieder gewann.

»Wer sind Sie, Sabrina? Und wer ist Trevor?«

Einerseits wollte sie ihm die Wahrheit sagen, andererseits wußte sie, daß ihr Mund verschlossen bleiben mußte. Solange Trevor und Elisabeth in Monmouth Hall lebten, konnte sie nicht zurück. Sie konnte sich Phillips Reaktion gut vorstellen, wenn sie ihm die schmutzige Geschichte erzählte. Er würde sie nach Monmouth Hall zurückbringen und eine Gegenüberstellung mit Trevor erzwingen. Nein, das durfte sie nicht zulassen. Sie hatte ihre Pläne gemacht und würde, sobald sie wieder bei Kräften war, Yorkshire den Rücken kehren und zu Tante Barresford reisen. Sie zwang sich, Phillip kühl zu behandeln.

»Wie Sie wissen, heiße ich Sabrina Eversleigh. Trevor ist ein Name, der Sie nichts angeht.«

»Zu meinem Bedauern muß ich Ihnen widersprechen, Bree. Alles, was Sie betrifft, geht mich etwas an. Andererseits habe ich nichts gegen ein kleines Geheimnis. Ich habe viel Geduld und außerdem die Zeit auf meiner Seite.«

Plötzlich stützte sie sich erschreckt auf einen Ellbogen. »Mein Geld . . . wo ist mein Geld?«

»Sprechen Sie von den drei Pfundnoten und den Münzen, die ich in Ihrem Mieder gefunden habe?«

Röte stieg ihr in die Wangen. »Ja«, flüsterte sie.

Er erhob sich und sagte liebenswürdig: »Bedauerlicherweise gibt es weit und breit keine Spielhölle, in der ich Ihr Geld hätte verprassen können, deshalb sind Ihre drei Pfund ziemlich sicher. Das Geld liegt dort drüben auf der Kommode. Da Sie schon wach sind, muß ich darauf bestehen, daß Sie noch ein paar Löffel Suppe essen. Sie wollen doch nicht nach Hause kommen und wie ein Gespenst aussehen.«

Die verhaßten Tränen stiegen ihr wieder in die Augen. »Ich wohne in London. Und nach London werde ich reisen, wenn ich wieder ganz gesund bin.«

»Erzählen Sie mir keine Märchen, Bree. Vermutlich wollen Sie mir auch noch weismachen, Sie hätten nur einen erholsamen Winterspaziergang gemacht und sich im Wald von Eppingham verirrt.«

Sein sarkastischer Ton ärgerte sie, dennoch schaffte sie es, gelassen zu reagieren. »Ich habe Bekannte meiner Familie besucht. Ich lebe bei meiner Tante in London. Bitte, Phillip, Sie müssen mir helfen, zu ihr zurückzukehren.«

»Wie heißt Ihre Tante?«

Sabrina biß sich auf die Unterlippe und wandte das Gesicht ab. »Sie ist mit einem ... Kaufmann in London verheiratet. Ihr Name würde Ihnen nichts sagen.«

»Dann sind Sie also eine Waise?«

Sie hatte sich nie als Waisenkind gesehen, obwohl beide Eltern gestorben waren, als sie noch ein kleines Mädchen gewesen war. Sie nickte stumm.

»Du lieber Himmel, sind Sie eigensinnig! Wie können Sie von mir erwarten, daß ich Sie zu Ihrer ... Tante bringe, wenn Sie mir nicht sagen, wer sie ist?«

»Ich wollte die Postkutsche nehmen. Auf dem Weg dorthin verstauchte mein Pferd sich den Hinterlauf, und ich wurde vom Schneesturm überrascht.«

Der Vicomte schlug die Hände über dem Kopf zusammen. »Genug, Sabrina. Wenn Sie mir noch mehr von diesen ungereimten Geschichten erzählen, versohle ich Ihnen den Hintern.«

Wäre sie nicht in einem so elenden Zustand gewesen, hätte ihr vernichtender Blick seine Wirkung nicht verfehlt.

Er schmunzelte. »Gnade, Mylady. Darf ich Ihnen die Suppe kredenzen?«

»Nennen Sie mich nicht so!«

»Wieso nicht, Sabrina? Selbst wenn Sie keinen Siegelring tragen, erkenne ich eine Dame von Stand.«

Ein Hustenanfall schüttelte ihren Körper. Phillip setzte sich aufs Bett, hielt sie in den Armen und rieb ihr sanft den Rücken bis der rasselnde Husten aufhörte.

»Ich fühle mich miserabel«, murmelte sie.

»Ich weiß.« Er legte sie sanft aufs Kissen zurück und deckte sie zu. »Keine weitere Inquisition, wenigstens nicht im Moment.«

Phillip sah sie noch eine Weile sinnend an, bevor er das Zimmer verließ. Mein Gott, war sie starrköpfig!

»Sie haben einen schlechten Zeitpunkt für Ihren Besuch gewählt, Clarendon. Es wäre für uns alle besser gewesen, wenn Sie eine Woche früher gekommen wären.«

»Aus Elisabeth habe ich nichts herausgebracht, Mylord. Vielleicht sagen Sie mir, wohin Sabrina verschwunden ist, damit ich sie zurückholen kann.«

»Machen Sie kein so finsteres Gesicht, Richard! Setzen Sie sich! Ich bin in meinem Haus nur von Idioten umgeben, machen Sie mir nicht auch noch das Leben schwer.«

Der Marquis nahm in einem Ledersessel dem Grafen gegenüber Platz und betrachtete den alten Mann prüfend. Seit seinem letzten Besuch war er um Jahre gealtert. Seine Augen lagen tief in den Höhlen, seine Schultern waren nach vorne gefallen.

»Was ist geschehen, Mylord?«

»Sie ist fort, Clarendon, und sie hat mir nur einen kurzen Brief hinterlassen. Meine Leute suchen die gesamte Gegend nach ihr ab, bisher ohne jeden Erfolg.«

Der Marquis warf ungeduldig ein: »Elisabeth hat mir etwas von dem Brief erzählt. Sie sagte, Sabrina wollte ihre Tante Barresford in London besuchen.«

Die Stimme des Grafen war tonlos. »Keine Frau, auf die Sabrinas Beschreibung paßt, ist in der Poststation von Borhamwood aufgetaucht. Jeder kennt sie im Dorf, aber niemand hat sie gesehen.«

»Dann hat sie Freunde in der Nähe besucht.«

»Leider nein, Richard.«

Der Marquis sprang auf und tigerte wie ein wildes Tier im Käfig vor dem Grafen auf und ab. »Das ist doch lächerlich«, knurrte er mit rauher Stimme, stellte sich vor den Stuhl des Grafen und fragte eindringlich: »Warum, Sir, warum?«

»Was hat Elisabeth Ihnen gesagt?«

»Elisabeth?« Der Marquis hob gereizt die Schultern.

»Sie faselte etwas davon, daß Sabrina weggelaufen sei, weil ich meinen Besuch angekündigt habe.«

Ein abfälliges Lächeln flog über die schmalen Lippen des Grafen. »Elisabeth versucht es anscheinend mit mehreren Versionen. Aber Sie müssen die Wahrheit erfahren — soweit ich sie kenne. Sabrina hatte Ihren Besuch wohl völlig vergessen. Sie haben sie in den letzten Monaten ziemlich vernachlässigt, Clarendon, für einen Mann, der behauptet, Interesse an meiner Enkelin zu zeigen.«

Richard fuhr zurück, seine Augen verengten sich. »Ich bitte Sie, sich freundlichst zu erinnern, Mylord, daß Sie mir das Versprechen abgenommen haben, Sabrina bis zu ihrem achtzehnten Geburtstag nicht zu besuchen. Erst vor zwei Wochen hatte sie diesen Geburtstag.«

Zum Erstaunen und großen Leidwesen des Marquis rann eine Träne aus dem rechten Auge des Grafen und rollte über sein zerknittertes Gesicht.

»Begreifen Sie denn nicht, was ich Ihnen gesagt habe? Sie ist fort und mit großer Wahrscheinlichkeit tot. Ihr Pferd kam mit einem lahmen Bein zum Schloß zurück, und von ihr finden wir keine Spur. Der Schneesturm dauerte zwei Tage — niemand kann ihn im Freien überlebt haben!«

Der Marquis verdrängte die Angst, die in ihm hochstieg, und er sagte zuversichtlich: »Sabrina ist jung, Mylord, aber sie ist keine Närrin. Sie hat irgendwo Unterschlupf gefunden, davon bin ich überzeugt. Verflucht, wieso ist sie überhaupt fortgeritten?«

Mit Widerwillen dachte der Graf an seinen Großneffen und Erben. Trevor Eversleigh würde dem Grafentitel wenig Ehre einbringen. Doch er war ein Eversleigh, und die Linie durfte nicht aussterben. Der Graf wußte, wenn er Clarendon die Geschichte erzählte, die Elisabeth und Trevor ihm aufgetischt hatten, würde der Marquis Trevor ohne Zögern töten.

»Mäßigen Sie sich, Clarendon!« wies der Graf ihn zurecht. »So leid es mir tut, ich weiß es nicht.«

Auf den ungläubigen Gesichtsausdruck des Marquis fügte der Graf hinzu: »Mein Leid ist größer als Ihres, mein Junge. Ich habe meine Enkelin verloren.«

»Ich akzeptiere Ihre Resignation nicht«, sagte der Marquis energisch. »Sabrina ist nicht tot.«

Der Graf drehte in einer hilflosen Geste seine Handflächen nach außen.

Der Marquis ging eilig zur Tür. Die Hand bereits an der Klinke, drehte er sich noch einmal um: »Wo ist Ihr Großneffe, Mylord? Ich möchte den Mann kennenlernen.«

Der Graf vermied es, Richard direkt anzusehen. »Trevor ist in seinem Zimmer, er kuriert eine Erkältung aus. Er hat den Suchtrupp angeführt und sich dabei eine Erkältung zugezogen.«

Der Marquis schnaubte verächtlich.

Der Graf wiederholte Elisabeths Worte: »Trevor lebte bisher in Italien und ist an unsere rauhen Winter nicht gewöhnt.«

»Wollen Sie den Mann rufen lassen, Mylord, oder soll ich ihn in seinem Krankenzimmer aufsuchen?«

Der Graf sah keine Hoffnung, die Begegnung zu verhindern und nickte bedächtig. »Schenken Sie uns beiden ein Glas Sherry ein, Richard. Ich erkundige mich, ob er in der Verfassung ist, Sie zu empfangen.« Er hob die Hand und zog an der Goldquaste der Klingelschnur.

Trevor öffnete seinen Morgenrock. Die Kammerzofe Mary lag mit gespreizten Beinen auf dem Rücken und keuchte vor Verlangen. »Bitte, Sir«, stöhnte sie und streckte die Arme nach ihm aus.

Trevors Finger glitten an der Innenseite ihres Schenkels entlang. Sie stöhnte bei seiner Liebkosung und hob ihm ihre Hüften entgegen.

»Was bist du nur für eine dreckige Hure«, sagte er mit belegter Stimme. Ihr Zittern erhöhte seine Lust, plötzlich saß er rittlings auf ihr und stieß tief in sie hinein. Sie versuchte ihn zu umarmen und auf den Mund zu küssen, doch er stieß ihr Gesicht beiseite, schob ihre Röcke höher und vergrub seine Finger im Fleisch ihrer Hinterbacken.

Sie schrie auf. Er stieß tiefer. Sie stöhnte und kreiste ihre Hüften. »Ja, du kleine Hure«, flüsterte er. »Du hast es gern, wenn es weh tut, stimmt's? Schmerz und Lust sind eine gute Mischung . . .«

Trevors Hand packte eine ihrer weißen, vollen Brüste. Er knetete ihr zartes Fleisch, bewegte sich rhythmisch in ihr und spürte, wie sie sich unter ihm anspannte. Er drückte die Knospe ihrer Brustwarze brutal zusammen und drang noch tiefer in sie. Sie ächzte vor Schmerz und Wollust, ihr Körper bäumte sich unter ihm auf.

Trevor hielt inne, entleerte zuckend seinen Samen in ihr und gab dabei einen gutturalen Schrei der Befriedigung von sich. »Du kleine Nutte«, keuchte er und lag schlaff auf ihr. Dann rollte er seitlich von ihr herunter und fluchte. Diese verdammte Sabrina! Sie war eine Dirne wie alle anderen, aber sie hatte ihn abgewiesen. Nun war sie tot, und er würde sie nie besitzen. Er blickte Mary an, die sich schamlos neben ihm räkelte. Billige Schlampe, dachte er angeekelt.

Es klopfte an der Tür. Mary fuhr hoch und sah ihn entsetzt an.

»Unter die Decke!« zischte er, stand auf, strich die Decke glatt und schlüpfte in den Morgenmantel.

»Wer ist da?« rief er gereizt.

»Ich bin es, Jesperson, Sir. Seine Lordschaft erwartet Sie in der Bibliothek.«

»Einen Augenblick. Ich muß mich anziehen. Schicken Sie meinen Diener.« Er wandte sich dem zerzausten Zimmermädchen zu und sagte barsch: »Wenn du schon hier bist, kannst du dich nützlich machen.« Er wies auf den Nachttopf. »Leere ihn aus, Mädchen. Ich rufe dich, wenn ich dich wieder brauche.«

»Aber Sir . . .«

»Genug! Mein Diener wird jeden Aufenblick hier sein. Hinaus mit dir.«

»Ja, Sir«, sagte das Mädchen mit leiser, gekränkter Stimme, nahm den Nachttopf und schielte verstohlen nach ihrem Herrn, der seinen Morgenmantel abgelegt hatte und nackt vor dem Kamin stand. Sein Körper war weniger schön als sein Gesicht; weich und weiß, fast wie der Körper einer Frau. Und dennoch würde sie willig zu ihm zurückkommen, wenn er sie rief. Ihre Brustwarze schmerzte und auch ihre Hinterbacken, doch das verlängerte die Erinnerung an die quälende Wollust, die er ihr verschafft hatte. Sie huschte aus dem Zimmer. Ihre Reaktion überraschte und verwirrte sie. Lord Eversleigh war ein seltsamer und strenger Mann, der viele Ansprüche stellte. Sie dachte hämisch an ihre flachbrüstige Herrin und deren schmale Lippen. Ob der Herr seiner eisigen Gattin je einen Lustschrei entlocken konnte?

Als Trevor die Bibliothek betrat, war er makellos und elegant gekleidet.

»Aha, da bist du ja, Trevor. Dies ist der Marquis von Arysdale. Richard, mein Neffe Trevor Eversleigh.«

Trevor streckte dem Besucher seine beringte Hand entgegen und zuckte unter dem festen Händedruck des Marquis zusammen.

»Mylord«, sagte er leise. »Es ist mir eine Ehre.« Er drehte den Stein seines Smaragdrings um, den die wuchtige Hand des Marquis in sein Fleisch gedrückt hatte.

Dem Marquis entging die Geste nicht. Er nahm Trevors überaus modische Kleidung zur Kenntnis und trat instinktiv einen Schritt zurück. Großer Gott, dachte er angeekelt, was für ein eitler Geck.

»Trevor, der Marquis ist wegen Sabrina hier. Wie wir alle ist er sehr besorgt wegen ihres Verschwindens.«

»Ja, sehr bedauerlich, Euer Ehren, sehr bedauerlich.« Trevor zog ein Spitzentaschentuch aus der Weste und betupfte damit die Stirn.

»Ich habe die Absicht, Sabrina zu heiraten, Sir«, stieß der Marquis zwischen den Zähnen hervor. »Und ich suche nach einer logischen Erklärung für ihr Verschwinden.«

Trevors Puls schlug schneller. »Ich fürchte, Euer Ehren«, sagte er mit leichtem Zungenschlag, »ich kann Ihnen keine Hilfe sein. Die überstürzte Abreise meiner Schwägerin ist für uns alle ein großer Schock.«

Der Marquis wandte sich ab, konnte seine Verachtung nicht verbergen und streifte hastig die Handschuhe über. »Ich werde sie nicht länger behelligen«, sagte er zum Grafen gewandt.

»Was werden Sie unternehmen, Richard?«

»Ich suche die ganze Gegend nach Sabrina ab, Mylord. Guten Tag, Sir«, sagte er mit einem knappen Nicken zu Trevor und verließ die Bibliothek.

Trevor sah den Grafen an. »Sie haben mir nicht gesagt, daß Sabrina diesen Mann heiraten wird.«

»Sie hat ihm ihr Jawort noch nicht gegeben«, entgegnete der Graf barsch.

»Verstehe«, sagte Trevor leise. Er spielte mit der goldenen Uhrkette seiner Weste. Ein gräßlicher Kerl.

»Er ist ein Mann. Geh in dein Zimmer und pflege deine Erkältung, Trevor. Ich möchte nachdenken.«

Ein spöttisches Lächeln zog Trevors Mundwinkel leicht nach unten. »Ich denke, Mylord, meine Erkältung ist bereits am Abklingen. Ich werde mich um die arme Elisabeth kümmern.«

Die Stimme des Grafen hielt ihn an der Tür fest.

»Ich rate dir, Neffe, *deine* Version von Sabrinas Abreise dem Marquis nicht zu Ohren kommen zu lassen. Er ist kein sehr verständnisvoller Mann, und ich wette, er würde dich mit seinen bloßen Händen erwürgen.«

Trevor erschauerte geziert. »O ja, ich fürchte mich so sehr vor seinen Händen«, flüsterte er spöttisch und verließ die Bibliothek.

KAPITEL 4

»... ohne langes Federlesen und ohne mit der Wimper zu zucken, befahl Nell ihm, die Hosen fallen zu lassen. Dann trieb sie ihn, nackt wie Gott ihn schuf, vor sich her zum Lager und erstattete dem Colonel Meldung: ›Der Schuft hat versucht, mich zu vergewaltigen, Sir! Ich denke, der Mann verdient es, gehängt zu werden!‹ Damit übergab sie dem Colonel die Pistole und kramte die Papiere hervor, die der Kerl ihr aus dem Mieder gezogen hatte. ›Sollte der Überfall auf eine wehrlose Frau kein ausreichender Grund sein, Sir‹, fügte sie hinzu, ›so liefern diese Dokumente, in denen englische Kriegsstrategien verraten werden, wohl hinreichend Grund für seine Exekution.‹ Der Colonel blickte zuerst Nell an, dann den nackten Kerl, dann fiel ihm das Monokel aus dem Auge.«

»Phillip, bitte bringen Sie mich nicht zum Lachen! Das tut weh in der Brust! Sergeant Nell ist ein wunderbarer Name.«

»Ja, und ich habe nie eine mutigere Frau getroffen als sie. Ich glaube, sie führt heute ein sehr exklusives Bordell in Brüssel.«

»Du lieber Himmel! Sergeant Nell scheint Gefallen an dem gefunden zu haben, was sie im Krieg zu sehen bekam.«

»Etwas mehr Zurückhaltung, wenn ich bitten darf, Bree.«

»Wenn Sie wünschen, daß ich mich wie eine wohlerzogene junge Dame benehme, dürfen Sie mir keine zweideutigen Geschichten erzählen.« Dann meinte sie versonnen: »Sie haben so viele Abenteuer erlebt. Ich habe in meinem Leben bisher nur auf Pferden gesessen, an langweiligen Festen teilgenommen und faule Bedien ...« Sie unterbrach und sah ihn mit versteinerter Miene an.

Er meinte galant: »Ich sehe Sie direkt vor mir, Bree. Wie Sie als verwegene Reiterin durch Londons Straßen galoppieren, noch dazu im Bankenviertel.«

»Natürlich reite ich nicht nur im Hyde Park aus, Phillip, denn mein Onkel ist ein sehr wohlhabender Kaufmann. Ich kann reiten, wo immer es mir beliebt.«

Er hob erstaunt die Augenbrauen. Auf ihren hochmütigen Blick hin zuckte er die Achseln und grinste. »Wußten Sie, daß Wellington wegen seiner meisterlichen Rückzüge berühmt wurde?«

»Wellington ist schließlich Englands siegreichster General! Es heißt, er könne keine Schlacht verlieren.«

»Genau, meine Beste. Da ich ihn sehr verehre, habe ich ihn genau studiert und gelernt, wann ich mich zurückziehen muß, um eine entscheidende Schlacht zu gewinnen.«

»Na schön, Phillip. Diesmal sollen Sie das letzte Wort haben. Danach ist aber Schluß damit.«

Er grinste. »Und Sie, Bree, sind soweit wieder hergestellt, daß Sie ein Bad nehmen können.« Er hob ihren schweren, schwarzen Zopf hoch, der glanzlos über ihrem Rücken hing. »Und eine Haarwäsche. Was halten Sie davon?«

»Das wäre wunderbar. Ich habe das Gefühl, mich juckt es am ganzen Körper.«

»Seien Sie nicht undankbar. Ich habe Sie sorgfältig gewaschen und von Ungeziefer freigehalten.«

Errötend wandte sie den Kopf.

Er erhob sich und fügte mit einem Anflug von Ungeduld hinzu: »Seien Sie nicht zimperlich, Sabrina. Wäre es Ihnen lieber gewesen, ich hätte Sie im Schnee liegen gelassen?«

»Tut mir leid, Phillip«, sagte sie so reumütig, daß er sie verwundert ansah. »Sie waren wirklich gut zu mir.«

»Unsinn, Bree«, wehrte er schroff ab und verließ das Schlafzimmer.

Als er mit zwei großen Eimern heißem Wasser zurückkam, saß Sabrina aufrecht im Bett und blickte ihm mit erwartungsvollem Gesicht entgegen. Er mußte lachen. »Bitte hüpfen Sie mir nicht ins Wasser, bevor die Wanne voll ist.«

»Gibt es denn auch Seife?«

Er goß das Wasser in die Kupferwanne. »Ich wünschte, Sie würden meine hausfraulichen Fähigkeiten nicht länger anzweifeln ... ebensowenig wie die ausgezeichnet geführte Vorratswirtschaft unseres unbekannten Gastgebers.« Sie lächelte, und er entfernte sich, um mehr Wasser zu holen.

Nachdem die Wanne voll war, wartete er einen Augenblick und sah zu, wie sie ihr Haar löste. »Ich nehme nicht an, daß Sie wissen, wer der Besitzer dieser Jagdhütte ist?«

»Wieso ...« Sie biß sich auf die Unterlippe und blickte ihn unschuldig an. »Woher soll ich das wissen? Ich sagte Ihnen doch, ich lebe in London.«

»Ach ja. Wie dumm von mir, das zu vergessen.« Er grinste und zog ihr die Decke weg. »Ihr Bad ist bereit, Sabrina.«

Sie hüllte sich fest in den Morgenmantel und schwang die Füße aus dem Bett. Er streckte ihr die Arme entgegen, doch sie achtete nicht auf ihn. Kaum stand sie jedoch auf den Beinen, wankte sie und suchte Halt bei ihm. »Ich fühle mich so schwach wie ein welkes Blatt«, murmelte sie an seiner Brust. »Bitte helfen Sie mir zur Wanne, Phillip, dann können Sie gehen.«

Er hob sie hoch und setzte sie neben der Wanne ab. Mit unbewegtem Gesicht sah sie ihn an. »Den Rest schaffe ich alleine, vielen Dank.«

»Ich denke nicht daran, Sie jetzt ertrinken zu lassen, nachdem ich Sie mit solcher Mühe hochgepäppelt habe.« Er hielt sie mit einem Arm fest und begann, ihren Gürtel zu lösen.

»Bitte Phillip, ich schaffe es allein«, japste sie und versuchte, seine Hand abzuwehren.

Abrupt ließ er sie los. »Gut. Dann sehe ich nach meinem Pferd.«

Sie hielt sich am Rand der Badewanne fest und rührte sich nicht, bis er das Zimmer verlassen hatte. Sie verfluchte ihre gräßliche Schwäche. Nach einiger Mühe gelang es ihr endlich, den Knoten des Gürtels zu öffnen. Sie schlüpfte aus dem Morgenmantel und ließ ihn zu Boden fallen. Dann schaute sie hilflos auf die Wanne, deren Rand eine unüberwindliche hohe Barriere darstellte. Sie biß die Zähne aufeinander und machte sich mit großer Anstrengung daran, zitternd vor Schwäche in die Wanne zu steigen. Doch ihre Finger glitten vom Rand, und mit einem Aufschrei sank sie zu Boden. Den Tränen nahe vor Wut, blieb sie einen Augenblick liegen, um Kräfte zu sammeln.

Da hoben sie zwei starke Arme hoch. »Nein!« entfuhr ihr ein unterdrückter Protestschrei.

»Ruhig, meine Liebe«, sagte Phillip streng und setzte sie in die Wanne.

Erst als das warme Wasser ihr bis zum Kinn reichte, ließ er sie los. Sie sah so komisch aus in ihrer Verlegenheit, daß er Mühe hatte, nicht zu lachen.

Er trat hinter sie und meinte fachmännisch: »Ich werde Ihnen jetzt das Haar waschen. Den Rest schaffen Sie wohl alleine.« Da sie immer noch wie versteinert dasaß, fügte er mit einiger Ungeduld hinzu: »Unschuldige Jungfrauen zu verführen, gehört nicht in mein Repertoire, das können Sie mir glauben, Sabrina.« Ohne ihre Antwort abzuwarten, machte er sich daran, ihren Zopf aufzuflechten.

Geflissentlich übersah er ihre vergeblichen Versuche, ihre Blößen vor ihm zu verbergen. Statt dessen machte er sich geschickt daran, ihr Haar einzuseifen.

»Machen Sie die Augen zu, Bree! Ich wasche Ihnen jetzt das Gesicht.«

Sie machte den Mund auf, um gegen sein Ansinnen zu protestieren, doch schon hatte sie den Mund voll Seifenschaum. Er lachte über ihren entrüsteten Blick hinter der Schaummaske.

»Luft anhalten, jetzt wird getaucht!« befahl er weiter und drückte ihr den Kopf unter Wasser. Prustend kam sie wieder hoch.

»Phillip . . .«

Er lachte nur. Nachdem er den Schaum sorgfältig aus ihrem Haar gespült hatte, wickelte er ein Handtuch wie einen Turban um ihren Kopf. Er überlegte kurz, wie er ihr weitere Peinlichkeiten ersparen könnte, doch die Erschöpfung stand ihr zu deutlich im Gesicht. Er zog sie hoch und hob sie aus der Badewanne, wobei reichlich Wasser auf seine Hosen und den Fußboden schwappte.

Sie hatte nicht die Kraft, gegen seine Behandlung zu protestieren und hielt sich hilflos an ihm fest, während er sie abtrocknete. Mit einem Mal wurde sie sich seiner Nähe bewußt, ihrer eigenen Nacktheit und der Stärke seiner Arme, als er sie an sich gedrückt hielt. Behutsam trocknete er ihren Körper ab, und anstatt vor Verlegenheit zu erröten, blickte sie ihm direkt ins Gesicht. Als das Handtuch über ihren Bauch streifte, durchfuhr sie ein Schauer.

Phillip spürte, wie ihre Finger sich in seine Arme gruben. Er lächelte zu ihr hinunter. Ihre Blicke trafen sich. Er spürte ihr Zittern, konnte ihren Gesichtsausdruck aber nicht deuten. Eine Welle des Verlangens erfaßte ihn, und er beschimpfte sich im stillen als niederträchtigen Halunken. Ohne sie noch einmal anzusehen, hüllte er sie in den Morgenmantel und trug sie zum Stuhl neben dem Kaminfeuer.

»Ihr ergebener Diener hat noch eine Aufgabe zu erledigen.« Damit ging er zum Bett und zog das Laken ab.

Sabrina sah ihn lange von der Seite her an. Sein muskulöser, männlicher Körper machte Eindruck auf sie. Sie wunderte sich über die befremdliche, aber ausgesprochen angenehme Empfindung, die sie bei seiner Berührung gespürt hatte, ein völlig anderes Gefühl als der Ekel, der sie bei der Berührung von Trevors Händen geschüttelt hatte.

Sabrina schlief den ganzen Nachmittag und erwachte in der Abenddämmerung. Sie lag einige Minuten still und genoß das Gefühl sauberer Laken. Dann befühlte sie ihr Haar, das sorgfältig gekämmt auf dem Kissen ausgebreitet lag. Die schwarzen Locken fühlten sich weich an und waren beinahe trocken. Lächelnd dachte sie an Phillips beruhigendes Brummen, als er ihre nassen Strähnen kämmte.

Der hartnäckige Husten zwang sie, sich aufzusetzen, um nicht zu ersticken. Sie war nicht erstaunt, Phillips schwere Schritte sofort auf der Treppe zu hören.

»Trinken Sie das, Bree, das lindert den Husten.«

Mit roten Augen blickte sie zu ihm hoch. Er hielt ihr eine Tasse an die Lippen, und sie schlürfte vorsichtig den heißen, starken Tee.

Dann legte sie sich ins Kissen zurück. »Sie muß ziemlich dumm gewesen sein«, murmelte sie nach einer Weile.

Phillip stellte die Teetasse auf den Nachttisch und setzte sich auf die Bettkante.

»Wer war ziemlich dumm, Bree?«

»Das Mädchen, mit dem Sie verlobt waren«, sagte sie ohne Scheu. Wäre sie ihm im Salon auf Monmouth Hall artig gegenüber gesessen, hätte sie niemals gewagt, diesem Gedanken Ausdruck zu verleihen, schoß es ihr absurderweise durch den Kopf.

»Du liebe Güte! Wie kommen Sie ausgerechnet auf sie?«

Ihre Worte kamen ihr ziemlich töricht vor, gleichzeitig freute sie sich über seine Heiterkeit. Als sie ihn vor kurzem beiläufig gefragt hatte, ob er verheiratet sei, war seine verneinende Antwort schroff und abweisend gewesen.

»Ich nehme an, Sie sprechen von Elaine?« forschte er behutsam.

Sie nickte stumm, sehr wohl wissend, daß sie ein Thema anschnitt, das sie nichts anging.

»Und warum halten Sie die Dame für dumm?«

Sie schaute ihn lange an, bevor sie mit einem spitzbübischen Lächeln, das ihre Grübchen vertiefte, antwortete: »Mit Ihnen im Haus, Phillip, hätte sie allerlei finanzielle Einsparungen gehabt. Ein einziger Diener hätte vollauf genügt.«

»Nur weil ich ein ausgesprochen praktisch veranlagter Mensch bin, Bree, und klaglos Ihre extravaganten Launen ertrage, heißt das nicht, daß Sie das Recht haben, mich in die Rolle des Majordomus zu drängen.«

Sie bemühte sich um einen entrüsteten Ausdruck. »Und was, bitte schön, sind meine extravaganten Launen, Sir?«

»Da wäre einmal Ihr Mangel an Vertrauen. Ich muß Sie zu Tode gelangweilt haben mit meinen Anekdoten aus meinem dreißigjährigen Leben. Doch Sie haben mir nicht das Geringste von sich erzählt. Abgesehen«, fügte er hinzu, »von einem Haufen Ungereimtheiten.«

Sie biß sich auf die Lippe und senkte schuldbewußt den Blick.

Er sah, daß sie sich schon wieder vor ihm zurückzog. »Sie sollten wissen«, fuhr er fort, »daß die Leute, die sich um das Haus hier kümmern, vermutlich jeden Tag hier auftauchen können. Es ist wärmer geworden, und der Schnee schmilzt schnell. Wenn ich Ihnen helfen soll, Sie sicher zu Ihrer Familie zurückzubringen — wo immer sie lebt — werden Sie mir reinen Wein einschenken müssen. War Diablo Ihr Pferd, Sabrina? Hat Ihr Großvater es erschossen?«

Seine unvermutete Frage erzielte den gewünschten Überraschungseffekt. Sie blickte ihn erschrocken an. »Wie ... was wissen Sie von Diablo? Damals war ich zehn Jahre alt. Meine Schwester ritt ihn ohne mein Wissen und zwang ihn, über eine Hecke zu springen.« Ihr Gesicht verdüsterte sich in der schmerzlichen Erinnerung. »Er brach sich ein Bein und mußte erschossen werden. Aber wieso ...«

»Sie haben im Fieberwahn fantasiert und seinen Namen gerufen.«

Sie war nun sehr wachsam. »Habe ich sonst einen Namen genannt?«

»Trevor.«

»Ja, Trevor«, wiederholte sie dumpf und wandte den Kopf.

Phillip erhob sich. »Verflucht, Bree, hören Sie auf, sich vor mir zu verschließen. Was auch passiert ist, ich kann Ihnen helfen, wenn Sie mir nur die Wahrheit sagen würden.«

»Meine Wahrheit geht Sie nichts an, Phillip.« Auf den verärgerten Zug, der über sein Gesicht flog, fügte sie mit Bestimmtheit hinzu: »Ab morgen brauchen Sie sich nicht mehr um mich zu kümmern. Ich werde kräftig genug sein, die Postkutsche nach London zu besteigen, wenn Sie mich netterweise nach Borhamwood bringen.«

»Das kann ich nicht tun, Sabrina«, antwortete er mit verblüffend sanfter Stimme. »Sie wissen genau, daß ich Ihre Flucht vor Ihrer Familie nicht unterstützen darf. Es wäre unverantwortlich von mir, Sie in eine gewöhnliche Postkutsche zu setzen.«

Wegen seiner Bestimmtheit zog sie es vor zu schweigen. Als er gegangen war, um das Abendessen zuzubereiten, dachte sie, daß es vielleicht unfair war, ihn überreden zu wollen, ihr behilflich zu sein, nach London zu kommen.

Den ganzen Abend war Phillip ruhig und in sich gekehrt. Sabrina spürte seine besorgten, fragenden Blicke. Einen Augenblick war sie versucht, ihm alles zu sagen, doch dann dachte sie an das Chaos, das mit großer Wahrscheinlichkeit in Monmouth Hall auf sie wartete, und schwieg beharrlich. Um ihn abzulenken, meinte sie: »Sagten Sie nicht, Sie wollten Freunde in Yorkshire besuchen?«

»Ja«, antwortete er kurz angebunden. Wenn sie hier in der Gegend lebte, würde sie vermutlich Charles Askbridge kennen.

»Wen wollten Sie denn besuchen, Phillip?«

Phillip löste den Blick von seinen verschmutzten Reitstiefeln und antwortete gleichmütig: »Einen Freund von Ihnen — Sir Charles Askbridge.«

Charlie! Sie verfluchte sich im stillen. Wie dumm von ihr, ihm diese Frage zu stellen. Sie holte tief Luft, Phillip beobachtete sie aufmerksam. »Der Name kommt mir irgendwie bekannt vor.«

»Wie Sie sehr wohl wissen, Bree, heißt sein Landsitz Moreland. Obwohl er mir eine miserable Wegbeschreibung gab, könnte ich mir vorstellen, daß Moreland nicht weit von hier liegt.«

Ganz recht, dachte sie, Moreland ist keine neun Meilen entfernt. Sie hob die Schultern und studierte ihre Fingernägel.

»Ich nehme an, Sie kennen auch seine Schwester Margaret.«

Sie schüttelte verneinend den Kopf und sah ihn mit leerem Gesichtsausdruck an. Es entstand ein betretenes Schweigen. Dann fragte Sabrina mit Unschuldsmiene: »Wieso waren Sie allein unterwegs, Phillip? Höchst ungewöhnlich für einen Vicomte, finde ich.«

»Da Sie schon meine ganze Lebensgeschichte kennen, kann ich auch mein letztes Geheimnis preisgeben. Ich nehme an, Sie kennen den Brauch vorweihnachtlicher Feste auf dem Land.« Sie blickte ihn kühl und ohne Regung an. Säuerlich meinte er: »An Ihnen ist eine Schauspielerin verloren gegangen, Bree. Wie dem auch sei, Charles lud mich nach Moreland ein und gab mir eine Wegbeschreibung, die mich in diese gottverlassene Gegend führte. Ich hatte meinen Diener vorausgeschickt, weil ich mir das Umland ansehen wollte. Sie sehen, Sabrina, vermutlich sind Charles und Ihre Familie bereits unterwegs und suchen nach uns beiden.« Bedeutungsvoll fügte er hinzu: »Es kann nicht mehr länger als einen, höchstens zwei Tage dauern.«

Er hatte recht, doch sie enthielt sich jeder Stellungnahme. Ein Gedanke hatte sich in ihrem Kopf festgesetzt. Sie unterdrückte ein Gähnen und streckte sich. »Ihre köstliche Suppe hat mich müde gemacht«, sagte sie schläfrig und kuschelte sich unter die Decke.

»Gott sei Dank blieb mir das Los erspart, eine Schwester zu haben«, sagte er und schlug die Augen zum Himmel. »Da draußen wartet eine ganze Welt, Sabrina. Ich hoffe, Sie vergessen das nicht.« Er tätschelte ihr die Wange. »Gute Nacht, Bree.«

»Gute Nacht, Phillip«, sagte sie leise und schloß die Augen.

Phillip löschte die Kerze und begab sich in ein zweites Zimmer am Ende des Korridors. Da sie nun nicht länger die ganze Nacht beaufsichtigt werden mußte, schlief er seit letzter Nacht in diesem Zimmer auf einer durchgelegenen Matratze ohne Bettzeug — immerhin bequemer als zusammengeklappt im Lehnstuhl in Sabrinas Zimmer.

Sabrina lag still in der Dunkelheit und überdachte ihren Plan. Wenn der Schnee schmolz, würde ihr Großvater alle zur Verfügung stehenden Männer auf die Suche nach ihr schicken. Selbst wenn Großvater mich für tot hält, wird er mich suchen lassen, dachte sie. Wenn sie gefunden und zu ihm zurückgebracht wurde, konnte sie sich die Schlacht ausmalen, die in Monmouth Hall toben würde. Er war zu alt und zu krank, um das durchzustehen. Sie wußte, daß ihm die Wahrheit nicht vorenthalten werden konnte — Elisabeths feiges Verhalten und Trevors gemeiner Angriff —, alles würde ans Tageslicht kommen. Sie mußte ihrem Großvater diese bittere Enttäuschung ersparen. Sie wußte, daß sie es niemals über sich bringen konnte, je wieder mit ihrer Schwester und Trevor unter einem Dach zu leben, selbst wenn Trevor keinen zweiten seiner lüsternen Übergriffe wagte.

Sie zwang ihre Gedanken vom Verlust ihres Heimes zurück zu ihrem Plan. Es erschien ihr alles ganz einfach. Daß sie noch immer von der Krankheit geschwächt war, verdrängte sie geflissentlich. Sie wollte Phillip einen Brief schreiben, sich darin für ihre übereilte Abreise entschuldigen und ihm eine Wegbeschreibung geben, wie er nach Borhamwood kam, wo sie Tosha im Stall der Poststation unterstellen wollte, bevor sie die Kutsche nach London nahm. Einen zweiten Brief wollte sie an ihren Großvater schreiben, in dem sie ihm versicherte, daß sie wohlauf sei und nach wie vor die Absicht habe, zu Tante Barresford nach London zu reisen.

Lautlos schlüpfte sie aus dem Bett, zündete die Kerze auf dem Nachttisch an und tappte auf nackten Füßen zu dem kleinen Schreibtisch neben dem Kamin. Dort fand sie Schreibzeug und Papier. Rasch schrieb sie die Sätze auf, die sie vorbereitet hatte, und eine seltsame Trauer überkam sie: »... Bitte verzeihen Sie mir, Phillip, aber ich kann nicht länger bleiben. Ich danke Ihnen, daß Sie mir das Leben gerettet haben. Nun muß ich mein Schicksal wieder selber in die Hand nehmen.« Die Feder hielt eine Sekunde inne, dann kritzelte sie rasch weiter. »Ich werde Sie nie vergessen. — Bree.« Der Brief an ihren Großvater dauerte etwas länger, da es ihr schwerfiel, ihm noch mehr Leid zuzufügen. Mir bleibt keine andere Wahl, sagte sie sich und faltete das Papier.

Ihr Kleid und ihr Umhang hingen trocken, wenn auch zerknittert im Schrank. Ihre Unterwäsche konnte sie nicht finden, also streifte sie das Kleid ohne Unterkleid über. Sie spürte, wie ihre Kräfte rasch nachließen und wußte, daß die Zeit gegen sie arbeitete. Sie nahm die drei Pfund an sich, die Phillip auf die Kommode gelegt hatte, und steckte die Scheine in die Tasche ihres Umhangs.

Ihre Stiefel machten kein Geräusch, als sie die Treppe hinunterschlich, sich mit beiden Händen am Geländer festhaltend. Als sie den Hintereingang in der Küche erreichte, zitterte sie bereits vor Schwäche.

Der Riegel klappte geräuschvoll zurück. Sie erstarrte und sah angstvoll in die Dunkelheit. Nichts rührte sich. Erleichtert zog sie die Tür auf und schlüpfte nach draußen.

In der kalten, mondhellen Nacht blieb sie stehen und lehnte sich kraftlos gegen eine Ulme. Sie dachte an Phillip, an seine aufopfernde Pflege, an seine Behutsamkeit, und ein Schmerz wie ein Messerstich durchfuhr sie. Sie kannte ihn erst seit wenigen Tagen, und dennoch erschien ihr seine Gegenwart ganz vertraut. Energisch stieß sie sich vom Baum ab und stellte erschrocken fest, daß sie bedenklich wankte. Sie zwang sich, langsam auf den Stall zuzugehen.

Sie schob den Riegel an der Stalltür hoch und huschte hinein. Tosha wandte dem Eindringling neugierig den Kopf zu.

»Still, Tosha«, flüsterte Sabrina und tastete im Zwielicht vorsichtig nach dem Kopf der Stute. »Was bist du für ein schönes Tier«, schmeichelte sie und streichelte die seidige Mähne. Tosha beäugte die Fremde argwöhnisch, ließ sich aber streicheln.

Sehnsüchtig blickte Sabrina zum Sattel an der Wand. Doch ihr war klar, daß sie nicht die Kraft hatte, Tosha zu satteln. Sie holte das Zaumzeug von einem Haken neben Toshas Box, drückte der Stute den Kopf nach unten und streifte ihr die Lederriemen über.

Sobald sie das Pferd aufgezäumt hatte, blickte sie sich ratlos nach etwas um, worauf sie sich stellen konnte. In der Ecke des Stalls gewahrte sie eine leere Kiste. Schweißperlen standen ihr auf der Stirn, als sie die Kiste endlich neben die Stute gezogen hatte.

»Bitte, halt still!« flehte sie mit einem unsicheren Blick auf Toshas unruhige Ohren.

Nach einigen vergeblichen Versuchen gelang es ihr, sich mühsam hochzuziehen. Sie lag bäuchlings auf dem Pferderücken, wie ein Mehlsack, dachte sie, und richtete sich mit großer Anstrengung auf.

Sie nahm die Zügel auf und schnalzte mit der Zunge, um Tosha in Bewegung zu setzen. Die Stute rührte sich nicht vom Fleck. Sie bohrte ihre Absätze in die Flanken des Pferdes und schnippte mit den Zügeln.

»Zu meinem Bedauern muß ich Ihnen gestehen, Sabrina, daß mein Pferd sich nur von mir reiten läßt.«

Beim Klang von Phillips heiterer Stimme fuhr sie herum. Er lehnte lässig an der Stalltür, die Arme über der Brust verschränkt.

Sie öffnete den Mund und klappte ihn wieder zu. »Sie!« brachte sie schließlich ungläubig hervor. »Ich war so leise ... wie ...«

Er veränderte seine Position nicht. »Sie sollten mittlerweile wissen, daß ich einen ausgesprochen leichten Schlaf habe. Das hat mir in Spanien einige Male das Leben gerettet. Vielleicht hat es jetzt auch Ihr Leben gerettet.«

Sabrina straffte die Schultern und sprach mit großer Entschiedenheit: »Wenn Tosha sich von mir nicht reiten läßt, muß ich eben zu Fuß nach Borhamwood gehen. Mir ist klar, daß Sie mir nicht helfen können, deshalb bitte ich Sie nicht darum. Wer ich bin und was ich vorhabe, geht Sie nichts an. Ich danke Ihnen für Ihre Güte, Phillip, aber jetzt muß ich los.«

Sie rutschte unbeholfen von Toshas Rücken. Als sie festen Boden unter den Füßen spürte, mußte sie sich an der Mähne des Pferdes festhalten, um das Gleichgewicht nicht zu verlieren. Da Phillip immer noch nichts sagte, glaubte sie beinahe, er habe ihre Worte akzeptiert. Der Gedanke, mitten in der Nacht durch den Wald von Eppingham zu wandern, war nicht sonderlich einladend, dennoch stand ihr Entschluß fest. Sie machte ein paar unsichere Schritte auf ihn zu und hob kurz den Blick, ob er die Stalltür freigeben würde.

Er richtete sich auf, worauf sie sich abrupt in Augenhöhe mit den mittleren Knöpfen seines Hemdes sah. Verärgert legte sie den Kopf in den Nacken und blickte ihn an.

»Gehen Sie wieder zu Bett, Sabrina, bevor Sie einen Rückfall erleiden.«

»Nein«, widersprach sie eigensinnig und reckte die Nase in die Luft.

»Wie hochnäsig, Mylady. Doch Ihre Arroganz kommt bei mir nicht an.« Noch immer machte er keinen Versuch, sie zu berühren. »Liegt Ihnen so wenig an Ihrem Leben, daß Sie einen Spaziergang mitten in der Nacht durch den Wald wagen wollen? Ich fürchte, daß es hier Wölfe gibt.«

»Ich halte mich auf dem breiten Weg«, sagte sie mit unbewegtem Gesichtsausdruck.

»Sie werden nirgendwohin gehen, Bree«, sagte er sanft und streckte ihr die Hand entgegen. »Kommen Sie, meine Kleine.«

»Ich bin nicht Ihre Kleine«, fauchte sie. »Mein Entschluß ist gefaßt, Phillip. Bitte treten Sie zur Seite. Ich möchte jetzt gehen.«

Er seufzte wie jemand, der mit einem eigensinnigen Kind nicht fertig wird. Irgendwie bewunderte er ihre Tapferkeit, mochte sie noch so fehl am Platze sein.

»Würden Sie Tosha das Zaumzeug bitte wieder abnehmen?«

Sabrina blinzelte verwundert und ein wenig entrüstet über seine Forderung, drehte sich aber wortlos um, löste die Lederriemen, streifte sie ab und führte das Pferd in die Box zurück.

»Ich hätte Ihre Kleider verstecken müssen«, sagte er sinnend, als sie langsam auf ihn zukam.

Sie gab keine Antwort und zog die Kapuze ihres Umhangs tiefer ins Gesicht. »Leben Sie wohl, Phillip«, sagte sie und machte einige unsichere Schritte an ihm vorbei. Sie spürte seine Finger, die sich um ihren Arm schlossen.

»Lassen Sie mich los! Ich bin Ihnen keine Rechenschaft schuldig und lasse mich nicht von Ihnen schikanieren!«

»Ihr Großvater hätte keine große Freude an Ihrem wenig damenhaften Gebaren.«

Da sein Griff sich nicht lockerte, beugte sie sich blitzschnell vor und schlug ihm die Zähne in den Handrükken.

»Kleine Hexe!« Er ließ sie los, doch sie kam nicht weiter als bis zur Stalltür. Dort packte er sie und warf sie sich über die Schulter, ohne auf ihr wütendes Gezeter zu achten. Ihre Fäuste trommelten auf seinen Rücken, schienen aber keine Wirkung zu haben. Bald verließen sie die Kräfte, und sie hing hilflos über seiner Schulter. Tränen der Hilflosigkeit brannten ihr in den Augen.

Im Schlafzimmer stellte Phillip sie auf die Füße und hielt sie einen Moment dicht an sich gedrückt.

»Bitte, Phillip«, flüsterte sie, ihr Gesicht an sein Hemd gedrückt, »lassen Sie mich gehen.«

»Nein, Sabrina«, entgegnete er sanft. Der warme Hauch seines Atems berührte ihre Stirn. »Ich lasse nicht zu, daß Sie sich umbringen, denn das wäre vermutlich das Resultat Ihres wahnsinnigen Vorhabens. Und ich habe Ihnen gesagt, warum ich Sie nicht nach London bringen kann. Damit würde ich eine große Dummheit begehen, kaum weniger verabscheuungswert als eine Entführung.« Er rüttelte sie ein wenig, um sie zu zwingen, ihn anzusehen. »Ich werde Ihnen zur Seite stehen, Sabrina. Das ist ein Versprechen.« Ohne die tiefere Bedeutung seiner Worte zu ahnen, wünschte er aufrichtig, sie davon zu überzeugen, daß auf ihn Verlaß sei.

Als er ihr Zittern bemerkte, löste er sich von ihr. »Schaffen Sie es, sich alleine auszuziehen?«

»Ja«, murmelte sie ungehalten, stand aber schwankend mit hängenden Armen vor ihm.

»Ich helfe Ihnen.« Vergeblich wollte sie seine Hände abwehren, als er schon die winzigen Haken und Ösen ihres Kleides öffnete.

Phillip zog ihr das Kleid über den Kopf, nahm sie in die Arme und setzte sie auf die Bettkante. Dann bückte er sich nach dem Morgenmantel, den sie in ihrer Hast auf dem Boden liegengelassen hatte. Als das Kleid zu Boden fiel, sah er Blutspuren. Panik packte ihn.

»Mein Gott, Sie haben sich verletzt!« Er fuhr herum, um sie anzusehen. Sie starrte hilflos an sich herunter.

»Legen Sie sich hin, ich muß Sie untersuchen. Wie konnten Sie sich bloß so verletzen . . .«

»Nein!« schrie sie gellend und griff nach der Decke, um sich zu schützen.

Verwirrt sah er, wie sie sich zur Seite rollte. »Aber Sie bluten …«, und dann dämmerte ihm, was mit ihr los war.

»Gott sei Dank, wenn es nur das ist«, stieß er erleichtert hervor.

»Hinaus mit Ihnen!« kreischte sie.

Er stand noch eine Weile da und schaute etwas hilflos auf sie hinunter. Ihr langes, rabenschwarzes Haar hing über ihren schmalen, weißen Rücken. Sie hatte den Kopf zwischen die Schultern gezogen und klammerte sich an der Decke fest, die sie bis zum Kinn hochgezogen hatte. Er sagte sanft: »Ich bringe Ihnen das nötige.«

Sie zog lediglich den Kopf tiefer zwischen die Schultern und fühlte sich gedemütigt und beschämt. Er hätte sie gerne gescholten, ihr versichert, es gäbe keinen Grund für ihre Verlegenheit, zog es dann aber vor zu schweigen.

Einige Minuten später kehrte er ins Schlafzimmer zurück und legte schweigend einige Leinenstreifen auf den Nachttisch. »Soll ich Ihnen heißes Wasser bringen, damit Sie sich waschen können?«

Sie nickte stumm, mied aber seinen Blick. »Sabrina«, fing er mit einem Anflug von Ungeduld in der Stimme an.

Sie hob den Kopf und unterbrach ihn: »Vielen Dank. Gehen Sie jetzt bitte.«

Die Ruhe in ihrer Stimme erleichterte ihn. Nachdem er einen Eimer warmes Wasser neben ihr Bett gestellt hatte, sagte er: »Rufen Sie mich bitte, wenn Sie etwas brauchen.«

Wieder nickte sie, und er verließ das Zimmer, da er im Moment nichts für sie tun konnte.

Sabrina fand erst kurz vor Morgengrauen Schlaf. Ihr Plan war kläglich gescheitert, sie fühlte sich hilflos und gedemütigt. Sie schlang die Arme um ihren Bauch, um die Schmerzen zu lindern und fiel schließlich in einen unruhigen Schlaf.

Am nächsten Morgen bemerkte Phillip ihr bleiches, übernächtigtes Gesicht mit den dunklen Ringen unter den Augen. Er stellte das Frühstückstablett auf den Nachttisch und half ihr, sich aufzusetzen. »Ich habe Ihnen starken Tee gebracht und eine Scheibe Toast von meinem köstlichen hausgemachten Brot, damit Sie wieder zu Kräften kommen.«

»Ich fühle mich bei Kräften!« blaffte sie ihn an. »Und ich wäre dankbar, wenn Sie sich um Ihre eigenen Angelegenheiten kümmern!« Sie blickte ihn kalt an, und er meinte schließlich trocken: »Sie müssen sich doch nicht schämen, eine Frau zu sein. Sie tun ja, als sei ich der Teufel persönlich, der es nur darauf anlegt, Sie in Verlegenheit zu bringen.«

Als sie nichts darauf entgegnete, meinte er: »Essen Sie Ihr Frühstück. Ich habe zu tun und sehe später nach Ihnen.«

Er ließ sie ein paar Stunden allein. Nachdem er gebadet und sich rasiert hatte, ging er nach oben und klopfte leise an die Tür.

Er hörte ihr unwirsches, gedämpftes »Herein«.

Sie wirkte ebenso erschöpft wie vor zwei Stunden. »Können Sie nicht schlafen, Bree?« Er setzte sich zu ihr ans Bett, lächelte sie aufmunternd an und berührte ihre bleiche Wange. »Ein heißes Bad würde Ihnen gut tun.«

Wütend schlug sie nach ihm. Er nahm ihre kleine Faust in seine große Hand und legte sie sanft auf die Decke.

»Sie lassen mich nicht ausreden«, sagte er geduldig. »Da ein heißes Bad für Sie im Augenblick nicht in Frage kommt, Sie aber Ruhe brauchen, gebe ich Ihnen noch etwas Laudanum. In der Flasche ist noch ein Rest, das wird genügen, um Ihnen Erleichterung zu verschaffen.«

»Ja, bitte«, antwortete sie mit erstickter Stimme.

Phillip schüttelte die restlichen Tropfen Laudanum in ein Glas Wasser und reichte es ihr. Sie leerte das Glas ohne abzusetzen und lehnte sich ins Kissen zurück. Phillip schaffte im Zimmer etwas Ordnung und legte dann einige Scheite auf die Glut. Er schlug mit der Stiefelspitze dagegen, um das Feuer zu entfachen. Danach drehte er sich um und blickte zum Bett. Sabrina lag immer noch mit weit offenen Augen da und starrte zur Zimmerdecke.

Er zog den großen Lehnstuhl ans Feuer und trat an ihr Bett. »Sie sind erschöpft und müssen sich entspannen«, sagte er. »Kommen Sie, ich setze Sie ans Feuer.« Damit nahm er sie mitsamt der Decke hoch und trug sie zum Stuhl. Dort ließ er sich nieder und zog Sabrina auf seinen Schoß. Sie blickte ihn lange an, dann schloß sie die Augen. Ein kleiner Seufzer entrang sich ihren Lippen, und sie bettete ihr Gesicht an seine Schulter.

Phillip verschränkte die Finger hinter ihrem Rücken, um ihr Halt zu geben und legte den Kopf an die Stuhllehne. Es dauerte eine Weile, bevor er spürte, wie sie sich entspannte und gleichmäßig im Schlaf atmete.

Einen Augenblick war Phillip ebenfalls eingenickt. Plötzlich schlug er die Augen auf und blickte wachsam zur halboffenen Tür. Er hörte leise Schritte auf der Treppe. Er war im Begriff aufzuspringen und zur Tür zu eilen, als ein vertrautes Gesicht im Türrahmen auftauchte.

Er starrte Charles Askbridge an.

Charles fiel schier die Kinnlade herunter. Sein verdutzter Blick nahm Phillip wahr, der in einem großen Lehnstuhl saß und eine reglose Frau in den Armen hielt.

»Gütiger Himmel!«

»Still, Charles, sonst weckst du sie.«

Charles fand ohnehin keine passenden Worte, um seiner Verblüffung Ausdruck zu verleihen. Er trat an Phillip heran und blickte auf das halb abgewandte Gesicht von Sabrina Eversleigh. »Gütiger Himmel«, sagte er ein zweites Mal in kaum hörbarem Flüsterton.

Sabrina bewegte sich im Schlaf.

Phillip schüttelte den Kopf, erhob sich vorsichtig, trug Sabrina zum Bett und legte sie sanft ab. Dann drehte er sich zu Charles, der immer noch mit offenem Mund dastand, und wies ihn mit einer Geste aus dem Zimmer.

Beide schwiegen bis zur untersten Stufe der Treppe. »Nun, Charles«, wandte Phillip sich an den Freund. »Welche Überraschung! Brichst du häufig in fremde Häuser ein und schleichst die Treppe hinauf?«

»In fremde Häuser einbrechen!« wiederholte Charles vorwurfsvoll. »Von wegen. Das ist mein Haus!«

Phillip empfand eine Mischung aus Erleichterung und Heiterkeit. »Was du nicht sagst. Nun, alter Knabe, da der rechtmäßige Eigentümer seinen Besitz inspizieren möchte, wäre es wohl reichlich unverschämt, ihn an die Luft zu setzen. Darf ich dir statt dessen in deinem gemütlichen Wohnzimmer einen Sherry anbieten?«

»Phillip, was zum Teufel machst du hier — noch dazu mit Sabrina Eversleigh? Guter Gott, die ganze Grafschaft sucht den Wald nach euch beiden ab.«

»Du kennst also meine Patientin, Charles?« Er drückte dem Freund ein volles Glas Sherry in die Hand.

»Auf dein Wohl, Charles«, prostete er ihm zu.

Charles schüttete den Sherry in einem Zug hinunter.

»Kannst du diese Pistole nicht ablegen, mein Freund? Es wäre schade, wenn du mir eine Kugel ins Bein jagst.«

Charles blickte etwas verdutzt auf die Pistole, deren Lauf schräg nach unten aus seinem Jagdrock ragte. Vorsichtig legte er sie auf den Tisch. »Ich dachte schon, daß du möglicherweise ein Eindringling bist«, sagte er ohne Übergang.

»Ganz recht. Wie du siehst, habe ich aus rein menschlichen Motiven gehandelt.«

Charles dachte an den aschfahlen Stimson, der gemeinsam mit seiner Frau die Jagdhütte in Ordnung hielt. Ein Grinsen flog über sein Gesicht. »Der arme Stimson — er sieht im Winter gelegentlich nach der Hütte. Er schlotterte vor Angst, als er mich heute morgen in Moreland aufsuchte. Er sagte, Banditen seien ins Haus eingedrungen, und er wollte mich umgehend davon informieren.«

»Die Bezeichnung Eindringling gefällt mir besser.«

Charles ließ sich in einen mit einem weißen Laken

verhüllten Sessel fallen. »Wie lange bist du mit Sabrina hier?«

»Seit fünf Tagen«, entgegnete Phillip. »Wer ist sie eigentlich?«

Charles hob ungläubig eine Augenbraue. »Das weißt du nicht?«

»Nein, sie weigerte sich beharrlich, mir Auskunft zu geben.«

»Nun, Phillip, diesmal hast du den Bogen wirklich überspannt! Bei Gott, ich hatte nicht geglaubt, daß du an jungen, unschuldigen Jungfrauen Gefallen findest — und diese hier ist nicht nur jung und unschuldig, sie ist außerdem die Enkelin des Grafen Monmouth!«

»Was du nicht sagst! Das kleine Biest! Im übrigen, mein Freund«, fügte Phillip mit ruhiger Stimme hinzu, »habe ich sie nicht verführt. Ich bin deiner unmöglichen Wegbeschreibung nach Moreland gefolgt, als ich sie am Waldrand im Schnee fand, bewußtlos und stark unterkühlt. Zum Glück war ich wenige Minuten zuvor an diesem Haus vorbeigekommen und brachte sie hierher, kurz bevor der Schneesturm einsetzte. Soso . . . Sie ist also die Enkelin des Grafen.«

Charles stand brummend auf und goß sich ein zweites Glas Sherry ein.

»Wer ist eigentlich dieser Trevor?« fragte Phillip und blickte seinen Freund nachdenklich an.

»Trevor? Ach, du meinst Trevor Eversleigh, der Großneffe und Erbe des Grafen. Vor kurzem hat er Elisabeth geheiratet — Sabrinas ältere Schwester — das ist nicht länger als einen Monat her. Mit ziemlichem Brimborium. Bree war bei der Hochzeit noch völlig in Ordnung.«

»Bree? So gut kennst du sie, Charles?«

»Ich kannte sie schon als kleines Kind. Monmouth Hall liegt nur zehn Meilen westlich von Moreland.« Plötzlich huschte Besorgnis über sein Gesicht. »Du sagst, sie war bewußtlos und unterkühlt. Wird sie wieder gesund, Phillip?«

»Ja. Sie ist nur noch ziemlich schwach. In einer Woche ist sie wieder auf den Beinen.« Phillip wandte sich plötzlich zur Tür. »Komm bitte mit, Charles, mein Brotteig müßte mittlerweile genügend aufgegangen sein. Jetzt kann ich ihn ins Rohr schieben.«

»Dein — was?«

Phillip verließ feixend den Raum. Neugierig folgte Charles ihm in die Küche, die er, soweit er sich erinnerte, noch nie betreten hatte.

»Hier ist mein Reich«, sagte Phillip mit ausladender Geste. Mit skeptischer Miene betrachtete er gleichzeitig den Teig. »Wenn meine Erfahrung mich nicht trügt, braucht die Hefe noch ein wenig Zeit, bis sie ihre Zauberkräfte entwickelt. Setz dich, Charles«, fügte er breit grinsend hinzu. »Ich bin im Augenblick an die Küche gefesselt.«

Erst jetzt nahm Charles das Äußere seines Freundes bewußt wahr. Das Hemd schien einigermaßen sauber, war allerdings völlig zerknittert, ebenso die hellen Reithosen. Seine Reitstiefel riefen einen Ausdruck des Abscheus in Charles' Gesicht. »Na, warte, wenn Dambler dich in diesem Zustand sieht!« rief er schadenfroh.

»Dambler ist also bei dir. Ausgezeichnet. Ich hoffe, du hast ihn wegen meines Ausbleibens beruhigen können.«

»Nein. Er beteiligt sich mit den anderen Männern an der Suche nach dir. Nach dir und nach Sabrina Eversleigh, um genau zu sein.« Er schüttelte amüsiert den Kopf. »Falls es dich interessiert, Teresa Elliott hat mich mit ihrer ewigen Fragerei schier um den Verstand gebracht. Sie wollte mich im wildesten Schneegestöber auf die Suche nach dir aus dem Haus jagen. Die junge Dame scheint verdächtig um dein Wohl besorgt zu sein. Was für eine Nervensäge!«

»Ich schwöre dir, Charles«, entgegnete Phillip trocken, »daß ich niemals ernste Absichten mit Miß Elliott hatte.«

»Selbst wenn dich ihre Schönheit bisher nicht verzaubert hat — die weiß Gott atemberaubend ist —, käme eine Verbindung mit ihr nunmehr nicht mehr in Frage.«

»Charles, wovon zum Teufel sprichst du? Wenn mein getrübtes Erinnerungsvermögen mich nicht täuscht, bin ich nur einmal mit ihr im Park ausgeritten. Das kann bei ihr keinesfalls Hoffnungen auf eine Heirat mit mir nähren.«

»Teresa hat ein ausgeprägtes Selbstvertrauen und ist wohl der Überzeugung, sie könne sich Beau Mercerault angeln. Aber wie gesagt, Phillip, diese Verbindung kommt nun nicht mehr in Frage. Du bist vom Regen in die Traufe geraten.«

»Ich habe langsam das Gefühl, daß der Sherry dir zu Kopf gestiegen ist, Askbridge. Soll ich dir eine Tasse starken Tee brühen? Ich bin nicht nur Chefkoch, ich habe auch die Rolle des Butlers übernommen.«

»Bree Eversleigh ist ein bezauberndes Mädchen«, fuhr Charles fort, ohne auf den seltsamen Humor seines Freundes einzugehen. »Sie muß bald achtzehn sein, wenn ich nicht irre.« Im Geiste zählte er die Jahre nach. »Ja, sie ist zwei Jahre jünger als meine Schwester Margaret«, sagte er dann.

»So alt habe ich sie auch geschätzt«, ergänzte Phillip, an Charles' umständliche Art gewöhnt, bevor er zur Sache kam.

»Ich halte es für das beste, wenn ich als Brautführer fungiere, mein Junge. Ich kann mir vorstellen, der alte Graf möchte die Sache so unauffällig wie möglich über die Bühne bringen.«

Phillip wurde mit einem Schlag klar, wovon Charles redete. Mit schneidender Stimme sagte er: »Du scheinst Windmühlen im Kopf zu haben. Es ist lächerlich, daß Sabrina und ich heiraten. Du liebe Güte, ich kenne sie nicht einmal eine Woche.«

»Genau das ist der Punkt, Phillip«, fuhr Charles unbeirrt fort. »Dein Ruf bei den Damen ist kein Geheimnis. Du hast mit einem jungen, unbescholtenen Mädchen beinahe eine Woche alleine in diesem Haus verbracht. Damit hast du sie hoffnungslos kompromittiert. Denn ich bezweifle, daß Richard Clarendon jetzt noch Interesse an ihr hat.«

Richard! Guter Gott, deshalb war ihm der Name Eversleigh so vertraut gewesen. Richard hatte eines Nachts beim Piquet erwähnt, er werde sich demnächst mit einer jungen Dame aus Yorkshire vermählen. Und jetzt schneite Charles hier herein und verlangte von ihm, Phillip, er solle die Kleine heiraten.

»Richard Clarendon«, wiederholte Phillip gedehnt.

»Ja. Wenn er erfährt, daß sie eine Woche allein mit dir verbracht hat, wird er vermutlich euch beide niederschießen! Er hat sich wie ein Verrückter an der Suche nach Sabrina beteiligt und dabei sein Pferd beinahe zuschanden geritten.«

Richard konnte Sabrina nicht lieben, dachte Phillip. Wie konnte er sonst sein ausschweifendes Leben weiterführen? Er zermarterte sich das Gehirn, um sich an Richards genaue Worte zu erinnern. Sie hatten eine Nacht in dieser Spielhölle an der Millsom Street verbracht. Beide Männer hatten sich kurz zuvor zärtlich von ihren Geliebten verabschiedet. Richard hatte einen über den Durst getrunken, und auch Phillip fühlte sich vom Brandy beschwingt. »Ich habe eine Braut gefunden«, sagte Richard und starrte in die Flamme der Kerze auf dem Tisch. Phillip glaubte, Richard scherze und füllte ihm lachend das Glas nach. »Sie ist ein zauberhaftes Mädchen«, fuhr Richard fort, immer noch ins Kerzenlicht starrend, »aber ich muß wohl oder übel noch sechs Monate auf sie warten. Der alte Eversleigh nahm mir das Versprechen ab, das Mädchen erst nach ihrem achtzehnten Geburtstag um ihre Hand zu bitten.«

Phillip fuhr überrascht auf. »Du hast eine Ehefrau zu Grabe getragen, Richard, und du hast bereits einen Erben. Wie oft hast du mir versichert, daß du dir nie wieder die Fesseln des Ehejochs anlegen läßt.«

Richard grunzte und schüttete das nächste Glas Brandy in sich hinein. »Ich will sie haben«, sagte er mit belegter

Stimme. »Sie ist so munter wie das Leben selbst. Weißt du«, fuhr er nach einer Weile fort und sah Phillip dabei ins Gesicht. »Sie ist die einzige hübsche Weibsperson, die nicht all ihre Künste daran gesetzt hätte, mich einzufangen. Seltsamerweise ist sie sich ihrer Wirkung auf Männer allem Anschein nach überhaupt nicht bewußt. Ja«, sagte er abschließend, »ich will sie haben.«

Phillip kehrte wieder in die Gegenwart zurück. Charles hatte etwas gesagt. »Tut mir leid, was meinst du, Charles?«

»Ich habe gefragt, was du nun tun wirst?«

Phillip betrachtete ihn mit einigem Erstaunen. »Ich bringe sie natürlich zu ihrer Familie zurück.« Er dachte plötzlich an diesen Trevor. »Hast du nicht gesagt, Trevor ist mit Sabrinas Schwester verheiratet?«

»Ja. Ehrlich gesagt glaube ich, daß die Heirat eine geschäftliche Abmachung war. Elisabeth ist keine besonders attraktive Frau.«

»Hat Sabrina eine Tante in London?«

»Lady Anisa Barresford. Du warst mit Sicherheit zu ihren Soireen eingeladen. Eine hochgewachsene, dunkle Dame mit leichtem Silberblick.«

Sabrinas Tante! Er nickte zerstreut. Offenbar hatte sie die Absicht, bei ihrer Tante Schutz zu suchen. Charles hatte ihm ausreichende Fakten genannt, um die ganze Wahrheit aus ihr herauszubekommen. Dann würde er entscheiden, was zu tun war.

»Weigerst du dich immer noch, einzugestehen, daß du das Mädchen kompromittiert hast?«

»Herrgott noch mal, Charles, sie war sehr krank. Ich habe sie gepflegt, als wäre sie meine Schwester. Ich kann nicht glauben, daß mein Wunsch, einem jungen Mädchen das Leben zu retten, mich zum lüsternen Herzensbrecher macht.«

»Ich glaube dir, wenn dir das hilft. Aber damit stehe ich allein, das kann ich dir versichern. Sobald man herausfindet, daß Sabrina eine Woche allein mit Beau Mercerault in einer Jagdhütte verbracht hat, wird sie als verruchte, liederliche Person gebrandmarkt sein.«

»Habe ich einen so schlechten Ruf, Charles?«

»Ja. Du würdest natürlich ohne Makel aus dieser skandalösen Episode kommen. Aber Sabrina?« Er hob bedauernd die Schultern.

Phillip spürte eine Welle des Zorns in sich hochsteigen. Zugegeben, er hatte körperliches Verlangen nach ihr verspürt, aber er hatte sich ihre Situation in keiner Weise zunutze gemacht. Die Intimität war ihnen beiden durch ihre Krankheit auferzwungen worden. Flüchtig dachte er an Martine, seine Geliebte. Herrgott, wäre er bloß in London geblieben, wohlbehütet in ihren üppigen, weißen Armen, dann müßte er sich nicht für diese lächerliche Situation verantworten. Er versuchte, seinen Gerechtigkeitssinn zu beruhigen. Sabrina war ihm nun mal begegnet, und er wäre ein ausgemachter Schuft, würde er sie der üblen Nachrede der Gesellschaft überlassen. »Vermutlich«, meinte er düster, »gibt es keine Möglichkeit, die ganze Sache unter den Teppich zu kehren?«

»Nein. Nicht nachdem die ganze Grafschaft von deinem und Sabrinas Verschwinden weiß. Es wird mit Sicherheit einen Skandal geben.«

Phillip begann, den Teig gnadenlos zu bearbeiten. Verbittert betrachtete er sich seine mehlbestäubten Hände. Dann mußte er über sich grinsen. Er wiederholte Charles die Worte, die er vor kurzem zu Sabrina gesagt hatte. »Ich war wirklich nur um ihr Wohl besorgt.«

»Ich glaube dir, mein Freund. Doch nun gilt es, die Konsequenzen dafür zu tragen.«

Daraufhin fluchte Phillip hemmungslos.

Die schillernden und ausdrucksstarken Kraftausdrücke des Freundes machten keinerlei Eindruck auf Charles. »Es ist das einzig Richtige, Phillip, du mußt dich wie ein Ehrenmann verhalten.«

»Ich pfeife auf die Ehre«, brüllte er, und seine Faust schlug erneut in den unschuldigen Teig.

»Auf die Ehre kann man nicht pfeifen«, meinte Charles trocken.

Elaine hat auf meine Ehre gepfiffen, dachte Phillip bitter. Seine Erinnerung raste im Eiltempo durch die letzten zehn Jahre seines Lebens, Jahre, die er ohne Verantwortung für andere, nur für sein eigenes Vergnügen gelebt hatte. Bedächtig sagte er: »Vermutlich hast du recht. Jemand muß sich um die Kleine kümmern. Ich habe nämlich den Eindruck, sie gerät von einer Schwierigkeit in die nächste, wenn sie sich selbst überlassen ist. Auf diese Weise kann ich ihr straffe Zügel anlegen.«

Zu Phillips Überraschung warf Charles den Kopf in den Nacken und lachte schallend.

»Vielleicht erklärst du mir den Grund deines unpassenden Heiterkeitsausbruchs, Charles.«

»Du hast ganz recht mit Bree und ihren Kamalitäten. Herrgott, wenn ich daran denke, in welch unmögliche Situationen sie sich und Margaret schon gebracht hat!« Dann krauste er besorgt die Stirn. »Du kennst sie nicht einmal eine Woche, Phillip. Und noch dazu war sie krank. Da kommt noch einiges auf dich zu, mein Freund!«

Phillip dachte an ihren tollkühnen Fluchtversuch in der vergangenen Nacht. »Sie wird mir gehorchen, dafür sorge ich.« Er formte zwei Brotlaibe und legte sie auf ein Blech, das er entschlossen in den Herd schob.

»Du bleibst doch zum Essen, Charles? Wir haben einiges zu besprechen. Sobald Sabrina aufwacht, werde ich sie von meinen Plänen in Kenntnis setzen.«

KAPITEL 5

Charles blieb nicht zum Essen, da beide Männer es für angebracht hielten, Sabrinas Großvater umgehend zu unterrichten, daß die Suche nach Sabrina eingestellt werden konnte. Phillip begab sich also allein mit einem gefüllten Tablett in ihr Zimmer.

Er war gespannt auf ihre Reaktion, wenn er ihr eröffnete, daß er wußte, wer sie war. Damit würde er die Mauer des Schweigens durchbrechen, die sie errichtet hatte. Im Grunde gefiel ihm ihre Hartnäckigkeit. Das war keineswegs eine schlechte Eigenschaft für eine Ehefrau — in Grenzen natürlich, fügte er in Gedanken einschränkend hinzu. Da er sich mit der Idee angefreundet hatte, sie zu heiraten, fand er sie nun ganz passend für ihn. Sie hatte ein ausgesprochen hübsches Gesicht und eine gute Figur. Auch gefiel ihm ihr wacher Verstand. Er kannte sie zwar erst fünf Tage, konnte sich aber gut vorstellen, eine relativ harmonische Ehe mit ihr zu führen. Sein Name und seine gesellschaftliche Position würden ihr Schutz bieten. Er hielt sie für intelligent und geistreich, eine Mischung, die ihr die Umstellung auf ein Leben in der Stadt erleichtern würde. Selbstverständlich mußte er ihr früher oder später klarmachen, daß er auch als Ehemann nicht die Absicht hatte, sich von seinen liebgewonnenen Gewohnheiten zu trennen. Sie mußte einsehen, daß er nicht bereit war, ein monogamer Gatte zu werden, denn seine Freiheit bedeutete ihm sehr viel.

»Dachte ich doch, ich rieche das köstliche hausgemachte Brot des Vicomte. Ich könnte einen ganzen Laib davon verschlingen.«

Phillip lächelte und setzte ihr das Tablett vor. »Ihr Mittagessen, Sabrina.«

Sie aß mit großem Appetit, und er freute sich an ihrem

Hunger. »Sie sind wirklich mager, Bree, und ich habe nichts dagegen, daß sie sich ordentlich satt essen. Eine dicke Ehefrau wäre mir allerdings nicht sehr lieb.«

Sie legte die zerknitterte Serviette beiseite und blickte ihn verständnislos an. »Um diese Jahreszeit können Sie kaum einen Sonnenstich erlitten haben. Ich habe allerdings wenig Verständnis für dumme Witze. Sie sind mir eine Erklärung schuldig.«

»Wie Sie wünschen, Lady Sabrina.«

»Ich sagte Ihnen bereits, daß ich auf diesen Titel keinen Wert lege, Phillip!«

»Wie Sie wünschen, meine Liebe.« Er setzte sich neben sie und nahm ihre Hand. »Sabrina, wollen Sie mich heiraten?«

»Sie heiraten?« wiederholte sie verständnislos mit großen, veilchenblauen Augen.

»Ja, meine Liebe. Wir kennen uns schließlich nun schon fünf Tage. Und ich kenne Sie in mancher Beziehung besser als Sie mich kennen. Dennoch«, fügte er mit blitzenden Augen hinzu, »glaube ich, daß ich Sie in keiner Hinsicht enttäuschen werde.«

Sabrina entzog ihm ihre Hand. »Aber Phillip, ich nehme stark an, daß Sie Ihre Nase zu tief in den Sherry gesteckt haben! Das kann nur ein Scherz sein!«

»Ich meine es ganz ernst, Bree, und ich wäre Ihnen dankbar, mich nicht fälschlicherweise der Trunkenheit zu bezichtigen. Ein dreißigjähriger Mann scherzt nicht über so ernste Dinge wie die Ehe, glauben Sie mir. Also, Sabrina Eversleigh, wollen Sie mich heiraten?«

Sie blickte ihn forschend an und zermarterte sich das Hirn, um seine Motive zu ergründen. Dann schüttelte sie bedächtig den Kopf. Ihr Blick blieb dabei auf sein Gesicht gerichtet. »Nein, Mylord, ich werde Sie nicht heiraten. Offenbar versuchen Sie, mich zu schützen, aber das ist nicht nötig.«

»Ziehen Sie Richard Clarendon vor, Sabrina?«

Sie blickte ihn verdutzt an. »Richard? Natürlich ziehe

ich ihn nicht vor. Ich kenne ihn gar nicht genügend. Letzten Sommer kam er häufiger zu Besuch. Guter Gott, Phillip«, fügte sie hinzu, als sie endlich die Bedeutung seiner Frage begriff. »Was wissen Sie über Richard Clarendon?«

»Charles Askbridge war hier. Er hat von Clarendon gesprochen, und dabei erinnerte ich mich, wieso mir der Name Eversleigh so bekannt vorkam. Sie müssen wissen, Bree, daß Richard mir vor etwa fünf Monaten in London selbst sagte, daß er Sie zur Frau nehmen wolle und daß er nur ihren achtzehnten Geburtstag abwarte.« Und er fügte hinzu: »Ich erwähnte Clarendon nur, um zu erfahren, ob Sie ihm zärtliche Gefühle entgegenbringen. Ich freue mich, zu sehen, daß das nicht der Fall ist.«

Sabrina unterbrach ihn mit einer ungeduldigen Geste. »Charles — hier?«

»Ja, Bree. Er schlich sich ins Haus, um nachzusehen, ob seine Jagdhütte tatsächlich von Banditen besetzt worden sei, wie sein Hauswart ihm gesagt hatte. Er war zwar nicht übermäßig erstaunt, mich hier zu finden. Doch sein Schock bei Ihrem Anblick wird mir unvergeßlich sein, noch dazu, da Sie selig schlafend in meinen Armen lagen. Kurzum Sabrina, Charles ist unterwegs, um Ihrem Großvater Bericht zu erstatten, daß Sie wohlauf sind. Er organisiert eine Kutsche, die uns nach Monmouth Hall bringen wird.«

Aus ihrem Gesicht wich jede Farbe. »Nein, Phillip — ich kann nicht zurück!«

»Wieso, Sabrina? Ich bitte Sie, meine Liebe, es ist Zeit, daß Sie mir endlich sagen, was vorgefallen ist.«

Ihre Hände lagen flach auf der Decke. Sie zögerte nach wie vor, ihm ihre Schmach einzugestehen.

»Haben Sie immer noch kein Vertrauen zu mir, Sabrina? Sie müssen mir die Wahrheit sagen, wenn ich Sie beschützen soll. Ich weiß, daß Trevor Eversleigh der Großneffe Ihres Großvaters und sein Erbe ist und daß er Ihre Schwester Elisabeth geheiratet hat. Nun fahren Sie bitte fort.«

Sie wandte den Blick, wußte aber, daß es keine Ausflüchte mehr gab. Stockend berichtete sie: »Trevor versuchte, mich zu vergewaltigen.«

Sie starrte über Phillips linke Schulter ins Leere. »So etwas habe ich mir beinahe gedacht, Bree. Erzählen Sie mir den Rest.«

Mit leiser Stimme fuhr sie fort: »Anfangs hielt ich Trevor für recht angenehm und freute mich, daß Elisabeth einen netten Ehemann bekam. Niemand von uns blickte hinter die Fassade seines hübschen Gesichtes und seiner geschliffenen Manieren. Er ist böse und grausam. Es bereitet ihm Vergnügen, andere Menschen zu quälen. Er überfiel mich in der Ahnengalerie, wo kein Mensch mir zu Hilfe kommen konnte. Er hätte mich gewiß vergewaltigt, wenn er nicht zu sehr erregt gewesen wäre . . .«

Sie schwieg und Phillip nickte. »Deshalb sind Sie fortgelaufen?«

Sie schüttelte den Kopf. »Nein, ich ging zu meiner Schwester und berichtete ihr, was Trevor versucht hatte. Sie glaubte mir, weigerte sich aber, meine Partei zu ergreifen. Sie warnte mich, wenn ich damit zu meinem Großvater ginge, würde sie beschwören, ich hätte versucht, ihren Ehemann zu verführen. Da wurde mir klar, daß ich mit Trevor und Elisabeth nicht länger in Monmouth Hall leben konnte. Um meinem Großvater einen Skandal zu ersparen, bin ich geflohen.« Sie sah ihm gerade ins Gesicht. »Es war dumm von mir, nicht zum Schloß zurückzukehren, nachdem mein Pferd sich den Knöchel verstaucht hatte. Ich bin vom Weg abgekommen, gestolpert und vor Erschöpfung liegengeblieben. Und dann haben Sie mich gefunden.«

»Wie ich Ihnen bereits sagte, Sabrina, Sie kehren nicht allein ins Schloß zurück. Ich werde Sie begleiten. Sie stehen unter meinem Schutz. Wenn Sie mir Ihr Jawort geben, bringe ich Sie eine Woche später aus dem Schloß fort.«

»Sie waren sehr freundlich zu mir, Mylord, und Sie

sind mir nichts schuldig. Ich möchte Sie lediglich bitten, mich nach London zu meiner Tante Barresford zu begleiten. Das ist die beste Lösung.«

Phillip reagierte verblüfft auf ihre Ablehnung. Ihm wurde klar, daß er ihr den Ernst ihrer Lage begreiflich machen mußte, obwohl er sich innerlich dagegen sträubte. »Nein, Sabrina, das ist keineswegs die beste Lösung. Sie haben eine Woche mit einem zügellosen, lasterhaften Kerl verbracht, nämlich mit Beau Mercerault. Selbst wenn ich Sie nach London zu Ihrer Tante bringen würde, wäre Ihr Ruf ruiniert. Die beste und einzige Lösung ist, mich zu heiraten, Bree, und zwar schnell.« Er gab ihr Zeit, um sich das Ausmaß ihrer mißlichen Lage klarzumachen.

Doch zu seiner Bestürzung sagte sie in aller Ruhe: »Ihr Wunsch, sich für mich zu opfern, ehrt Sie, Phillip, doch das kann ich nicht zulassen. Ich denke, Charles hat übertriebene Vorstellungen von Anstand und Etikette. Ich habe nicht die Absicht, Sie an mich zu binden — es wäre schändlich von mir, wenn ich das zuließe. Noch einmal, Mylord, meine Antwort ist nein.«

»Sie benehmen sich ausgesprochen töricht, Sabrina, und das darf ich nicht zulassen. Kapieren Sie denn nicht, was passiert ist?« Mit harter Stimme fügte er hinzu: »Selbst wenn Sie Clarendon heiraten wollten, zweifle ich, ob er noch Interesse an Ihnen hätte.«

Sie versuchte nicht, ihren aufsteigenden Zorn über seine Worte zu unterdrücken. »Wie können Sie es wagen! Ihr albernen Männer teilt das Leben in zwei Schubladen ein. Die eine Schublade beansprucht Ihr tapferen, ehrbaren Herren der Schöpfung und in der anderen hausen die unglücklichen Frauen, die Ihr entweder verachtet oder beschützt, je nach Laune und Belieben. Ich sage Ihnen geradeheraus, daß ich mich weigere, als Spielball benutzt zu werden. Gehen Sie zum Teufel, Mylord!«

Phillip dachte ohne Zusammenhang, wenn er ihr vor seinem Antrag nichts zu essen gegeben hätte, hätte sie nicht die Kraft gehabt, ihn so vehement abzulehnen. Er war nicht einmal besonders wütend auf sie, denn ihre Worte entsprachen zum Teil der Wahrheit. Er wartete einen Augenblick, betrachtete mit einigem Interesse ihre wogenden Brüste, und dann fuhr er, wie er hoffte, in sachlichem Ton fort: »Ich hätte Sie nicht mit Clarendon überfallen dürfen, wollte Ihnen aber zu verstehen geben, daß Ihr Leben nicht wie bisher weitergeht. Es wäre vernünftig, wenn Sie mich als Ehemann akzeptieren würden.«

Sie schüttelte müde den Kopf. »Lassen Sie uns als Freunde auseinandergehen, Phillip. Ohne Liebe werde ich nicht heiraten.«

Er war ein Narr, dachte er reuig, ihre Hartnäckigkeit zu bewundern und entschied sich für eine drastischere Methode. »Vielleicht«, sagte er mit zärtlicher Stimme, »sollte ich Sie jetzt nehmen. Jeder denkt ohnehin, daß ich es getan habe, sobald sich herausstellt, daß Sie mit mir allein waren. Und glauben Sie, Sabrina, es stört mich nicht, daß Sie Ihre kritischen Tage haben.«

»Sie Schmutzfink!« Sie rollte sich hastig zur anderen Seite des Bettes und zog die Bettdecke bis zum Kinn hoch.

Er verfluchte sich im stillen. Er war zu weit gegangen. Sie zitterte, doch er machte keine Anstalten, sich ihr zu nähern. »Tut mir leid, Bree. Ich habe mich wie ein Schuft benommen. Doch ich kann Sie beruhigen: ich bin kein schlechter Kerl. Ich bin sicher, daß wir einigermaßen gut miteinander auskommen.« Beinahe entschuldigend fügte er hinzu: »Sie haben im Grunde keine andere Wahl, meine Liebe. Ich konnte Ihre heftige Reaktion nicht ahnen. Charles und ich kamen zur Überzeugung, es sei das beste, daß er Ihren Großvater sogleich davon in Kenntnis setzt, daß wir beide heiraten. Sie werden Ihre Familie als meine Verlobte wiedersehen.«

»Eher werde ich Sie in der Hölle sehen, Phillip. Ich bin kein gefallenes Mädchen, und ich werde niemand in diesem Gedanken bestärken, indem ich Sie heirate.«

Er blickte fassungslos auf sie hinunter. Er hielt sich nicht für besonders eitel oder selbstgefällig, aber er kannte seine Werte. Es war ihm gelungen, seinen Junggesellenstatus in den letzten zehn Jahren unbeschadet zu verteidigen. Und dann trat unvermutet eine eigensinnige junge Dame in sein Leben, der er noch dazu das Leben rettete, und schleuderte ihm sein ehrbares Angebot ins Gesicht. Er konnte sie schließlich nicht zwingen, mit ihm vor den Altar zu treten. Verflucht noch mal, was sollte er nur tun?

Beim Klappern von Pferdehufen und dem Geräusch einer vorfahrenden Kutsche blickte er zum Fenster. Sabrina fuhr herum.

»Nun, Sabrina?« wandte er sich mit hochgezogenen Augenbrauen an sie.

Sie schüttelte stumm den Kopf.

Er wandte sich ab und verließ den Raum.

An der Haustür begrüßte er Charles. Über seine Schulter blickend sah er, daß die Kutsche kein gräfliches Wappen trug.

»Es ist meine Kutsche«, sagte Charles, als lese er seine Gedanken. »Komm ins Wohnzimmer, Phillip. Die Lage hat sich erneut verändert.«

Phillip folgte Charles ins Wohnzimmer. »Nun?« fragte er schließlich, nachdem er Charles eine Weile zugesehen hatte, wie er ruhelos im Zimmer auf und ab marschierte.

»Der Graf von Monmouth hatte einen Schlaganfall und ist sehr krank. Der Arzt läßt niemand zu ihm. Er versicherte mir, er werde dem Grafen mitteilen, daß Sabrina in Sicherheit und wohlauf sei, fürchtete aber, der Greis würde die frohe Botschaft gar nicht aufnehmen können.«

»Verdammt! Das bedeutet, daß Trevor Eversleigh vorübergehend Herr auf Monmouth Hall ist.«

»Trevor und Elisabeth. Es wird dich interessieren zu hören, daß Elisabeth bereits die Suche nach Sabrina einstellen ließ. So verabscheuenswert du es finden wirst, ich hatte den Eindruck, die beiden waren keineswegs beglückt zu hören, daß Sabrina noch am Leben ist.« Er schüttelte fassungslos den Kopf. »Elisabeth war nie ein besonders liebenswertes Mädchen, doch jetzt ist sie völlig verhärtet, sie hat alle Zuneigung für ihre Schwester verloren.«

»Und warum kommst du mit deiner Kutsche, Charles?«

»Ich bin noch nicht fertig, Phillip. Als ich Elisabeth berichtete, daß Sabrina in Sicherheit sei, fragte sie ziemlich hastig, was Sabrina mir über ihre Flucht erzählt habe. Ich sagte, ich kenne keine Einzelheiten, daß Sabrina aber vermutlich mit dir gesprochen habe. Sie warf ihrem Ehemann einen vielsagenden Blick zu, und beide beeilten sich, mir zu berichten, Sabrina habe das Schloß verlassen, nachdem sie Trevor verführen wollte und er sie abgewiesen hatte. Ihre Flucht habe sie beide überrascht, sie glaubten aber, sie schämte sich zu sehr, um zu bleiben.« Charles fuhr sich zerstreut durchs Haar. »Ich zweifle nicht daran, daß die beiden ihre skandalöse Version der leidigen Geschichte in ganz Yorkshire ausposaunen werden. Kurzum«, fuhr er fort, »Elisabeth gab mir kühl und abweisend zu verstehen, es falle ihr schwer, ihrer Schwester diesen perfiden Verrat zu verzeihen. Sie bot zwar an, sie wieder bei sich aufzunehmen, doch mir wurde klar, daß ich das nicht zulassen durfte.«

»Zur Hölle mit den beiden Lügnern! Diesen Unsinn kann doch kein Mensch glauben! Sabrina hat mir nach langem Drängen gestanden, daß Trevor versuchte, ihr Gewalt anzutun und ihre reizende Schwester sich gegen sie gestellt habe. Das war der Grund, warum sie fortgegangen ist. Ich kenne Sabrina zwar erst seit fünf Tagen, aber ich weiß, daß sie die Wahrheit sagt. Das könnte ich beschwören.«

»Ich bezweifle, daß der Landadel die bösen Gerüchte glaubt, die Elisabeth und Trevor verbreiten. Sabrina ist allgemein beliebt.«

»Das ist leider nur ein kleiner Trost, fürchte ich.« Phillip machte eine kleine Pause und setzte dann leise hinzu: »Deinen unerfreulichen Nachrichten muß ich hinzufügen, daß Sabrina sich weigert, mich zu heiraten. Sie will nicht zulassen, daß ich mich für sie opfere, wie sie sagt. Als ich Einwände erhob, fiel sie über mich her wie eine Tigerin.«

Charles hob erstaunt den Kopf. »Willst du damit sagen, daß sie dir einen Korb gegeben hat? Phillip, das kann ich kaum glauben!«

Phillip hob die Schultern. »Ich kann sie nicht zu ihrem Glück zwingen. Wirst du sie mit nach Moreland nehmen?«

»Ja. Das einzige Problem dabei ist, daß die meisten meiner Gäste noch nicht abgereist sind. Margaret wird entzückt sein, Sabrina zu sehen und vermutlich darauf bestehen, sie gesund zu pflegen. Deine Fähigkeiten in allen Ehren, Phillip, doch sobald sie wieder in der Zivilisation ist, mußt du darauf verzichten, ihre Krankenschwester zu spielen.«

Phillip nickte. Nach langer Pause sagte er: »Ich muß zu ihr. Es wird schwierig werden, ihr das alles begreiflich zu machen.«

»Das ist nicht nötig.«

Die Männer fuhren herum. Sabrina stand auf der Türschwelle, ihr Haar fiel ihr über die Schultern und den Rücken. Ihre zarten Hände hielten den viel zu großen Morgenmantel fest zusammen. Ihre Augen leuchteten groß und dunkel in ihrem bleichen Gesicht.

»Mein armes Mädchen.« Phillip ging mit ausgestreckten Händen auf sie zu.

»Wie schön, dich zu sehen, Charles«, sagte sie mit leiser, belegter Stimme ohne auf Phillip zu achten.

Ein blasses Gespenst, das kaum Ähnlichkeit mit der strahlenden, lachenden Sabrina hatte, starrte ihn an. Charles sagte unsicher: »Sabrina, du bist krank.«

»Wird Großvater wieder gesund, Charlie?«

Charles hob hilflos die Hände. »Der Arzt kann keine genaue Auskunft geben, Sabrina.«

Sabrina spürte, wie das Zimmer sich um sie drehte. Lautlos sank sie zu Boden. Der Morgenmantel umgab sie wie ein großer, grüner Fächer.

KAPITEL 6

Phillip blickte aus einem Fenster im Westflügel von Moreland über die sanft abfallenden Rasenflächen. Die grauen Nachmittagsschatten vertieften sich in der hereinbrechenden Dämmerung. Beim Klang von Richard Clarendons verärgerter Stimme drehte er sich um.

»Verflucht«, knurrte Clarendon und legte seine Stirn in bedrohliche Falten. »Was für eine ekelhafte Geschichte! Ich habe große Lust, dem Kerl eine Kugel durch den Kopf zu jagen.«

»Bedauerlicherweise«, bemerkte Phillip trocken, »ist der alte Graf nicht in der Verfassung, dem Geschwätz von Elisabeth und Trevor zu widersprechen. Die Aussage der beiden steht ganz einfach gegen Sabrinas Wort. Und da sie fortgelaufen ist, macht sie das in den Augen eines objektiven Betrachters schuldig.«

»Sei nicht so eiskalt, Phillip«, wies Richard ihn streng zurecht.

»Laß mich bitte aussprechen, Richard. Tatsache ist, daß Sabrina nicht vergewaltigt wurde. Ich kann mir nicht vorstellen, sie oder der alte Graf habe den Wunsch, der einzige männliche Nachkomme der Eversleighs möge zur Hölle fahren, bevor er einen Erben gezeugt hat. Ich sehe auch wenig Sinn darin, daß der Marquis von Arysdale die Flucht auf den Kontinent antritt, um der Rechtsprechung Seiner Majestät des Königs von England zu entgehen, in der Individuen wie Trevor Eversleigh geschützt werden.«

Die Faust des Marquis fuhr krachend auf die Mahagoniplatte nieder.

Charles reichte Phillip und Richard je ein Glas Brandy. »Hier, Richard. Weißt du, Phillip hat völlig recht. Sabrinas Schwager zu töten, würde keinem helfen. Gott sei Dank ist sie am Leben, und das haben wir Phillip zu verdanken.«

Phillip warf Charles einen düsteren Blick zu. Richard war momentan noch zu sehr mit dem schändlichen Verhalten von Trevor und Elisabeth beschäftigt, von dem er soeben erfahren hatte. Doch es war nur eine Frage der Zeit, bis der Marquis sich Gedanken darüber machte, daß Beau Mercerault fünf Tage und Nächte alleine mit Sabrina verbracht hatte.

Er hatte keine Chance, über Richards mögliche Reaktion nachzudenken, denn in diesem Augenblick wurde die Tür zur Bibliothek aufgerissen, und Teresa Elliott rauschte herein.

»Phillip!« rief sie in einer Mischung aus Erleichterung und Vorwurf, raffte die Röcke ihres Seidenkleides und trippelte anmutig auf ihn zu.

Er ergriff ihre Hände und hielt sie damit auf Distanz. Für seine Begriffe war sie zu stark geschminkt, ihre Lippen zu rot und das Rouge ihrer Wangen zu aufdringlich.

»Sie müssen ja völlig erschöpft sein«, flötete sie und strahlte ihn mit blauen Augen an, »nachdem Sie dieses Mädchen fünf Tage am Hals hatten.«

Phillip versteifte sich und ließ ihre Hände los. Mit scharfem Unterton erkundigte er sich: »Teresa, woher wissen Sie, wie und mit wem ich die letzten fünf Tage verbracht habe?«

Sie schürzte die Lippen zu einem entzückenden Schmollmund und hob ihre wohlgerundeten Schultern. »Aber das weiß doch jeder, Mylord.« Ihr perlendes Lachen sollte ihn aus seiner mißmutigen Stimmung locken. »Sie wissen ja, wie Dienstboten sind ... man munkelt so allerhand. Stimmt es, daß Charles sie nach Moreland bringen mußte?«

»Ich wundere mich schon sehr, daß Sie sich den Klatsch der Dienerschaft anhören, Teresa«, meinte Phillip schroff, wohl wissend, daß die Geschichte mit großem Eifer in den Salons und Dienstbotenkammern gleichermaßen durchgehechelt wurde. »Kennen Sie Richard Clarendon, den Marquis von Arysdale? Richard, Miß Elliott.«

Sie wandte sich mit katzenhafter Anmut dem Marquis zu und hielt ihm eine schmale, weiße Hand hin. »Welch ein Vergnügen, Euer Ehren«, hauchte sie, und ihre Augen nahmen seine athletische Figur und sein gutgeschnittenes Gesicht mit großem Wohlgefallen auf. Sie hatte ihn bei mehreren gesellschaftlichen Anlässen in London gesehen, war ihm aber nie vorgestellt worden. Ihre Frau Mama hatte sie in aller Deutlichkeit ermahnt, ein Mann mit dem Ruf eines ausschweifenden Lebemanns, selbst wenn er den Titel eines Marquis trug, habe niemals ernste Absichten. Sie spürte ein warmes Glühen in den Wangen, als er sie anblickte. Seine dunklen Augen verengten sich, sein gebräuntes Gesicht wirkte geistesabwesend. Sie lächelte, denn ihre Schönheit übte diese Wirkung auf die meisten Herren aus. Der Marquis war offenbar keine Ausnahme.

»Ist mir eine Ehre, Miß Elliott«, sagte er knapp und wandte ihr den Rücken zu.

Charles, der Teresas unerschütterliches Selbstvertrauen kannte, bemerkte ein gefährliches Glitzern in ihren Augen über die Gleichgültigkeit des Marquis und beeilte sich zu sagen: »Liebste Teresa, bedauerlicherweise haben Sie einen höchst ungünstigen Zeitpunkt gewählt. Wir möchten Sie nicht mit geschäftlichen Angelegenheiten langweilen. Dürfen wir mit Ihrer Gesellschaft beim Dinner rechnen?«

»Bis später, Teresa«, schloß Phillip sich an, ohne sich Charles' höflicher Floskeln zu bedienen.

Miß Elliott wirkte einen Augenblick ratlos und ein wenig verloren.

Da der Marquis seine Aufmerksamkeit nicht vom Kaminfeuer lösen konnte, zauberte sie ein charmantes Lächeln auf ihre Lippen.

»Wie Sie wünschen, meine Herren. Ich nehme an, Sie

denken darüber nach, was mit dem armen Mädchen geschehen soll.«

»Ich wiederhole, Teresa«, sagte Philipp mit versteinerter Miene, »hüten Sie sich, auf den Dienstbotenklatsch zu hören.«

Teresas Neugier war entfacht, doch sie erkannte, daß sie den Vicomte nicht weiter drängen durfte, wenn sie seine Gunst nicht verlieren wollte. »Wie Sie wünschen, Mylord«, wiederholte sie ergeben, sank in einen eleganten Knicks und verließ die Bibliothek.

»Ein berechnendes Luder«, murmelte Phillip in sich hinein.

Richard Clarendon starrte weiterhin in den Kamin, allem Anschein nach in den Anblick der züngelnden Flammen versunken. So sehr ihm der Gedanke mißfiel, der Vicomte hatte recht. Trevor Eversleigh zu töten, wäre keine Lösung. Er dachte daran, daß Sabrina fünf Tage und Nächte allein mit Phillip in der Jagdhütte verbracht hatte. Er redete sich ein, Phillip habe nie Geschmack an unschuldigen, jungen Mädchen gefunden. Doch Sabrina war so lebhaft und sprühend; sie unterschied sich völlig von allen jungen Damen adeliger Herkunft in Richards ausgedehntem Bekanntenkreis. Allein bei dem Gedanken, daß Phillip sie nackt gesehen, ihren Körper berührt hatte, knirschte er mit den Zähnen. Verdammt, von ihm hatte sie sich nicht einmal die Hand küssen lassen — hatte ihn sogar ausgelacht, als er den Versuch machte. Er sah noch heute ihre großen, veilchenblauen Augen, die ihn belustigt musterten, hörte ihr glockenhelles Lachen, als sie ihm sagte, er möge bei ihr nicht den Kavalier herauskehren, da sie das fürchterlich langweile. Die Frage quälte ihn, ob Phillip sie ebenso begehrenswert fand wie er selbst.

Er wandte sich vom Kamin. Seine schwarzen Augenbrauen bildeten eine zusammengezogene Linie, als er Phillip düster anstarrte. »Hast du sie angefaßt?«

»Natürlich«, erwiderte Phillip in seiner gelassenen Art.

»Sie wäre fast gestorben, Richard. Hätte ich sie deiner Meinung nach im Wald liegen lassen sollen?«

»Du weißt genau, was ich meine«, knurrte Richard.

Phillip blickte den Freund einen langen Augenblick an und wägte seine Worte ab. »Als Charles uns fand, überzeugte er mich davon, daß ich um ihre Hand anhalten müsse, da fünf mit mir verbrachte Tage, gleich unter welchen Umständen, ihren Ruf ruinieren. Sie gab mir einen Korb, Richard. Und ich vermute, dir wird es nicht anders ergehen, falls du nach wie vor Absichten bei ihr hast. Aber«, fuhr er fort und blickte dem Freund direkt in die dunklen Augen, »sobald sie gesund ist, werde ich meinen Antrag wiederholen und sie erneut bitten, meine Frau zu werden.«

»Wenn du ihr keine Gewalt angetan hast, nehme ich sie zur Frau.«

Phillip seufzte. »Du wirst leider feststellen müssen, daß sie dich nicht haben will, Richard.« War die Situation erst einmal geklärt und sie seine Frau, sahen die Dinge gar nicht mehr so düster und katastrophal aus, überlegte Phillip. Er liebte sie zwar nicht, aber sie war ihm sympathisch geworden. Außerdem brachte er ihr große Achtung entgegen. Er würde sie wesentlich besser behandeln als Richard. Seiner Meinung nach wollte Clarendon Sabrina nur besitzen, um seiner Langeweile zu entgehen. Außerdem kam sie dem Marquis als Mutter für seinen kleinen Sohn gelegen, während er seinen ausschweifenden Lastern in London weiterhin frönen konnte.

»Mit einem Mal ist Bree zur heiß begehrten Frau geworden«, meinte Charles. »Soll ich mich an dem Wettbewerb beteiligen und mich gleichfalls als opferbereiter Heiratskandidat anbieten?«

»Laß deine üblen Scherze, Charles«, brummte der Marquis. »Ich muß mit ihr sprechen. Ist der Arzt endlich fertig mit seiner Untersuchung?«

»Ich werde mich erkundigen«, meinte Charles gekränkt und zog an der Klingelschnur.

Sabrina lag still mit geschlossenen Augen, damit Margaret ihr Wachsein nicht bemerkte. Sie spürte die glatte Seide ihres Nachthemds. Wie freundlich von Elisabeth, dachte sie mit bitterer Ironie, ihre Kleider nach Moreland schicken zu lassen.

Sie fühlte sich tief unglücklich in ihrer Hilflosigkeit. Sie mußte möglichst bald zu Kräften kommen, um ihren Großvater aufzusuchen und sich zu vergewissern, daß er gut versorgt und gepflegt wurde. Sie würde ihn davon überzeugen, daß es für alle Beteiligten besser sei, wenn sie nach London ging. Nun galt es, von Trevor das Erbe ihrer Mutter zu fordern, die zehntausend Pfund, die ihr bei Vollendung ihres achtzehnten Lebensjahres zustanden. Das Geld gehörte ihr, und nicht einmal Trevor konnte Anwälte bestechen, um ihr das Vermögen vorzuenthalten. Es war wohl eine große Enttäuschung für ihn, daß sie im Schneesturm nicht erfroren war. Ein Schluchzen entrang sich ihrer Kehle.

»Bree, du bist ja wach. Wie fühlst du dich?«

Sabrina schlug ihre tränenfeuchten Augen auf. »Schmerzhaft lebendig«, flüsterte sie.

Margaret mißverstand ihre Worte. »Dann hol ich rasch Dr. Simmons. Ich glaube, er ist noch im Haus.«

Sabrina hielt Margaret kraftlos zurück. »Nein, Margaret. Ich habe keine körperlichen Schmerzen. Es ist sehr freundlich von dir und Charles, mich in Moreland aufzunehmen. Ich werde bald wieder kräftig genug sein, um Euch zu verlassen.«

Sie malte sich Tante Barresfords Reaktion aus, wenn sie demnächst vor ihrer Tür stehen würde. Mit ihren zehntausend Pfund würde ihre Tante wohl kaum Einwände haben, sie bei sich aufzunehmen.

»Du bleibst so lange, wie es dir gefällt, Bree«, protestierte Margaret. »Charlie ist dabei, unsere Gäste zu verabschieden. Ich lasse dich nicht allein. In zwei Tagen kommt Hugh aus London, und wir werden gemeinsam Weihnachten feiern. Phillip und der Marquis von Arysdale bleiben natürlich auch. Die drei Männer haben sich seit Stunden in die Bibliothek zurückgezogen!«

»Richard Clarendon ist hier?«

»Aber ja, Bree. Er hat nach dir gesucht wie alle anderen Männer.«

Sabrina schluckte bei dieser Nachricht und spürte, wie Ärger in ihr hochstieg. Zweifellos diskutierten die Herren darüber, was mit ihr zu geschehen habe. Und Richard Clarendon beteiligte sich auch daran. Vielleicht ließen sie das Los entscheiden oder sie spielten Karten, und der Verlierer mußte sie nehmen. Sabrina Eversleigh, hübsch verpackt mit einer Schleife als Weihnachtsgeschenk, die man möglichst rasch an den Glücklosen der drei Herren verschacherte.

»Gibt es keine Nachricht von meinem Großvater, Margaret?«

»Nein, liebste Freundin. Sein Zustand ist unverändert.« Margaret wurde plötzlich energisch. »Du darfst jetzt nicht trübsinnig sein, Bree. Du bist am Leben, und wir alle freuen uns darüber. Dein Großvater wird wieder gesund, davon bin ich fest überzeugt.« Im stillen fragte sie sich bang, was aus ihrer Freundin werden sollte, wenn sie sich weiterhin weigerte, Phillip zum Ehemann zu nehmen. Es war ihr unverständlich, wie Sabrina den Vicomte Derencourt ablehnen konnte. Noch dazu, dachte sie, und eine verlegene Röte stieg ihr in die Wangen, wenn man bedenkt, daß die beiden fünf Tage allein waren. Sabrina mußte in dieser Zeit doch wenigstens Sympathien für den Vicomte entwickelt haben.

Ein leichtes Klopfen war an der Schlafzimmertür zu hören. Sabrina umklammerte verzweifelt Margarets Hand.

»Bitte, ich möchte niemand sehen!«

Margaret tätschelte ihr sanft den Handrücken, eine besorgte Falte hatte sich auf ihrer Stirn gebildet. »Und wenn es Phillip ist, Bree . . .?«

»Nein, nein, hörst du! Phillip schon gar nicht.«

Sabrina wirkte so aufgeregt, daß Margaret einen Rückfall befürchtete und zustimmend nickte. »Schon gut, Liebste, wenn du es so wünschst.«

Sie entfernte sich langsam, spürte Sabrinas bohrenden Blick im Rücken, öffnete die Tür einen Spalt und schlüpfte nach draußen.

Der Marquis von Arysdale stand vor ihr, Charles daneben.

»Richard möchte mit Sabrina sprechen, Margaret«, sagte ihr Bruder.

Sie blickte in das gutgeschnittene Gesicht des Marquis. »Ich bedaure, Euer Ehren, aber sie weigert sich, Besuch zu empfangen.«

»Sie muß mich empfangen«, entgegnete Richard scharf und trat einen Schritt vor.

Margaret legte ihm die Hand auf den Ärmel. »Euer Ehren, ich bitte Sie, ihren Wunsch zu respektieren. Sie ist sehr aufgewühlt, das werden Sie sicher verstehen. Sie hat in letzter Zeit so viel durchgemacht.«

»Margaret hat recht, Richard«, pflichtete Charles ihr bei. »Du mußt ihr etwas Zeit lassen.«

Der Marquis stand unschlüssig da.

Margaret glaubte, ihn leise fluchen zu hören. Dann wandte er sich ihr zu. »Sagen Sie Sabrina bitte, ich komme heute abend wieder, um mit ihr zu sprechen. Sie muß mich empfangen.« Bevor Margaret protestieren konnte, hatte der Marquis sich auf dem Absatz umgedreht und stapfte den Korridor entlang.

Charles blickte dem Marquis besorgt hinterher. »Ein zweites Mal läßt Clarendon sich nicht abwimmeln, Margaret. Sabrina hat ein paar Stunden Zeit, um ihren Entschluß zu überdenken. Komm bitte nach unten! Mutter hat alle Hände voll zu tun, unsere Gäste in ihrer charmanten Art zu verabschieden. Sie braucht deine Unterstützung.«

»Reist auch Teresa Elliott ab, diese Schlange?«

»Ich denke schon, wenn auch widerwillig.«

Margaret nickte energisch. »Je eher, desto besser. Meine

Zofe sagte mir, sie horche ständig die Dienerschaft nach irgendwelchem Klatsch aus. Als Phillip mit Sabrina auftauchte, lief sie grün an vor Eifersucht.«

Charles hob die Schultern. »Ich bemühe mich, sie so rasch wie möglich loszuwerden.«

»Ich bin in einer Minute unten. Zuerst muß ich Sabrina sagen, daß Clarendon sich nicht abweisen läßt.«

»War es Phillip?« fragte Sabrina, als Margaret das Zimmer wieder betrat.

Margaret schüttelte den Kopf. »Nein. Der Marquis von Arysdale. Er wollte dich unbedingt sprechen. Charles half mir, ihn abzuwimmeln. Aber nur bis heute abend, fürchte ich. Du mußt mit ihm sprechen, Bree, sonst ist er imstande und tritt die Tür ein.«

»Na schön«, sagte Sabrina dumpf. Sie wunderte sich, wieso Phillip sie nicht sprechen wollte. Und sie fragte sich, wie lange er noch in Moreland zu bleiben gedachte, hütete sich aber, Margaret diese Frage zu stellen.

Nachdem Margaret sie alleine gelassen hatte, wanderten Sabrinas Gedanken zurück zur Kutschenfahrt von der Jagdhütte nach Moreland. Phillip hatte einen Arm um sie gelegt und kein Wort geredet. Sie war dankbar für sein Schweigen, fühlte sich wie betäubt und hätte ihm wohl auch keine zusammenhängenden Antworten geben können.

Grimmig starrte sie auf die geschlossene Schlafzimmertür. Hatte das Los Richard Clarendon als opferwilligen Ehemann für sie bestimmt? Allerdings konnte sie sich nicht vorstellen, daß der Marquis irgendeine Entscheidung traf, die nicht genau seinem Willen entsprach. Sie hatte zwar keine Ballsaison in London verbracht, konnte sich aber ausmalen, daß der Marquis reichlichen Verschleiß an Damen der Gesellschaft hatte. Sie seufzte leise. Sollte Richard sich entschlossen haben, den edlen Ritter zu spielen, würde sie ihn eben vor seiner eigenen Dummheit retten müssen.

Vermutlich war es das flackernde Kerzenlicht, das sie weckte. Sabrina öffnete die Augen und sah Phillip auf einem Stuhl neben ihrem Bett sitzen, sein Blick lag gleichmütig auf ihr.

Da sie an seine Gegenwart an ihrem Bett gewöhnt war, löste seine Anwesenheit in ihrem Schlafzimmer auch diesmal kein sonderliches Erstaunen aus.

»Wie spät ist es?« fragte sie und versuchte, einen klaren Kopf zu bekommen.

»Nach Mitternacht. Ich hoffte, der Kerzenschein würde Sie irgendwann wecken.«

Ihre Gedanken ordneten sich beim Klang seiner Stimme. »Was machen Sie hier, Phillip? Wir sind nicht mehr in Charles' Jagdhütte. Ihre Anwesenheit in meinem Schlafzimmer ist höchst unschicklich. Nicht, daß es einen großen Unterschied machte«, fügte sie mit schlecht verhohlener Bitterkeit hinzu, »denn mein Ruf ist ohnehin ruiniert.«

»Setzen Sie sich endlich mit der Realität auseinander, Bree?« Seine Stimme hatte einen ebenso beißenden Unterton wie ihre. Er erhob sich, setzte sich an die Bettkante und legte nach alter Gewohnheit seine Hand an ihre Stirn. »Fühlen Sie sich schon etwas kräftiger?«

»Ja«, brachte sie mit einigermaßen ruhiger Stimme hervor. »Was machen Sie hier, Phillip?« wiederholte sie.

»Richard hat mich davon unterrichtet — und er ist in einer fürchterlichen Stimmung —, daß Sie ihn nicht heiraten wollen. Er schloß daraus, daß Sie sich für mich entschieden haben. Da ich keinen Anlaß für wilde Spekulationen geben möchte, beschloß ich, Ihnen einen Besuch abzustatten, nachdem alle schlafen gegangen sind.«

»Richard hat falsche Schlüsse gezogen, Mylord«, sagte sie steif. »Ich sagte ihm, daß ich nicht die Absicht habe, irgendwen zu heiraten.« Sie schloß die Augen für einen Augenblick. Das Bild des Marquis stieg wieder vor ihr auf, wie er groß und stattlich an ihrem Bett stand, die Stirn düster umwölkt, mit fassungslosem Gesichtsausdruck. Und er klang eher wie ein kleiner Junge, dem man einen Wunsch abgeschlagen hat. »Sie lehnen meinen Antrag ab, Sabrina?«

»Ja, Richard, obgleich mich Ihre Besorgnis ehrt.«

»Es geht hier nicht um Besorgnis! Verflucht, ich wollte Sie ohnehin heiraten. Es war alles schon besprochen.«

»Aber nicht mit mir, Euer Ehren«, meinte sie tonlos.

»Sie verbringen fünf Tage allein mit Phillip Mercerault und geben mir den Laufpaß!«

Sie wandte den Kopf, verärgert über seine dreiste Interpretation der Situation. »Richard«, begann sie und hoffte, ihre Stimme klang vernünftig und sachlich, »Sie haben mir Ihren Antrag gemacht und sich damit aus jeder Verpflichtung mir gegenüber befreit. Sobald ich wieder bei Kräften bin, werde ich meinen Großvater besuchen, um mich davon zu überzeugen, daß er gut behandelt und richtig versorgt wird. Dann reise ich nach London zu meiner Tante Barresford. Sie wissen natürlich, daß für mich kein Platz mehr in Monmouth Hall ist.«

Beim Klang von Phillips Stimme öffnete Sabrina die Augen wieder.

»Was Sie Clarendon auch gesagt haben mögen, er ist immer noch davon überzeugt, ich sei der Glückliche.«

Sie wandte ihren Blick Phillip zu, schwieg aber.

»Ich nehme an, Bree, Sie haben über Ihre Situation nachgedacht. Vermutlich sind Sie zu einer Lösung gekommen, die mit Ihrer Tante in London zu tun hat. Wieso denken Sie eigentlich, meine Teure, Ihre Tante könne über den unerwarteten Besuch ihrer Nichte erfreut sein?«

»Ich besitze zehntausend Pfund.«

Phillip zog eine Braue hoch. »Sie sind also eine reiche Erbin. Ausgezeichnet. Nun denkt jeder, ich heirate Sie wegen Ihres Vermögens und Ihrer zweifellos ansehnlichen Mitgift. Es ist mir offen gestanden lieber, ein Glücksritter genannt zu werden als ein edler, ritterlicher Trottel.«

»Ich werde nicht heiraten, um Ihnen oder einem anderen Mann zu Wohlstand zu verhelfen.«

Er nickte liebenswürdig. »Wir werden Ihr Vermögen auf Ihren Namen oder als Anlage für unsere Kinder bei einer angesehenen Bank deponieren.«

Sabrina öffnete den Mund und klappte ihn wieder zu. Er baute immer wieder Mauern aus Worten auf, gegen die sie vergeblich anrannte. Ein Gespräch mit Richard Clarendon hätte sie vorgezogen. Bei ihm war wenigstens sie die ruhige und vernünftige Gesprächspartnerin. »Phillip«, sagte sie im Versuch, seine Gedanken auf eine andere Bahn zu lenken, »Sie haben Ihre Niederlage bei der Wette als echter Ehrenmann hingenommen. Ich versichere Ihnen jedoch, daß ich keinerlei Forderungen an Sie stellen werde. Bitte setzen Sie die anderen Herren, auch Richard, davon in Kenntnis, daß Sabrina Eversleigh sehr wohl ohne fremde Hilfe und ohne die Barmherzigkeit edler Wohltäter im Leben zurechtkommt.«

»Was zum Teufel faseln Sie da?« wollte er wissen. Seine Gelassenheit war plötzlich wacher Aufmerksamkeit gewichen. »Welche Niederlage bei welcher Wette?« Während er die Worte aussprach, kam ihm Charles' unpassender Scherz in den Sinn, ob er sich selbst als opferbereiter Ehekandidat zur Verfügung stellen solle. Er senkte den Blick.

»Sie können es nicht leugnen, stimmt's? Sie und der Marquis, Ihr beide kommt mir vor wie zwei Kampfhähne, die einander ankrähen, um Eure lächerliche Mannesehre zu verteidigen und wollt gleichzeitig Eure Freiheit behalten! Ich sage Ihnen: ich will sie Ihnen nicht nehmen. Ich bin keine beschädigte Ware, und ich weigere mich, vor der Welt den Eindruck zu erwecken, ich sei beschädigt, indem ich mich an einen von Euch beiden binde. Ich bin müde, und Sie langweilen mich. Gute Nacht, Phillip.«

Sie drehte sich zur Seite und zog die Decke hoch. Phillip schwieg eine Weile. Sie spürte, wie die Matratze sich hob, als er aufstand.

»Die Welt geht sehr selten auf unsere Wünsche ein, Sabrina«, sagte er schließlich.

»Dann müssen wir die Welt ändern, und ich werde sie dazu zwingen.«

»Wie ich sehe, müssen Sie noch viel lernen. Die Welt wird ihre Gesetze nicht für Sie ändern, Sabrina. Ich nehme an, wir sehen uns in London.«

»Ja«, sagte sie. »Doch zuerst werde ich meinen Großvater besuchen. Wenn er mich braucht, werde ich tun, was getan werden muß.«

Er holte tief Luft. »Sie haben meine Unterstützung in jeder Hinsicht zurückgewiesen, Sabrina. Dennoch bitte ich Sie, mir zuzuhören: Ihr Großvater ist zu krank, um Sie überhaupt zu erkennen. Sie können nicht das Geringste tun, um ihm zu helfen.«

»Begreifen Sie denn nicht, Phillip? Ich muß mich vergewissern, daß er gut behandelt wird. Sie kennen Trevor nicht. Er liebt keinen von uns, am wenigsten Großvater. Und nur er steht zwischen Trevor und dem Grafentitel ... und dem gesamten Eversleighschen Vermögen. Ich muß zu ihm.«

Der Vicomte schwieg. Sein Blick war in die dunklen Schatten einer Zimmerdecke gerichtet. Dann sah er sie an und sagte brüsk: »Werden Sie mir glauben, wenn ich sage, ich sorge dafür, daß der Graf gut behandelt und gut versorgt wird und er nichts von Ihrem Cousin zu befürchten hat?«

»Wie wollen Sie das anstellen?«

»Werden Sie mir glauben, wenn ich verspreche, daß Ihr Großvater nichts zu befürchten hat, Sabrina?«

»Aber ich kann Yorkshire doch nicht verlassen, solange er so krank ist!«

»Ich wiederhole, Bree, Sie können ihm nicht im geringsten helfen. Wie lautet also Ihre Antwort?«

»Ich gehe davon aus«, sagte sie gedehnt, sich ihrer Ohnmacht bewußt, »da ich Ihnen schon mein Leben anvertraut habe, kann ich Ihnen das Leben meines Großvaters anvertrauen. Ich danke Ihnen, Mylord.«

»Und werden Sie mir auch Ihre Zukunft anvertrauen?«

»Nein, Mylord.«

Sie hörte ihn seufzen. Dann tauchte das Zimmer in Dunkelheit. Der Rauch des Kerzendochts stieg ihr in die Nase.

»Leben Sie wohl, Sabrina.«

Er erwartete wohl keine Antwort, denn unmittelbar nach seinen Worten hörte sie seine sich entfernenden Schritte. Bevor die Tür zuklappte, fiel ein schmaler Lichtstreifen aus dem Flur herein und verlosch.

KAPITEL 7

»Meinen herzlichen Glückwunsch, Anisa! Deine Nichte ist wirklich reizend. Vielleicht ein wenig schmal und flach, aber immerhin. Du sagtest, die Kleine war krank zu Hause in Yorkshire?«

Lady Anisa Barresford wandte ihren Blick von Sabrina, die einen langsamen Kotillon mit einem jungen Husaren tanzte. »Ja, Lucilla, sie war tatsächlich ziemlich krank. Eine Lungenentzündung. Mager wie ein Hühnerbein ist sie, doch junge Leute erholen sich rasch.«

»Sie ist erst seit einer Woche bei dir?« erkundigte sich Lady Lucilla Blanchard weiter.

Lady Barresford nickte zerstreut. Sie kannte den Hang der Freundin zu klatschen nur zu gut. Madame Giselle hatte ein wahres Wunder der Schneiderkunst an Sabrinas blauem Samtkleid vollbracht, das sie nach der neuesten russischen Mode gefertigt hatte. »Du mußt ein paar Pfunde zulegen«, hatte sie Sabrina erst gestern ermahnt. »Die russische Mode verlangt einen vollen Busen, um wirklich elegant zu sein.« Madame Giselle hatte das Rückendekolleté tiefer geschnitten, um die Blicke auf Sabrinas wohlgeformte Schulter- und Rückenpartie zu lenken. Lady Barresford hatte es auch unterlassen, ihre Nichte zu überreden, ihr Haar kürzer zu schneiden, wie es jetzt Mode war. Sie trug ihre schwarzglänzenden Locken zu einer atemberaubend kunstvollen Hochfrisur aufgetürmt. Zwei Korkenzieherlocken lagen aufreizend auf ihren nackten Schultern.

»Du sagst, das Mädchen habe eine Erbschaft gemacht, Anisa?« bohrte Lady Blanchard weiter. Ihr Blick ruhte auf ihrem jüngsten Sohn Edward, der, wie sie mißbilligend feststellte, nicht den geringsten Versuch machte, Sabrina mit verführerischen Höflichkeiten zu unterhalten.

»Sie erbte Geld von ihrer Mutter. Die Höhe des Vermögens ist mir leider nicht bekannt ...« Lady Barresford zog die Schultern hoch. Sie hob eine plumpe Hand mit beringten, fetten Fingern und bezupfte ihre sorgfältig gekräuselten Löckchen an den Ohren.

»Guter Gott!«

Lady Barresford blickte scharf zu Lady Blanchard hinüber und folgte dann ihrem Blick zur Tür des Salons. Vicomte Derencourt stand lässig neben dem untersetzten Butler der Blanchards und ließ den Blick gelangweilt durch den überfüllten Raum schweifen.

»Was in aller Welt macht Phillip Mercerault hier? Ich habe ihn noch nie auf einem meiner Tanzfeste zu sehen bekommen. Ich habe ihm zwar immer eine Einladung geschickt, aber bisher ist er nicht erschienen.« Lady Blanchard erinnerte sich plötzlich ihrer Pflicht als Gastgeberin, erhob sich eilfertig von ihrem Stuhl neben Lady Barresford und rauschte davon.

Lady Barresford beobachtete, wie ihre Freundin dem Vicomte entgegeneilte, ihr Gesicht vor Freude errötet über das Erscheinen des berühmten Salonlöwen. »Alberne Pute«, zischte Anisa und wandte ihre Aufmerksamkeit wieder ihrer Nichte zu. Der Kotillon war zu Ende, der Husar verbeugte sich artig vor Sabrina, die einen anmutigen Knicks machte und sich von ihrem Tänzer zur Tante begleiten ließ.

»Du tanzt recht nett«, sagte sie, als Sabrina sich neben sie setzte.

»Danke, Tante.«

Lady Barresford zog die Stirn kraus über die tonlose Stimme ihrer Nichte. »Etwas mehr Esprit würde dir gut anstehen, Sabrina. Eine Dame mit einer langweiligen Ausstrahlung wird von Männern noch mehr gemieden als einer dieser berüchtigten Blaustrümpfe.«

»Tut mir leid, Tante, aber ich bin ein wenig müde.« In Wahrheit fühlte sie sich überhaupt nicht müde. Doch ihre gefühlskalte Tante würde es ziemlich seltsam finden, wenn sie ihr sagte, daß ihre Müdigkeit geistiger und nicht körperlicher Art war. Sie zauberte ein Lächeln auf ihre Lippen, das zwar nicht ihre Augen erreichte, dennoch Lady Barresfords Zustimmung fand.

»Dies ist deine erste Saison in London, Kind«, fuhr die Tante versöhnlich fort. »Nicht, daß ich wünschte, du würdest mit den Herren kokettieren. Dennoch solltest du dich ein wenig bemühen, einen angenehmen Eindruck zu hinterlassen.«

Sie machte eine kleine Pause und dachte daran, daß sie ähnliche Worte an Sabrinas reizlose Schwester Elisabeth gerichtet hatte. Bei der war allerdings jede Mühe vergebens gewesen. Eine ganze Saison hatte sie Elisabeth zu jeder Tanzveranstaltung geschleppt, alles umsonst. »Eine ganze, lange Saison«, seufzte sie laut. »Elisabeth fand einfach keinen Anklang, weißt du. Ich bin überzeugt, mit dir ist das weniger problematisch.«

Sabrina sah ihre Tante an. »Das zählt nun nicht mehr, Tante«, sagte sie leise, »Elisabeth ist ja unterdessen verheiratet.«

Die winzigen Löckchen um Lady Barresfords Gesicht bebten bei jedem Kopfnicken. »Endlich! Dreiundzwanzig Jahre und ein Mauerblümchen, befürchtete ich. Ich habe diesen Cousin, den sie geheiratet hat, noch nicht kennengelernt. Wenigstens gehört er zur Familie.« Mit schneidendem Unterton fügte sie hinzu: »Würde mich nicht wundern, wenn dein Großvater seine Hand im Spiel gehabt hätte. Das Vermögen der Eversleighs gegen die Braut. Ja, das war der Handel, auf den dein Cousin sich eingelassen hat.«

»Sabrina, darf ich Ihnen Vicomte Derencourt vorstellen. Phillip, Sie kennen Lady Barresford. Dies ist ihre Nichte Sabrina.«

Sabrina wußte, daß sie ihn in London treffen würde, denn das hatte er angekündigt. Aber es war zu früh. Sie hatte noch keine Zeit gehabt, Abstand von ihren Gefühlen für ihn zu gewinnen, und sie wußte nicht, wie sie sich ihm gegenüber verhalten sollte. Sie zwang sich, ihn anzusehen.

»Lady Barresford . . . Miß Eversleigh. Welche Freude, Sie wiederzusehen, Sabrina.« Die Sanftheit seiner Stimme verwirrte sie. Sie nickte steif, unfähig etwas zu sagen.

»Ich wußte gar nicht, daß Sie meine Nichte kennen, Mylord«, meinte Lady Barresford, der aufgefallen war, daß Sabrina sich plötzlich in einen Stockfisch verwandelt hatte.

»Nur flüchtig, Mylady«, entgegnete Phillip und wandte seinen Blick von Sabrinas gesenktem Kopf. »Wir haben uns bei Freunden auf Schloß Moreland kennengelernt«, fügte er auf den fragenden Blick von Lady Barresford erklärend hinzu.

»Ah ja, Charles Askbridges Landsitz«, rief sie, stolz auf ihr glänzendes Gedächtnis. »Und Charles' entzückende Schwester Margaret hat Sir Hugh Drakemore geheiratet. Wie fühlt das Kind sich denn, mit einem der berüchtigsten Junggesellen Londons verheiratet zu sein?«

Phillip dachte an das strahlende Lächeln in Margarets Gesicht, als Hugh einen Tag vor Weihnachten in Moreland angekommen war. »Ich denke, sie ist einigermaßen glücklich, Mylady.« Das kleine Orchester am anderen Ende des Salons spielte die ersten Takte eines lebhaften Volkstanzes.

»Darf ich Sie um diesen Tanz bitte, Miß Eversleigh?«

»Gern, Mylord«, sagte Sabrina. Ohne ihm direkt ins Gesicht zu sehen, legte sie ihre Hand auf seinen angewinkelten Arm, erhob sich und warf ihrer Tante einen fragenden Blick zu.

»Nur zu, mein Kind, amüsiere dich ruhig.« Der Vicomte entfernte sich mit Sabrina am Arm. Doch Lady Barresford nahm sich vor, Sabrina zu warnen. Der Vicomte war ein charmanter, gutaussehender Mann, nicht unvermögend, aber er führte ein ausschweifendes Leben. Das Mädchen kam schließlich vom Land und hatte in Yorkshire wohl kaum Umgang mit Männern wie Phillip Mercerault. Abgesehen davon, fügte sie in Gedanken hinzu, daß Sabrina den Vicomte in Moreland kennengelernt hatte. Sie beschloß, ein Auge auf die beiden zu haben.

»Schade, daß das kein Walzer ist«, sagte Phillip leise in ihr linkes Ohr.

Sie schaute ihn unruhig an und wurde sich umgehend der Befangenheit bewußt, die seine Nähe bei ihr auslöste. »Warum?«

»Weil ich mich gern mit Ihnen unterhalten möchte.«

Die Tanzpaare bildeten eine andere Formation, und die beiden wurden vorübergehend getrennt. Sabrina setzte ein künstliches Lächeln auf, und ihre Füße bewegten sich mechanisch zum Takt der Musik. Am Ende des Tanzes wandte sie sich ein wenig von ihm ab, um wieder Atem zu schöpfen.

Sie spürte seine Hand auf ihrem Arm. »Geht es Ihnen gut?«

»Ja, natürlich. Ich bin die Anstrengung nur noch nicht gewöhnt.«

»Darf ich Ihnen ein Glas Punsch bringen?«

Sie nickte und ließ sich von ihm aus dem Salon durch den Flur in ein Speisezimmer führen. Dort war auf einer langen Tafel ein üppiges Buffet mit Delikatessen angerichtet.

Phillip reichte ihr ein gefülltes Glas Punsch und nahm sich selbst ein Glas Champagner vom Tablett, das ein Diener herumreichte. »Auf London und auf Ihren gesellschaftlichen Erfolg.«

Sie hob das Kinn. »Auf eine Welt, die nicht verändert werden muß.«

»Auf eine Welt, die noch nichts ahnt.«

»Noch nicht, Mylord? Haben Sie vor, eine Ankündigung zu machen?«

»Das ist kaum notwendig. Ihre Welt besteht im Augenblick aus Glas. Ein winziger Steinwurf — eine einzige böse Zunge —, und Ihre gläserne Welt ist ein Scherbenhaufen.«

»Ich habe niemandem etwas Böses getan. Es gibt keinen Grund für böse Zungen.«

»Sie sind bemerkenswert unschuldig, Bree. Ihre Naivität kombiniert mit Ihrem Eigensinn wird Ihnen zum Verderben geraten, fürchte ich. Haben Sie meinen Brief erhalten?«

Ein dankbares Lächeln erhellte ihre Züge. »Ja, Phillip, und ich danke Ihnen vielmals.«

»Ich denke, Sie brauchen sich keine Sorgen mehr zu machen. Ihrem Großvater geht es von Tag zu Tag besser. Er ist ein zäher Bursche. Und Ihr habgieriger Cousin Trevor wird noch ein paar Jahre warten müssen, ehe er an der Reihe ist. Der Graf wird vor Trevor beschützt, das garantiere ich Ihnen.«

Sie furchte die Stirn, und ihre Augen blickten auf sein kunstvoll geschlungenes Halstuch.

»Wie können Sie so sicher sein, daß Trevor ihm nichts antut?«

»Ganz einfach, Bree. Ich selbst habe mit dem niederträchtigen Kerl gesprochen.«

»Was haben Sie getan?« Sie war froh, daß sie kurz vorher ihr Glas abgesetzt hatte; es wäre ihr mit Sicherheit aus der Hand geglitten.

»Ich wünschte, Sie würden mir genauer zuhören, meine Liebe, dann müßte ich mich nicht ständig wiederholen. Ich habe meine Aufwartung in Monmouth Hall gemacht und habe dabei Trevor und Ihre reizende Schwester zur Rede gestellt. Die beiden passen wirklich wunderbar zusammen.«

Sie blickte ihn ziemlich hilflos an.

»Aber warum?«

»Warum sie zusammenpassen, oder warum ich mit ihnen gesprochen habe?«

»Phillip! Sie wissen genau, was ich meine! Gemessen an Ihrer Neigung, nur das zu tun, was Ihnen wirklichen Spaß macht, wie Sie selbst behaupten, fällt es mir schwer, den Grund herauszufinden, warum Sie sich solchen Unannehmlichkeiten unterziehen und sich in die Höhle des Löwen wagen!«

»Tatsächlich, Sabrina?«

»Ihre Bemühungen, den edlen Ritter zu spielen, passen nicht zur Schilderung Ihres Charakters, Mylord. Ich habe Ihnen schon gesagt, daß ich . . . keine Vorteile aus Ihrem schlechten Gewissen oder Ihrem falsch verstandenen Ehrgefühl ziehe — oder aus welchem anderen Grund Sie sich so lächerlich benehmen!« Sie unterbrach und fügte versöhnlich hinzu: »Bitte verstehen Sie mich nicht falsch. Ich bin Ihnen unendlich dankbar, daß Sie meinen Großvater beschützen.«

»Es war eine wirklich gefährliche Mission, Bree. Trevor Eversleigh mag eine Menge Fehler haben, mangelnder Selbsterhaltungstrieb gehört jedenfalls nicht dazu. Ich habe ihm in aller Deutlichkeit zu verstehen gegeben, daß ich ihm eine Kugel durch den Kopf jage, wenn der alte Graf stirbt. Ihr Großvater erfährt nun mit Sicherheit die bestmögliche Pflege.«

»Aber Phillip, wenn Großvater trotzdem stirbt, müssen Sie sich mit Trevor duellieren. Würden Sie wirklich Ihr Leben für ihn riskieren?«

»Nicht nur für Ihren Großvater, Bree.«

»Aber ich habe Sie jeder wie immer gearteten Verpflichtung entbunden, die Charles Ihnen einreden wollte. Warum tun Sie das, Phillip?«

»Wie gesagt, Sabrina. Mein schlechtes Gewissen zwingt mich dazu«, entgegnete er belustigt.

»Bringen Sie mich bitte wieder zu meiner Tante zurück«, bat sie steif und wandte sich ab. Plötzlich fuhr sie herum, daß es beinahe einen Zusammenstoß gegeben hätte. »Schlechtes Gewissen, Mylord? Ich nehme doch an, daß es nichts gibt, weswegen Sie ein schlechtes Gewissen haben müssen! Nicht einmal ein hartgesottener Lebemann würde sich an einer todkranken, bewußtlosen Frau vergehen!«

Phillip spürte zunächst Zorn in sich hochsteigen, dann

meldete sich ein schadenfroher Kobold. Er lachte leise und entgegnete mit träger, lasziver Stimme: »Ich wußte gar nicht, daß Sie Erfahrung mit hartgesottenen Lebemännern haben. Ich möchte jedoch betonen, daß Sie nicht wirklich bewußtlos waren, selbst nicht in den ersten Tagen Ihrer Krankheit. Sie hatten lediglich hohes Fieber und befanden sich für kurze Zeit im Zustand des Deliriums. Erinnern Sie sich daran, wie ich Sie wärmte, als sie vor Kälte schlotterten?«

Verschwommene Erinnerungen tauchten in ihr auf, und sie spürte, wie sie erbleichte. Er hatte sie mit seinem Körper gewärmt, hatte sie eng an sich gedrückt. Sie zitterte bei dem Gedanken, wie seine Hände ihren Rücken entlang gestrichen waren und wie sie sich an seine Brust geschmiegt hatte. Er hätte alles mögliche mit ihr anstellen können. Sie konnte sich nur an seine schwindelerregende Wärme erinnern. Sie wich zurück und hob abwehrend die Hände.

»Ich glaube Ihnen kein Wort!« zischte sie. »Sie machen sich über mich lustig, und das dulde ich nicht. Haben Sie verstanden?!« Sie fuhr herum, raffte die Röcke und floh den Korridor entlang in den Salon zur Tante, ohne auf die verblüfften und neugierigen Blicke einiger Gäste zu achten.

Er sah ihr nach und ärgerte sich über sein zweideutiges Gerede. Obgleich sie ihn mit ihrer lächerlichen Unterstellung, er könne ihr Gewalt angetan habe, aufgebracht hatte, hätte er den Mund halten müssen. Er schüttelte den Kopf, wunderte sich über seine Reaktion. Bei jeder Begegnung mit ihr mußte er sie kränken und brüskieren. Er benahm sich ebenso töricht wie sie.

Er verabschiedete sich in aller Höflichkeit von seiner Gastgeberin und ging. Ein paar Stunden später, nachdem er bei White's eine halbe Flasche Brandy geleert hatte, nahm er eine Droschke und ließ sich an Martines Haus am Fitton Place absetzen.

Es dauerte einige Minuten, bevor Erna, Martines Mädchen, Butler und Köchin in einer Person, die Haustür einen Spalt öffnete und verschlafen fragte, wer da mitten in der Nacht solchen Lärm machte.

Als sie seiner ansichtig wurde, fuhr sie erschrocken zurück. »Mylord, es ist zwei Uhr morgens!«

»Und was für ein schöner Morgen!» pflichtete Phillip ihr bei und lachte betrunken über seine vermeintlich geistreiche Bemerkung. Er übergab Erna Hut und Mantel: »Unnötig, mich anzumelden, ich überrasche deine Herrin.«

Er wankte die Treppe hinauf, sich am Geländer festhaltend, um das Gleichgewicht nicht zu verlieren, und platzte in Martines Schlafzimmer.

Eine Kerze flackerte auf.

»*Mon chou! Quelle entrée turbulente!*«

Sie stützte sich auf die Ellbogen und teilte die Lippen zu einem trägen Lächeln.

»Guten Abend, Madame«, begrüßte er sie mit einer formvollendeten Verbeugung.

Sie richtete sich auf, die Seidendecke glitt herab und entblößte ihre üppigen, rosigen Brüste.

Er stöhnte auf und warf seine Kleider von sich.

»*Quelle sottise*«, schalt Martine ihn zärtlich, schlug die Decke zurück und zog ihn in ihre Arme. »*Mon dieu,* du stinkst nach Brandy.«

»Wie du meinst: ich bin dein Kohlkopf, und ich stinke«, grinste er und vergrub sein Gesicht zwischen ihren vollen Brüsten. »Bitte sprich Englisch, mein Kopf dreht sich zu sehr. Ich kann nicht mehr übersetzen.«

Sie lachte kehlig und kraulte seine kastanienbraunen Locken. »Ich hoffe, du hast nicht zuviel getrunken, Liebster, damit wir beide noch Vergnügen aneinander haben können.«

»Ich könnte jeder Frau in London Vergnügen bereiten«, knurrte er, »auch dieser bockbeinigen, kleinen Göre.« Er wölbte seine Hand um eine ihrer Brüste, und seine Lippen bedeckten die rosige Knospe ihrer Brustwarze.

Martine überließ sich der wundersamen Empfindung,

die seine Zunge ihr verschaffte. Sie stöhnte leise, als er plötzlich von ihr abließ.

Phillip blickte ihr mit verschwommenen Augen ins Gesicht, seine Hände liebkosten sie immer noch. »Die kleine Närrin! Ich habe sie kompromittiert, aber sie will mich nicht. Einmal beschuldigt sie mich, den edlen Ritter zu spielen, verhöhnt mein falsch verstandenes Ehrgefühl! In der nächsten Minute wirft sie mir vor, ich hätte mir ihre Krankheit zunutze gemacht. Sie besaß sogar die Frechheit, mich zu beschuldigen, ich hätte irgendeine idiotische Wette verloren und sei dadurch ausgewählt worden, mich als Ehemann zu opfern!«

Martine blinzelte verständnislos über sein unzusammenhängendes Gerede. »Du hast eine Dame kompromittiert, Liebster?«

»Habe ich natürlich nicht! Wofür hältst du mich, Martine? Für einen brünstigen Ziegenbock?«

Martine hob eine Hand und kraulte ihm das wirre Haar. »Aber du hast doch soeben gesagt, daß . . .«

»Sie wäre gestorben, wenn ich sie nicht gesund gepflegt hätte«, murmelte er statt einer Erklärung. Er bettete den Kopf wieder an ihrem Busen, und seine Fingerspitzen trommelten ärgerlich auf ihre Schulter.

Sie verlagerte ihr Gewicht unter ihm. »Bin ich deine Trommel, *mon chou*?« fragte sie und legte ihre Hand auf seine Finger.

»Sogar Clarendon will sie haben«, sagte Phillip laut. »Wieso, zum Teufel, kapiert sie nicht, daß ihr der gesellschaftliche Ruin bevorsteht?«

»Aber wenn du kein brünftiger Ziegenbock bist und sie nicht kompromittiert hast, wieso ist sie dann eine gesellschaftliche Ruine?«

Phillip stöhnte auf bei ihrer verzerrten Übersetzung und drehte sich auf den Rücken.

Im flackernden Kerzenschein fiel sein Blick auf einen tiefen Riß in der Stuckdecke.

»Martine, laß endlich den Maurer kommen und den

Stuck reparieren. Sonst fällt mir eines Tages noch der Plafond auf den Kopf.«

»Aber Phillip, der Maurer kann doch keine gesellschaftliche Ruine reparieren.«

»Nein, aber die Zimmerdecke!«

»Ah, ich verstehe«, meinte sie und nickte ernsthaft. »Aber ich verstehe nicht, warum das Mädchen Clarendon einen Korb gibt. Er ist ein sehr romantischer und gutaussehender Mann.«

»Er ist ein Lebemann, und er ist ihrer nicht wert!«

»Aber bist nicht auch du ein wertloser Lebemann?«

»Dreh mir nicht jedes Wort im Mund herum, Martine! Natürlich bin ich das, aber nicht so schlimm wie er. Clarendon hätte sie wirklich kompromittiert, er hätte ihre Unschuld ausgenutzt, wenn er sie im Wald gefunden hätte.«

Martine überlegte lange, dann nahm sie zwei Worte auf, die sie am meisten interessierten. »Wollte Clarendon sich auch als Ehemann opfern für das Mädchen, das niemand kompromittiert hat?«

»Es war Charles Askbridge — der Idiot — der das sagte. Dein romantischer Clarendon hätte etwas dagegen, als Opfer bezeichnet zu werden.«

Martine lächelte über seine Abschweifung und ließ ihre Finger spielerisch über seinen Brustkorb zu seinem harten Bauch gleiten. »Wie muskulös du bist, *mon chou*«, meinte sie bewundernd.

»Ich trainiere auch regelmäßig in Gentleman Jacksons Boxstudio«, sagte er zerstreut.

Martine lachte leise gurrend, und ihre Hand glitt tiefer. »Mit *diesen* Muskeln hat dein Gentleman Jackson aber nichts zu tun.«

»Ganz gewiß nicht!« grinste er und zog sie auf seinen Bauch. Ihre schläfrigen Augen weiteten sich merklich, als er ihre Hinterbacken knetete. Er spürte ihre weichen Lippen auf seinen und ihre Zunge, die sich in seinen Mund schob. Mehr aus Gewohnheit, denn aus brennendem

Verlangen hob er ihre Hüften und führte sich ruckartig in sie ein. Sie zog die Beine an. Auf ihrer Stirn bildeten sich kleine Falten. »Ich verstehe nicht recht, Phillip, du sagst mir so oft, daß du keine Ehefrau willst — weil du nicht gefangen sein willst.«

»Gebunden.«

»Ja, gebunden«, sagte sie leise und bewegte sich langsam auf ihm. »Aber du kommst mir vor wie ein Mann mit einem schlechten Gewissen. Dabei hast du dem Mädchen doch nichts getan, oder?«

»Um Himmels willen, Martine. Sie hat fast eine Woche mit mir verbracht — alleine. Und dieses saubere Paar, Elisabeth und Trevor, verbreitet Gerüchte über ihre Verworfenheit. Ich habe die beiden zur Rede gestellt und ihnen klargemacht — ziemlich deutlich, das kannst du mir glauben —, daß sie ihren Mund halten sollen. Doch der Schaden ist bereits angerichtet.«

Martine überließ sich der erregenden Hitze, die sich in ihrem Körper ausbreitete. Sie keuchte, als seine Hände sich um ihre Brüste wölbten und flüsterte: »Dieses Mädchen, das du nicht verführt hast, würde ihr das wohl gefallen?«

Phillip dachte an die zierliche Sabrina, die sich fest an seinen Körper preßte, als das Fieber sie schüttelte. Er sah ihre vor Schreck geweiteten veilchenblauen Augen, als er andeutete, er habe sie möglicherweise während ihres Fieberzustandes genommen. Er spürte wieder ihre Verlegenheit, als er sie wusch. Seine Gedanken waren zwar vom Brandy und seiner rasch anwachsenden Erregung vernebelt, dennoch mahnte er sich zur Vernunft. Ein Gentleman redete nicht in solchen Begriffen über eine Dame von Stand, schon gar nicht mit seiner Geliebten.

»Genug geredet«, murmelte er mit belegter Stimme. Bevor Martine weitere Fragen stellen konnte, griffen seine Finger in ihre prachtvollen Locken, und sein Mund schloß sich über ihren Lippen.

Dambler brachte seinen erschöpften Herrn mit besorgter und mißbilligender Miene kurz vor Tagesanbruch zu Bett.

»Halten Sie mir bloß keine Predigt, alter Pfaffe«, knurrte Phillip, als der Diener seine hoffnungslos zerknitterten Kleider aufsammelte.

»Die Nacht ist zum Schlafen da, Mylord und nicht zum Trinken und ... so weiter«, meinte Dambler unbeirrt und streng, als er seinen Herrn zudeckte.

»Vor allem und so weiter. Stell die Uhr auf Mitternacht zurück, wenn ich bitten darf. Und misch dich nicht in meine Angelegenheiten!«

»Was würde Ihre Ladyschaft dazu sagen?« meinte Dambler und zog die Nase kraus, während er die Kerzen ausblies.

Phillip grinste trotz seiner Kopfschmerzen. »In dem Punkt irrst du, mein Alter. Meine Mutter war zu ihrer Zeit keine Kostverächterin.«

Er hörte ein verstimmtes *Harrrumpf* von seinem Diener und stellte sich vor, wie er über die Respektlosigkeit seines Herrn den schütteren Kopf schüttelte.

»Geh ins Bett und laß keinen bis zwölf Uhr mittags in dieses Zimmer! Hast du verstanden?«

»Sehr wohl, Mylord«, entgegnete Dambler steif und verneigte sich gewohnheitsmäßig in Richtung Bett. An der Tür meldete er sich noch einmal: »Haben Ihre Lordschaft irgendwelche Pläne für heute abend?«

»Mein Abend ist gerade zu Ende, vielen Dank.«

»Für den *kommenden* Abend, Mylord.«

»Nein.« Phillip rieb sich den schmerzenden Kopf, was allem Anschein sein Gedächtnis aktivierte. »Verflucht ... ja, Dambler. Das hatte ich völlig vergessen. Ich muß zu dieser langweiligen Wohltätigkeitsveranstaltung im Almack und wieder mal den Heiligen Georg spielen.«

»Er war ein edler Ritter, der Heilige Georg, Mylord.«

»Wenn er mit mir Ähnlichkeit hatte, so war er ein ausgemachter Dummkopf!«

Miß Teresa Elliott glitt anmutig am Arm ihres Bruders Wilfred durch die große Halle des Almack auf die Schirmherrin des Wohltätigkeitsfestes zu.

»Sieh dir nur diese alten Drachen an«, flüsterte Wilfred nahe am Ohr seiner Schwester, seine kurzsichtigen Augen auf die drei Damen gerichtet, die nebeneinander auf zierlichen Stühlchen mit steifen, vergoldeten Rückenlehnen saßen. »Hättest du Mama nur nicht mit deinen Soireen, Bällen und was weiß ich überstrapaziert . . .«

»Sei still, Wilfred! Es schadet dir gar nicht, einen Abend ohne deine langweiligen Bücher zu verbringen. Ich brauche schließlich eine Begleitung. Das verlangt die Etikette.«

»Such dir doch endlich einen Ehemann, Teresa. Vielleicht schnappst du dir einen armen Tropf, der sich von dir gängeln läßt.«

Ihre Antwort war ein selbstzufriedenes Lächeln, das der Bruder zu gern mit einem Rippenstoß beantwortet hätte.

»Sei nur nicht so ekelhaft von dir eingenommen!«

»Du bist ein Jammerlappen, Will. Hör auf, an mir herumzunörgeln. Nur zu deiner Information, Bruderherz, ich habe mich für einen der begehrtesten Junggesellen in London entschieden.«

»Und wer ist der arme Teufel?« fragte Wilfred und blickte gleichgültig auf ihr klassisch geschnittenes Profil.

Sie schürzte die Lippen und neigte den Kopf kokett zur Seite. »Vermutlich wird er heute abend nicht anwesend sein, da er Almackfeste langweilig findet. Aber«, fügte sie sinnend hinzu, »ich denke, er wird mich begleiten — wenn wir erst einmal verheiratet sind.«

»Wer ist der willensschwache Esel?«

»Hüte deine Zunge, Will. Sonst sage ich es Mama.«

»Wage es bloß nicht, Petzliese. Sonst schlage ich dir meinen gesammelten Homer auf dein leeres Köpfchen.«

Miß Elliott vermochte auf diese brüderliche Provokation nicht zu antworten, da die Herzogin von Wigan und ihr duckmäuserischer Gatte ihr ein Begrüßungslächeln zuwarfen.

»Wie zuckersüß du lächeln kannst, Schwester, wenn du jemand beeindrucken willst. Was trägt die Herzogin nur für eine alberne Feder auf ihrem häßlichen Vogelkopf? Sag, wer ist der Glückliche, auf den du ein Auge geworfen hast?«

»Du wirst ihn vermutlich nicht kennen, denn er bewegt sich nur in den besten Kreisen. Er ist ein Mann von Welt, kein blasser, weltfremder Bücherwurm.«

Wilfred schnaubte verächtlich. »Ein Mann von Welt? Das Nutzloseste, was diese Welt hervorbringen kann.«

»Wenn du es schon wissen willst, es ist der Vicomte Derencourt.«

»Phillip Mercerault — Beau Mercerault?«

»Ja«, bestätigte sie, ohne seinen ungläubigen Ton zu beachten. »Wenn du es je der Mühe wert gefunden hättest, deine Nase aus deinen dummen Büchern zu heben, würdest du wissen, daß ich mit ihm auf Schloß Moreland eingeladen war.« Sie zog die Stirn leicht in Falten, da sie sich daran erinnerte, daß der Besuch keineswegs ihren Erwartungen entsprochen hatte. »Wäre damals nicht diese dumme Pute gewesen, hätte er sicherlich um . . .«

Wilfred unterbrach sie. »Ich dachte, Phillip Mercerault verabscheut Almackfeste.«

»Ganz recht«, bestätigte sie, dann folgte sie Wilfreds Blick. »Du lieber Himmel! Er muß herausgefunden haben, daß ich heute abend hier bin. Wie romantisch von ihm, mich damit zu überraschen!« Sie zupfte an Wills Ärmel. »Ich bitte dich, sei höflich, Will!«

Wilfred unterdrückte ein Gähnen und nickte zerstreut.

»Wir müssen zuerst Lady Jersey, die Herzogin Lieven und die eiskalte Mrs. Drummond Burrell begrüßen.«

»Die drei alten Krähen! Vermutlich lesen alle drei nichts anderes als diesen Narren Byron.«

Ein rosiger Hauch stieg in Teresas Wangen, als sie die Schirmherrin des Balles höchst charmant begrüßte. Wilfred murmelte einige Begrüßungsfloskeln und zupfte nur einmal an seinem Halstuch.

»Hübsches, kleines Ding«, bemerkte Herzogin Lieven hinter ihrem Fächer zu Sally Jersey. »Angenehme Manieren.«

Sally Jersey nickte nur, und der Blick aus ihren hervorquellenden Augen wanderte suchend durch das Gewimmel der Tänzer. »Vielleicht«, sagte sie nach einer Weile, »vergißt Miß Elliott ihre angenehmen Manieren, wenn sie die neueste Erscheinung unter den diesjährigen Debütantinnen entdeckt.« Und nachdenklich fügte sie hinzu: »Allem Anschein nach hat Miß Eversleigh bereits eine bemerkenswerte Eroberung gemacht. Phillip Mercerault erbat meine Erlaubnis, sie zum Walzer zu führen.«

Mrs. Drummond Burrell, die bislang nicht den Eindruck machte, sich an der Konversation der Damen zu beteiligen, wandte sich mit hochnäsiger Miene an Lady Jersey und sagte gleichmütig: »Mir scheint, der Vicomte hat demnächst die Wahl zwischen zwei Damen. Der Mann hat wirklich Charme. Es wird gewiß interessant sein, zu sehen, wie er sich aus der Affäre zieht.«

Teresa steuerte Wilfred an den Vicomte heran und begrüßte unterwegs nur kurz einen jungen Herrn, der allem Anschein nach liebend gern Wilfreds Platz an ihrer Seite eingenommen hätte.

Sie hatte sich ihrem Ziel bereits bis auf zwei Meter genähert, als der Vicomte sich umdrehte, um mit einem zierlichen, dunkelhaarigen Mädchen zu sprechen, das neben Lady Barresford stand. Im nächsten Augenblick führte er die Kleine zum Tanzparkett. Teresa blieb wie angewurzelt stehen. »Wie kann er es wagen!« zischte sie.

Wilfred, der einen tödlich langweiligen Abend im Schlepptau seiner Schwester erwartet hatte, änderte nun seine Meinung. Gedehnt meinte er: »Sieht aus, als habe die kleine Schönheit dich bei deinem Vicomte ausgestochen. Vielleicht hast du mit deinem Sieg etwas voreilig geprahlt, Schwesterchen.«

»Ach, halt den Mund«, schnappte sie und biß sich auf die Unterlippe. »Zweifellos wollte er nur höflich sein. Komm, Will, ich muß Lady Barresford begrüßen.«

Teresa mußte eine weitere Enttäuschung einstecken, denn Lady Barresford neigte ihren mit einem Turban verzierten Kopf Lady Blanchard zu.

»Verflixt«, murmelte Teresa verdrießlich und blickte auf das Tanzparkett zu Phillip, der sich mit dem Mädchen im Walzertakt drehte. Er warf den Kopf in den Nacken und lachte über etwas, was die Kleine gesagt hatte. Wütend packte sie Wilfreds Arm.

»Du tanzt mit mir. Und wehe, Will, wenn du mir auf die Zehen trittst!«

»Der grüne Drachen der Eifersucht ... sprach er, und die Augen der Dame verengten sich zu schmalen Schlitzen«, zitierte Wilfred.

»Ich wäre dir dankbar, wenn du deine albernen poetischen Ergüsse für dich behältst!«

Phillip wirbelte Sabrina in großen Kreisen herum und führte sie an den Rand der Tanzfläche. »Was halten Sie von Almack?« fragte er lächelnd.

»Es bereitet mir Vergnügen, besonders das Tanzen. Und Sie, Mylord, kommen Sie häufig hierher?«

»Kaum. Ich finde es hier ziemlich langweilig, ehrlich gestanden.«

»Hoffentlich haben Sie sich meinetwegen nicht in Unannehmlichkeiten gestürzt.«

»Ich sagte Ihnen schon einmal, Sabrina, daß ich mich nie für andere in Unannehmlichkeiten stürze. Ich hoffe, Sie begreifen, daß ich immer das tue, was ich gern tun möchte.« Außer, wenn es um dich geht, Sabrina, beendete er den Satz im stillen für sich. Sie schien ihre gereizte Begegnung mit ihm vom Abend vorher vergessen zu haben, und er fragte sich skeptisch, ob sie endlich Vernunft annahm.

»Sie sollten es mit etwas Konversation versuchen, meine Beste«, sagte er sanft und lenkte ihre Aufmerksamkeit wieder auf sich. »Sie wollen mich doch nicht langweilen.«

Sie warf ihm einen vernichtenden Blick zu.

»Wie schön, ein wenig Unmut bekommt Ihnen ausgezeichnet, Sabrina. Richard sprach von Ihrer sprühenden Lebhaftigkeit. Ich wäre Ihnen nicht böse, wenn Sie mir eine Kostprobe davon geben würden.«

Bevor sie antworten konnte, festigte er den Griff seiner Hand um ihre Taille und wirbelte sie erneut im Kreis herum. Als er wieder ein ruhigeres Tempo anschlug, lachte sie: »Bitte nicht aufhören, es macht riesigen Spaß!«

Er grinste, und sie beeilte sich, etwas zu sagen, um ihre Verlegenheit zu überspielen. »Sie irren, Phillip. Das Almack ist überhaupt nicht langweilig. Und alle Leute sind nett zu mir.«

Er drehte sie wieder schwungvoll im Kreis herum. »Ich muß gestehen, Bree, es ist ein bezaubernder Abend. Sie tanzen ziemlich gut für ein Kaufmannstöchterchen, wenn ich das sagen darf.«

»Und Sie, mein Herr, legen es wohl partout darauf an, daß ich Ihnen auf die Zehen trete.«

»Diese Robe aus italienischem Crèpe kleidet Sie vorzüglich«, meinte er amüsiert, ohne auf ihre Drohung einzugehen. »Ihre Tante bewies einen ausgezeichneten Geschmack in der Wahl dieses Bernsteingelbs.«

»Das Kompliment gebührt mir. Nicht jeder in meiner Umgebung versucht mir seinen Willen aufzudrängen.« Sie zog die Stirn kraus. »Was verstehen Sie von italienischem Crèpe? Sie sind der erste Mann, der sich in Modefragen einer Dame auszukennen scheint.«

Er lächelte strahlend. »Ein Herzensbrecher und Bonvivant, meine liebe Sabrina, muß zwangsläufig in vielen Lebensbereichen versiert sein. Wenn Sie wünschen, begleite ich Sie zu einem kleinen Hutsalon ganz in der Nähe der Bond Street. Dort finden Sie mit Sicherheit entzückende Hüte, die den Liebreiz Ihres Gesichts unterstreichen.«

»Wenn Sie schon in so vielen Bereichen Bescheid wissen, mein Herr«, entgegnete sie schnippisch, »sollten Sie längst erkannt haben, daß ich keinen Wert auf solchen Firlefanz lege.«

Er spürte, wie ihre Fingerspitzen auf seine Schulter trommelten und dachte schmunzelnd an die vergangene Nacht mit Martine. »Sie müssen nicht mehr lange leiden, meine Liebe, der Walzer ist bald zu Ende.«

Ihre Fingerspitzen hörten auf zu trommeln. »Wenn Sie es bloß nicht immer darauf anlegten, mich mit Ihren dreisten Reden zum Erröten zu bringen, würde ich in Ihrer Gesellschaft keineswegs leiden.«

»Ihre Anerkennung ehrt mich, Sabrina, und ich bin entzückt zu hören, daß Sie mich nicht ganz und gar unerträglich finden.« Er senkte das Kinn und berührte ihre sorgfältig gekämmten Locken. Sinnend setzte er hinzu: »Ich bin ziemlich fest entschlossen, ein zweiter Heiliger Georg zu sein. Als Dame in Not handeln Sie ziemlich unklug, meine Dienste abzulehnen.«

»Ihre Dienste, mein Herr, sind völlig überflüssig.«

»Von welchen Diensten sprechen Sie, Sabrina? Ich habe Ihnen immerhin viele unterschiedliche Dienste erwiesen.«

»Nun sind Sie wieder unerträglich, Phillip!«

»Sie haben ganz recht. Ich bitte um Vergebung.« Sie sah ihn argwöhnisch an. Während sie seine unernste Entschuldigung prüfend überdachte, begann das Orchester, den nächsten Walzer zu spielen, und er wirbelte sie zur Mitte des Tanzparketts.

»Noch ein Walzer! Wie nett von Ihnen, Mylord. Es macht mir großen Spaß.«

Die fragenden Blicke der Umstehenden entgingen ihm nicht, und er verdrängte rasch seine Gewissensbisse. Er hatte recht mit der Annahme, daß Sabrina in Unkenntnis der Gepflogenheiten der Londoner Gesellschaft keine Ahnung hatte, daß zwei aufeinanderfolgende Tänze, zumal Walzer, mit einem Partner der Welt zu verstehen gab, daß zwischen den Tanzenden mehr war als bloße Bekanntschaft.

Nach einer Weile sagte er: »Ich muß London für einige Tage verlassen, um nach meinem Landsitz in Essex zu sehen. Ich bin Montag wieder zurück. Würden Sie bei meiner Rückkehr mit mir im Park ausreiten?«

»Dürfen junge Mädchen im Hyde Park reiten, Mylord?« fragte sie bescheiden.

»Solange Sie in meiner Gesellschaft sind, haben Sie nichts zu befürchten.«

Sie warf den Kopf in den Nacken. »Eines Tages, Phillip Mercerault, werde ich das letzte Wort haben, das schwöre ich Ihnen!«

»Da ich zehn Jahre älter bin als Sie und das Greisenalter zweifellos vor Ihnen erreiche, stehen Ihre Chancen gar nicht schlecht!«

Sabrina unterdrückte den Wunsch einer bissigen Antwort. Sie wechselte das Thema. »Ich weiß, daß Sie in Essex leben. Mehr weiß ich allerdings nicht.«

Er lachte und zeigte seine strahlend weißen Zähne, erheitert vom Ernst ihrer Bemühung. Die Dame hatte endlich ein neutrales Thema gefunden, womit sie ihn auf Distanz hielt. Er verlangsamte das Tempo, und seine Hand lag locker an ihrer Taille. »Kennen Sie Essex, Sabrina?«

Sie schüttelte den Kopf, erleichtert, ein Thema angeschnitten zu haben, womit er sie nicht in Verlegenheit bringen konnte.

»Wie Sie wissen, heißt mein Familiensitz Mercerault Ashby. Das Anhängsel ›Ashby‹ geht auf eine reiche Erbin im späten sechzehnten Jahrhundert zurück, die beträchtlich dazu beigetragen hat, das damalige Merceraultsche Vermögen zu vergrößern. Haus und Ländereien liegen in der Gemeinde Great Waltham und kamen im frühen siebzehnten Jahrhundert in den Besitz der Merceraults, nach dem Ableben des letzten Sprosses der Langleys, Lord Anthony Langley. Dieser Herr war zwar ein tapferer Marineoffizier, aber auch ein Verschwender. Er verkaufte

Herrenhaus und Ländereien an meinen Vorfahren Lord James, der gerade zum Vicomte ernannt worden war. Mit dem Erlös aus dem Verkauf finanzierte Lord Langley seine eigene Privatflotte, um gegen die Spanier in den Krieg zu ziehen. Der arme Teufel bekam vor der Küste Spaniens ein Schwert zwischen die Rippen als Dank für seine Vaterlandsliebe. Mit dem Geld der Ashbys machte Lord James sich daran, ein wahrer englischer Großgrundbesitzer zu werden. Mein Haus wird Ihnen gefallen, Sabrina. Es hat zwar nicht den Charme verblichenen Glanzes wie Monmouth Hall, aber es gibt einem das Gefühl der Beständigkeit.«

»Und wie sieht Mercerault Ashby aus, Phillip?« bohrte sie nach.

»Es ist ein rotes Ziegelgebäude mit ein paar Giebeln und einer Menge Efeu, der bis unters Dach klettert. Im Ostflügel gibt es ein geräumiges Kinderzimmer.«

Bei diesem völlig unnötigen Detail versiegte ihr Interesse, und sie versteifte sich in seinen Armen.

Er zog eine Augenbraue hoch und fuhr gelassen fort: »Außer dem Kinderzimmer gibt es eine sehr gut sortierte Bibliothek und einen großen Salon. Der Ballsaal im rückwärtigen Teil des Hauses ist ziemlich überladen mit geschnitzten Putten und Damen mit ausladenden Schwingen, die von der Decke schweben — ziemlich verwirrend, besonders beim Tanzen.«

Die Musik hatte aufgehört, doch Phillip schien noch einen Walzer mit ihr tanzen zu wollen. Sabrina meinte plötzlich: »Hören Sie, Phillip, meine Tante gibt mir Zeichen, zu ihr zurückzukommen. Ich glaube sogar, sie zieht die Stirn in Falten! Ich habe hoffentlich nicht gegen eine Anstandsregel verstoßen, weil ich mit Ihnen getanzt habe.«

»Ich bringe Sie zu Ihrer Tante zurück. Vermutlich wünscht sie Sie anderen Herren vorzustellen.« Er hoffte, Lady Barresford würde Sabrina nicht zu scharf zur Rede stellen, weil sie zwei Walzer mit ihm getanzt hatte.

»Vermutlich haben Sie recht«, sagte sie mit einem kleinen Seufzer. »Werden Sie noch einen Walzer mit mir tanzen, wenn ich meine Pflicht mit den anderen Herren erfüllt habe?«

Er lächelte über ihre kindliche Unbefangenheit und schüttelte bedauernd den Kopf. »Heute abend leider nicht mehr, meine Liebe. Ich habe eine Verabredung und muß gehen.«

Er brachte Sabrina zu ihrer Tante zurück und bemerkte sehr wohl das neugierige Funkeln in den Augen der Dame. »Mylady. Sabrina, wir sehen uns Montag.« Sabrina nickte und spürte einen Stich der Enttäuschung, als sie zusah, wie er sich von den beiden Schirmherrinnen verabschiedete.

»Allem Anschein nach«, sagte Mrs. Drummond Burrell, dem sich entfernenden Vicomte nachblickend, »hat seine Lordschaft es fertiggebracht, mit heiler Haut davonzukommen.«

»Miß Elliott macht keinen sonderlich glücklichen Eindruck«, fügte Lady Jersey mit säuerlichem Lächeln im plumpen Gesicht hinzu.

»Gottlob ist das Mädchen so vernünftig, ihm nicht nachzulaufen«, ergänzte Herzogin Lieven, um auch etwas zu sagen.

»O Gott«, zischte Lady Jersey hinter ihrem Fächer, »ich glaube, Miß Elliott hat beschlossen, ihre Rivalin zur Rede zu stellen.«

»Liebste Lady Barresford! Wie reizend, Sie wiederzusehen. Mama läßt Ihnen die herzlichsten Grüße übermitteln.«

Sabrina wandte sich bei Miß Elliotts Worten um. Was für eine außergewöhnliche Schönheit, dachte sie. Sie verdrängte Phillip einen Augenblick aus ihren Gedanken, nachdem sie sich geschworen hatte, ihm am Montag bei ihrer nächsten Begegnung ordentlich den Kopf zu waschen, ihr so übel mitzuspielen. Wie konnte er nur ein unbewegliches Gesicht machen, als sie ihn in ihrer

Ahnungslosigkeit um einen dritten Walzer gebeten hatte?

Sie wartete geduldig, bis ihre Tante sie vorstellte. Ihr Blick fiel auf den hageren, jungen Mann mit schmalen Schultern und rötlichem Haar, das ihm wie eine Bürste wirr vom Kopf stand. Die junge Dame neben ihm sagte: »Und das ist mein Bruder Wilfred.«

Wilfred machte eine unbeholfene Verbeugung und warf seiner Schwester unsichere Seitenblicke zu, die wiederum das dunkelhaarige junge Mädchen neben Lady Barresford mit funkelnden Augen musterte.

Lady Barresford nickte dem verlegenen Wilfred aufmunternd zu. »Sabrina, mein Kind, das ist Teresa und ihr Bruder Wilfred.«

Sabrina machte einen Knicks und sagte artige Begrüßungsworte.

Teresa meinte aufgeräumt: »Darf ich Ihnen Sabrina ein paar Minuten entführen? Ich möchte sie gern näher kennenlernen.«

Sabrina fragte sich im stillen, was aus dem armen Wilfred werden würde.

»Hast du den nächsten Tanz nicht Miß Ainsley versprochen, Will?« sagte Teresa mit Bestimmtheit, ihrem Bruder zugewandt.

Sabrina schmunzelte bei Wills verständnislosem Gesicht.

»Miß Ainsley«, wiederholte Teresa betont langsam.

»Ach ja, natürlich«, antwortete Will beflissen und begab sich auf den Rückzug.

»Entführen Sie meine Nichte nicht zu lange, Teresa, denn ich möchte sie noch einer Reihe junger Leute vorstellen.«

»Keine Sorge, Lady Barresford«, versprach Teresa liebenswürdig und zog Sabrina mit sich fort.

»Sie sind neu in London, nehme ich an«, sagte sie, setzte sich auf ein kleines Sofa und klopfte auf den Platz neben sich.

»Ja, ich bin erst seit einer kappen Woche bei meiner Tante.«

Teresa fuhr honigsüß fort: »Ich sah, wie der Vicomte mit Ihnen tanzte, Miß . . . Barresford?«

»Eversleigh«, korrigierte Sabrina.

»Ah, ja, Miß Eversleigh. Hat Phillip Ihnen Tanzstunden gegeben? Ich wette, Sie sind nicht so unerfahren und kennen die Bedeutung zweier hintereinander getanzter Walzer.«

Sabrina, die das schöne Mädchen offen bewunderte, blinzelte verwirrt über die süße Stimme, die so beißende Worte formulierte. »Ich tanze sehr gern Walzer, Miß Elliott«, sagte sie vorsichtig.

Teresas Augen weiteten sich. »Sagten Sie Eversleigh? Wie interessant. Sind Sie nicht vor kurzem aus Yorkshire nach London gekommen, Miß Eversleigh?«

»Ja. Mein Elternhaus ist in Yorkshire, nahe Leeds.«

Miß Elliotts Nasenflügel bebten, und sie gab ein hohes, schrilles Lachen von sich. »Dann sind Sie natürlich mit Phillip Mercerault bestens bekannt.«

Sabrina witterte die Gefahr. Sie versuchte sich einzureden, daß Miß Elliott zärtliche Gefühle für Phillip hegte und deshalb eifersüchtig war. Doch die verengten, funkelnden Augen und die schmalen Lippen der Dame machten ihr angst, und sie erhob sich rasch. »Wenn Sie mich bitte entschuldigen wollen, ich muß zu meiner Tante zurück. Ich bin etwas müde.«

»Müde, Miß Eversleigh? Kein Wunder bei Ihrer Neigung für ungewöhnliche und ermüdende Beschäftigungen. Zweifellos waren Sie es, die dem Vicomte Unterricht erteilte und nicht umgekehrt.«

»Ihre ungewöhnlichen Worte bedürfen einer Erklärung, Miß Elliott«, sagte Sabrina kühl und straffte die Schultern. »Ich finde Ihre Anspielungen ziemlich geschmacklos.«

»Anspielungen, Miß Eversleigh? Bei mir müssen Sie nicht die Unschuldige spielen. Welche Lügen haben Sie

Ihrer Tante aufgetischt, damit sie Sie in die Londoner Gesellschaft einführt?«

»Aus Ihnen spricht eine eifersüchtige Frau«, sagte Sabrina leise. Teresa schnappte hörbar nach Luft, und Sabrina bemühte sich um einen belanglosen Tonfall, als sie hinzusetzte: »Es gibt wahrhaftig keinen Grund, sich so unhöflich zu benehmen, Miß Elliott. Der Vicomte ist lediglich ein Freund, den ich Ihnen nur zu gern überlasse.«

»Sie vulgäres, kleines Flittchen!« stieß Teresa atemlos hervor. »Wenn Phillip nur ein Freund ist, wie bezeichnen Sie dann Ihren Cousin Trevor Eversleigh?«

Sabrina fragte nicht, woher Miß Elliott Trevor kannte. Übelkeit und Schwindel erfaßten sie. Sie spürte, daß ihr neues Leben, das erst eine Woche dauerte, im Begriff war, in tausend Scherben zu zerbersten. Hatte Phillip doch recht?

Teresa sah jegliche Farbe aus Sabrinas Gesicht weichen. »Ich war in Moreland eingeladen. Wie ich sehe, können Sie nicht leugnen. Die anwesenden Herren waren ziemlich ratlos, was mit Ihnen zu geschehen habe. Sind Sie in den fünf Tagen mit Phillip auf den Geschmack gekommen? Er soll ja sehr zuvorkommend und großzügig sein zu seinen . . . verflossenen Geliebten.«

Sabrina dachte verzweifelt, daß Miß Elliott nur ein einzelner Mensch war. Gewiß war nicht die ganze Gesellschaft Londons so bösartig wie sie. Miß Elliotts Stimme klang wie aus weiter Ferne. »Haben Sie vor, Ihr anstößiges Benehmen in London weiterzuführen? Sämtliche Gäste in Moreland waren entsetzt bei der Vorstellung, daß ein Mädchen aus gutem Hause ihren eigenen Cousin verführt, noch dazu den Ehemann ihrer Schwester.«

Sabrina erinnerte sich, daß sie Phillip stolz gesagt hatte, sie werde die Welt verändern. Der Blick in Miß Elliotts haßerfülltes Gesicht ließ sie ihren Irrtum erkennen. Die Gesellschaft würde ihre Gepflogenheiten und Gesetze nicht für sie ändern. Sie war eine Ausgestoßene. Sie warf den Kopf zurück und brachte mit mühsam beherrschter Stimme hervor: »Ich habe es nicht nötig, mich gegen Menschen wie Sie zur Wehr zu setzen, Miß Elliot. Sie tun mir leid, denn Sie sind eine eiskalte, gehässige Frau.«

»Ich verzichte auf das Mitleid einer Hure.«

Sabrina drehte sich auf dem Absatz herum und ging langsam zu ihrer Tante zurück. Vielleicht hätte ich versuchen müssen, vernünftig mit Miß Elliott zu sprechen, ihr alles zu erklären, sagte sie sich. Doch der Gedanke, sich dermaßen zu erniedrigen, erfüllte sie mit kalter Wut. Wenn sie ihren Stolz nicht bewahrte, besaß sie überhaupt nichts mehr. Sie fragte sich beinahe gleichgültig, was nun aus ihr werden würde.

KAPITEL 8

Sabrina stand am Fenster des kleinen Salons ihrer Suite im Hotel Cavendish und blickte über die roten und grauen Dächer der Backsteinhäuser an der Bond Street. Das Fenster war wegen des scharfen Winterwindes fest verschlossen, dennoch meinte sie die Menschen unten auf der Straße miteinander reden zu hören. Sie wandte sich vom Fenster. Hickles, ihre neue Bedienerin, rumorte im nächsten Zimmer. Wenigstens war sie nicht völlig allein, obgleich Hickles kaum als so etwas wie eine Vertraute zu bezeichnen war. Sabrina verzog das Gesicht beim Gedanken an die korpulente, alte Jungfer, die, selbst wenn sie lächelte, was in den vergangenen drei Tagen ohnehin kaum vorgekommen war, noch den Eindruck erweckte, Ärgernis zu nehmen. Du kannst dir den Luxus nicht erlauben, wählerisch zu sein, schalt Sabrina sich streng.

Zum Glück war sie nicht mittellos. Doch man hatte sie bei der Hoare's Bank mit ausgesprochenem Mißtrauen behandelt, als sie ihr Vermögen auf ihren Namen umschreiben ließ. Ihre Tante Barresford hatte keine Handhabe, sie daran zu hindern, ihr Geld selbst zu verwalten, obgleich Sabrina sicher war, sie wäre nicht davor zurückgeschreckt, hätte sie eine Möglichkeit gehabt, Einspruch zu erheben.

Sabrina setzte sich erschöpft in einen Brokatstuhl mit steifer Rückenlehne und starrte die gegenüberliegende Wand an. Sie lächelte bitter bei dem Gedanken, daß sie nach der katastrophalen Konfrontation mit Teresa Elliot vor fünf Tagen immer noch zuversichtlich war. Ihre Tante hatte sie zwar merkwürdig angesehen, als sie Kopfschmerzen vorschützte, sie aber dennoch ohne weitere Nachfragen nach Hause begleitet.

Wie dumm von ihr, Phillip so prahlerisch zu versichern,

sie würde die Welt verändern. Schon am nächsten Tag hatte sie gelernt, was es heißt, verachtende Blicke von hakennasigen Damen zu ertragen und von einigen angeblichen Freundinnen ihrer Tante Barresford völlig geschnitten zu werden. Ein Herr, dem sie an diesem verheerenden Abend im Almack vorgestellt worden war, besaß sogar die Frechheit, ihr auf offener Straße schamlos zuzublinzeln.

Die Auseinandersetzung mit ihrer Tante fand noch am selben Nachmittag statt. Sie hatte beabsichtigt, ihrer Tante die ganze Geschichte zu erzählen. Doch Lady Blanchard war ihr zuvorgekommen. Sie hatte bei ihrer Rückkehr bereits mit vor Eifer hochrotem Gesicht gewartet. Sabrina ging auf ihr Zimmer, redete sich ein, sie sei schließlich die Enkelin des Grafen, nicht irgendeine arme Verwandte. Vielleicht würde Tante Barresford Verständnis zeigen und die ganze leidige Angelegenheit in der Gesellschaft ausbügeln.

Sie mußte nicht lange warten, ehe ihre Tante sie in die Bibliothek zitierte.

»Setz dich, Sabrina.«

Sabrina blickte ihre Tante forschend an, auf deren Wangen sich rote Flecken gebildet hatten, und deren Augen hart funkelten. »Hat Lady Blanchard mit Ihnen gesprochen?« fragte sie und bemühte sich um einen sachlichen Tonfall. Ihr Blick schweifte durch die Bibliothek, halb erwartend, die Dame irgendwo mit gerecktem Hals sitzen zu sehen.

»Zweifelst du daran?« fragte Lady Barresford mit belegter Stimme vor unterdrückter Wut.

»Tante, ich bitte Sie, nicht böse mit mir zu sein«, sagte Sabrina ernst und setzte sich. »Ich wollte Ihnen erzählen, was in Yorkshire vorgefallen ist, aber . . .«

»Aber du hast nicht den Mut aufgebracht, dein zügelloses Benehmen einzugestehen!« unterbrach Lady Barresford sie kalt. »Herrgott, erst Elisabeth und jetzt du. Wenigstens kam deine Schwester nicht mit einem völlig ruinierten Ruf in mein Haus und versuchte nicht, mich hinters Licht zu führen!«

»Tante, Sie müssen mich anhören. Ich weiß nicht, was Lady Blanchard Ihnen erzählt hat, aber Sie müssen mir glauben, daß alles gelogen ist, angezettelt von dieser gehässigen Teresa Elliott.«

»Aha, du leugnest also, von Monmouth Hall fortgelaufen zu sein?«

»Nein, natürlich nicht. Ich mußte fliehen, weil Trevor versuchte, mich . . . zu vergewaltigen. Ich konnte nicht bleiben!«

»Er versuchte, dich zu vergewaltigen? Keine sehr glaubhafte Geschichte, mein Kind! Ein Mann, der erst einen Monat zuvor deine Schwester geheiratet hat. Nun willst du mir wohl auch erzählen, daß du nicht fünf Tage und Nächte — allein — mit Phillip Mercerault verbracht hast.«

»Ich war krank. Er hat mir das Leben gerettet. Das war alles, Tante. Sie müssen mir glauben! Es war Charles Askbridge, der Phillip einreden wollte, er habe mich kompromittiert, aber das ließ ich nicht zu. Ich habe nichts Anstößiges getan!«

Lady Barresford funkelte ihre Nichte böse an. »Willst du mir etwa weismachen, der Vicomte habe gestanden, dich kompromittiert zu haben? Er hat dir wohl angeboten, dich zu heiraten?«

Sabrina antwortete ruhig: »Ja, aber ich habe seinen Antrag abgelehnt.«

»Das ist eine Lüge!« kreischte Lady Barresford. »Kein Mädchen auf der ganzen Welt wäre so dumm, Vicomte Derencourt abzulehnen, geschweige denn eine, die fünf Tage alleine mit ihm verbracht hat! Was du mir wirklich erzählen willst, mein Kind, ist doch, daß er dir Carte blanche gegeben hat, wie?«

Sabrina schüttelte verständnislos den Kopf. »Ich verstehe Sie nicht, Tante.«

»Du wurdest seine Geliebte, und er bot dir an, diese

Rolle weiterzuspielen. Verstehst du nun, du Unschuldsengel?«

»So etwas würde Phillip niemals tun, Tante!«

Lady Barresford schüttelte angewidert den Kopf. »Ich wünschte, du würdest aufhören, Theater zu spielen, Sabrina. Nun sei still, damit ich nachdenken kann, was mit dir geschehen soll.«

Schon wieder jemand, der glaubte, entscheiden zu müssen, was mit Sabrina Eversleigh zu geschehen habe, dachte sie bitter und senkte den Blick auf ihre Schuhe.

»Du wirst nach Yorkshire zurückgehen«, sagte Lady Barresford mit Bestimmtheit. »Du wirst dir etwas einfallen lassen, um dich mit Elisabeth und Trevor zu versöhnen, denn es gilt, auf den Grafen Rücksicht zu nehmen. Du wirst seinen Zustand nicht noch verschlimmern wollen, nehme ich an.«

Sabrina hob den Kopf und blickte ihrer Tante ins Gesicht. »Ich kann nicht zurück, Tante«, sagte sie leise. »Auch wenn Sie mir nicht glauben wollen: Trevor versuchte, mich zu vergewaltigen, und ich zweifle nicht daran, daß er es wieder tun würde, wenn ich zurückginge. Ich kann unter keinen Umständen mit Elisabeth und Trevor unter einem Dach leben.«

Lady Barresford entgegnete schneidend: »Was wirst du dann tun, meine unschuldige Nichte? Denn nach all dem, was geschehen ist, kann ich dich nicht bei mir behalten.«

Sabrina stand abrupt auf und sagte so ruhig sie es vermochte: »Sie irren, Tante. Sie haben in jedem Punkt unrecht. Sie ziehen nicht einmal in Betracht, daß ich die Wahrheit sagen könnte. Ich werde Ihr Haus verlassen, sobald ich meine Koffer gepackt habe.«

»Und wohin gedenkst du zu gehen, mein Fräulein?«

»Ich werde nicht auf der Straße landen, Tante, wenn Sie sich darum Sorgen machen. Sie vergessen, das Geld, von dem Sie sich reichlich für uns beide bedient haben, gehört mir. Leben Sie wohl, Tante.«

»Miß Sabrina.«

Sabrina wandte den Blick dem unförmigen Gesicht ihrer Bedienerin zu. »Ja, Hickles?«

»Es ist Teezeit. Soll ich welchen kommen lassen?«

»Ja. Danke, Hickles«, sagte Sabrina leise und überhörte geflissentlich die schlecht verhohlene Ungeduld in der Stimme der Frau. Merkwürdig, dachte sie, als sie ihr nachschaute, daß die Dienerschaft immer spürte, wenn die Dinge nicht so waren, wie sie sein sollten. So engstirnig Hickles war, sie wußte genau, daß sie ihrer Herrin, einem achtzehnjährigen Mädchen, keinen großen Respekt zollen mußte.

Sabrina beobachtete die Uhr auf dem Kaminsims, deren Zeiger langsam in den Abend hineinkrochen. Sie hatte kein Verlangen, das Hotel zu verlassen, aus Angst, jemand zu begegnen, den sie kannte. Schaudernd dachte sie an den Herrn, der ihr so unverschämt zugezwinkert hatte.

Als die Kaminuhr zwölfmal schlug, wurde ihr erschrocken bewußt, daß der Dienstag angebrochen war. Sie war am Montag mit Phillip zum Ausritt im Park verabredet gewesen. Ob er in Essex aufgehalten worden war und von ihrer mißlichen Lage nichts wußte?

Phillip hatte vorhergesehen, was geschehen würde, er hatte sie wiederholte Male davor gewarnt, und sie hatte seinen Schutz verächtlich zurückgewiesen. Sie betrachtete sich in dem kleinen Spiegel über dem Kaminsims. Ihre Gesichtszüge waren hart, und unter ihren Augen lagen tiefe, dunkle Ringe.

»Du bist eine Närrin«, sagte sie zu ihrem bleichen Spiegelbild, »eine dumme, eingebildete Gans.« Sie versuchte sich ihre Zukunft auszumalen, die Tage, die sich endlos in einsame Monate und Jahre dehnten. Zorn stieg in ihr auf über die Ungerechtigkeit ihrer Lage, und unvermittelt krachte ihre Faust in den Spiegel. Das Glas zerbrach klirrend, und sie blickte verstört auf das Blut, das über ihre Finger lief.

Gegen Morgen kam ihr eine Idee. Die Welt hatte sich nicht verändert, aber sie selbst hatte sich verändert. Sie hatte sich in Selbstmitleid gebadet, hatte sich in der Rolle der gebrochenen, hilflosen Frau gefallen. Sie hatte idiotischerweise romantische Gedanken an eine Zukunft gehegt, die für sie nicht mehr infrage kam. Es bedurfte großer Entschlossenheit, das auszuführen, was sie sich in den Kopf gesetzt hatte, aber sie würde die Kraft aufbringen, bevor dieser Tag zur Neige ging, schwor sie sich, und sank endlich in tiefen Schlaf.

In einem Punkt irrte Sabrina. Der Vicomte war bereits am Samstag aus Essex nach London zurückgekehrt, früher als geplant. Am Dienstag saß er in der Bibliothek seines Stadthauses, ein gefaltetes Stück Papier in den Händen, und blickte sinnend ins Leere.

Es hatte ihn große Überwindung gekostet, Sabrina nicht umgehend aufzusuchen. Ihm war das volle Ausmaß ihrer Schmach klar. Er vermutete jedoch, daß sein Auftauchen im Hotel Cavendish am Samstag sie nur noch mehr erzürnen würde. Er konnte sich ihre Bitterkeit gut ausmalen, ihr Gefühl der Ungerechtigkeit über das, was ihr widerfahren war.

Er entfaltete das Blatt Papier und überflog es noch einmal. Ein Lächeln umspielte seine Mundwinkel. Sie habe eine geschäftliche Angelegenheit mit ihm zu besprechen; so war das also. Wenigstens hatte sie ihren Mut nicht verloren. Jetzt war er überzeugt davon, daß es richtig gewesen war, nicht sofort zu ihr zu gehen. Endlich war sie zur Vernunft gekommen.

Um halb fünf Uhr nachmittags machte Vicomte Derencourt seine Aufwartung im Hotel Cavendish. Eine klobige Frau von undefinierbarem Alter und gleichermaßen undefinierbar groben Gesichtszügen empfing ihn mit unverhohlener Neugier.

»Ich bin Vicomte Derencourt. Melden Sie mich Ihrer Herrin.« Er sprach mit betonter Arroganz, in der Annahme, daß Sabrina von dem alten Schlachtroß ohne großen Respekt behandelt wurde.

»Sehr wohl, mein Herr«, murmelte Hickles beleidigt.

»Nachdem Sie mich gemeldet haben, können Sie sich entfernen«, ergänzte Phillip ausgesprochen schroff. Die Nasenflügel der Frau bebten vor Enttäuschung, bevor sie sich umdrehte und ihn in einen jämmerlich kleinen Salon führte.

»Miß Sabrina, Vicomte Derencourt möchte Sie sprechen.«

Sabrina war zwar makellos gekleidet, dennoch war Phillip erschrocken über ihr Aussehen. Ihr Gesicht war bleich und eingefallen, ihr Blick unsicher flackernd.

»Ich freue mich, daß Sie kommen konnten«, sagte sie mit erzwungener Leichtigkeit.

»Hickles«, fuhr sie fort, an die Bedienerin gerichtet, »Sie können gehen. Ziehen Sie sich warm an, es ist kalt draußen.«

Hickles schnaubte mißbilligend, bevor sie sich zurückzog. Ein junges Mädchen empfängt einen Herrn — ohne Aufsicht! Doch was konnte man anderes erwarten nach dem seltsamen Benehmen ihrer Herrin in den letzten drei Tagen.

Phillip zog Mantel und Handschuhe aus. Sabrina nahm ihm die Sachen ab, und er fragte besorgt: »Was haben Sie mit Ihrer Hand gemacht?«

»Ein unbedeutender Kratzer, weiter nichts«, sagte sie und versteckte ihre provisorisch verbundene Hand hinter dem Rücken. »Danke, daß Sie gekommen sind. Nehmen Sie bitte Platz.«

Er nickte und setzte sich auf den angebotenen Stuhl.

»Eine Tasse Tee?«

Er nickte wieder. Ihre Hände zitterten, als sie den Tee einschenkte. Sie verschüttete ein wenig auf ihre Hand und zuckte zusammen. Er wollte schon sein Taschentuch ziehen, um ihr zu helfen, hielt sich aber zurück. Sie bewahrte ihre Fassung recht gut. Wenn er ihr seine Besorgnis zu erkennen gab, würde sie vermutlich denken, er bedaure sie.

Er nahm die Tasse entgegen, trank einen Schluck und setzte sie ab. Das Gebräu war entsetzlich schwach und fade. Er wollte schon ein unverfängliches Gespräch beginnen, besann sich aber bei ihrer entschlossenen Miene eines Besseren. Es war wohl ratsamer, die Sache so schnell wie möglich hinter sich zu bringen.

»Ich habe Ihre Nachricht erhalten, meine Liebe. Sie haben eine geschäftliche Angelegenheit mit mir zu besprechen?«

»Ja«, sagte sie schließlich, und ihre Augen fixierten einen Punkt hinter seiner linken Schulter. »Ich nehme an, Sie wissen, warum ich hier wohne.«

»Ja«, meinte er gelassen. »Ich bin seit Samstag wieder in London.«

Ihre einstudierte Rede vergessend blickte sie ihn direkt an. »Warum sind Sie dann nicht . . .« Sie brach abrupt ab und biß sich auf die Unterlippe.

»Das ist eine lange Geschichte, Sabrina, mit der ich Sie im Augenblick nicht langweilen möchte«, sagte er sanft. »Also, was ist nun mit Ihrer geschäftlichen Angelegenheit?«

Sie richtete sich kerzengerade in ihrem Stuhl auf und sagte ihren auswendig gelernten Text. »Sie hatten recht, in allen Punkten. Ich wurde von einer Dame, Miß Teresa Elliott, aufs heftigste angegriffen und beleidigt. Vermutlich ist sie in Sie verliebt. Sie verbreitete schauerliche Gerüchte über mich, und ich bin gesellschaftlich in Ungnade gefallen. Wie Sie sagten, Vicomte, es bedurfte nur einer bösen Zunge, und der Schaden war angerichtet. Bedauerlicherweise war meine Tante in keiner Weise bereit, meine Partei in der Angelegenheit zu ergreifen. Im Gegenteil, sie war nur daran interessiert, mich so schnell wie möglich aus ihrem Haus zu schaffen.« Sie unterbrach einen kurzen Moment, glaubte ein verächtliches Schnauben von Phillip zu hören, doch als ihre Augen einander trafen, war sein Blick leer. Er nickte aufmunternd, damit sie fortfahre.

»Wie dem auch sei, ich habe viel über die Angelegenheit nachgedacht. Ich war noch nie in meinem Leben ohne Freunde und alleine, und ich habe nicht die Absicht, diesen Zustand weiterzuführen.«

Deshalb ist sogar eine Ehe mit mir vorzuziehen, dachte Phillip säuerlich. Er verdrängte das Gefühl seiner gekränkten Eitelkeit, da ihm klar war, wieviel Überwindung es sie gekostet hatte, ihm ihre Gefühle einzugestehen.

»Was wollen Sie also tun, Sabrina?«

»Ich möchte Ihnen ein ehrbares Angebot machen, Vicomte. Ich möchte, daß Sie mich heiraten. Als Gegenleistung erhalten Sie meine verbliebenen neuntausend Pfund sowie meine Mitgift, die, wie ich annehme, recht stattlich ist«, fügte sie erklärend hinzu. »Meine Tante Barresford hat sich zwar großzügig aus meinem Vermögen bedient, es verbleiben aber, wie gesagt, immer noch neuntausend Pfund.«

»Sie sind also eine ebenso reiche Erbin wie damals Lady Ashby. Ein verlockendes Angebot, Sabrina. Sie wollen mir also Ihr gesamtes Vermögen übertragen, wenn ich Sie heirate. Verstehe ich Sie richtig?«

Sie nickte eifrig. »Zusätzlich zu meinem Geld, Vicomte«, setzte sie hinzu, »biete ich Ihnen Ihre . . . Freiheit.« Sehr gut, dachte sie, ich habe ihm eine Vernunftehe angeboten, nun muß er es nicht tun.

Phillip sagte knapp: »Ich besitze meine Freiheit, Madame. Haben Sie mir sonst nichts zu bieten?«

Sie wandte den Blick, um ihm die Enttäuschung über seine Antwort nicht zu zeigen. »Ich biete Ihnen alles, was ich habe, Vicomte.« Und in Gedanken fügte sie hinzu: und das ist mehr, als Sie mir anbieten können, Phillip.

»Und als Gegenleistung für Ihr Vermögen und Ihr Angebot meiner . . . Freiheit, soll ich Sie vor übler Nachrede bewahren und Ihnen den Schutz meines Namens geben?«

Sie nickte mit zusammengekniffenen Lippen bei seiner kühlen Kalkulation.

»Nun gut Sabrina, ich akzeptiere Ihr Angebot«, entgegnete er sachlich. Sie gab einen hörbaren Seufzer der Erleichterung von sich. Er blickte sie lange nachdenklich an. »Ich erinnere mich schwach an die Aussage einer jungen Frau, die ohne Liebe niemals heiraten würde.«

Sie warf den Kopf hoch und fauchte: »Sie können doch nicht so dumm sein, um nicht zu begreifen, daß sich alles geändert hat!«

Er schwieg, lehnte sich zurück und streckte die langen Beine von sich. Die Hände verschränkte er hinter dem Kopf.

Sabrinas Nerven waren in dem anhaltenden Schweigen zum Zerreißen gespannt. »Trinken Sie noch eine Tasse Tee, Vicomte?«

Phillip setzte sich gerade auf und legte die Fingerspitzen aneinander. »Sagen Sie mir, Sabrina, was beabsichtigen Sie, nachdem ich Ihren ramponierten Ruf wieder hergestellt habe?«

Sie stellte die Teekanne ab und schaute ihn verständnislos an. »Was ich beabsichtige, Vicomte?«

»Verheiratete Damen von Stand legen sich häufig einen Liebhaber zu. Sie bieten mir meine Freiheit. Haben Sie die Absicht, auch Ihre Freiheit in dieser Hinsicht zu beanspruchen?«

Sie wurde so bleich wie ihr weißer Kragen. »Nach all dem, was mir widerfahren ist . . . wie können Sie nur so etwas denken, und es noch dazu unverblümt aussprechen! *Danach* steht mir weiß Gott nicht der Sinn!«

»Eine Ehe stellt viele Aufgaben, Sabrina. Die meisten Ehefrauen erwarten weit mehr von ihren Ehemännern als die einfache Tatsache, den Namen des Mannes zu tragen.«

Einen endlosen Augenblick spürte Sabrina Trevors Mund auf ihren Lippen, seine Finger, die sie betasteten, schmerzhaft ihre Brüste drückten. Sie fühlte sich schwindelig und benommen. »Ich werde selbstverständlich meine Pflicht erfüllen«, flüsterte sie schließlich mit gesenkten Lidern.

Phillip blickte auf ihren geneigten Kopf, entsetzt über sich selbst. Er benahm sich wie ein Schwein, quälte sie unnötig. Er setzte sie sogar mit seinem Gerede von körperlicher Liebe unter Druck, dabei mußte jeder Idiot wissen, daß ihr der Gedanke daran höchst zuwider war. Plötzlich wurde ihm klar, warum er sie in so derber Weise quälte.

Sie hatte ihm alles geboten, was sie zu geben hatte — ihr Geld. Aber nichts von sich selbst. Doch warum sollte er etwas von ihr erwarten, das er selbst nicht bereit war zu geben?

Er erhob sich und legte ihr die Hand auf die Schulter. Sie verkrampfte sich unter seiner Berührung.

»Sabrina«, sagte er sanft, »bitte vergeben Sie mir. Glauben Sie, meine Liebe, ich bin entzückt, Ihren Antrag anzunehmen.«

Sie blickte ihn mit tiefem Ernst an. »Wird meine Schmach auch Sie in Ungnade stürzen, Phillip?«

»Nein«, sagte er ehrlich. »Die meisten werden glauben, ich habe das Richtige getan. Und die anderen ...« Er hob die Schultern. »Niemand wird Ihnen je wieder weh tun, das verspreche ich Ihnen.«

»Ist mein ... mein Vermögen ausreichend, um das Opfer auf sich zu nehmen?«

Er entgegnete leichthin: »Wenn ich irgendwann einmal an einem Nullpunkt angelangt sein sollte, erwürge ich Sie einfach und suche mir eine neue Erbin.«

Sein Scherz brachte ein dünnes Lächeln auf ihre Lippen. »Wenn das so ist, Vicomte, werde ich mit dem Haushaltsgeld äußerst sparsam wirtschaften.«

Er zog sie auf die Füße und küßte sie sanft auf die Stirn. »Vielleicht können wir damit beginnen, daß ich Ihnen das Rezept meines berühmten Brotes verrate.«

Sie nickte und bettete ihre Wange an seine Schulter.

Mit gedämpfter Stimme sagte sie: »Ich bemühe mich, Ihnen eine . . . angenehme Ehefrau zu sein, Phillip.«

Er gab ein leises, tiefes Lachen von sich. »Um Himmels willen Sabrina, ersparen Sie mir eine so grauenhafte Zukunft!«

KAPITEL 9

Phillip veränderte seine Position neben dem Kaminsims in der Bibliothek seines Stadthauses und blickte zuerst zu Charles Askbridge und dann zu Lord Alvaney.

»Ich glaube, Ned«, sagte er an Lord Alvaney gewandt, »jetzt kennst du die ganze Geschichte. Gibt es noch etwas hinzuzufügen, Charles?«

»Nein, nur daß ich froh bin, daß Sabrina endlich zur Vernunft gekommen ist.«

Lord Alvaneys lange, schmale Nase bebte, als er das Gespräch erneut auf Trevor brachte. »Schockierend schlechte Manieren, Phillip, und ausgerechnet vom zukünftigen Grafen von Monmouth! Zu denken, daß ein wohlerzogenes Mädchen so behandelt wird. Das ist tiefstes Mittelalter.«

Phillip nickte und seine braunen Augen verengten sich.

Charles meinte: »Wenigstens hat Phillip dafür Sorge getragen, daß Trevor und Elisabeth keine weiteren Gerüchte mehr verbreiten.«

»Ich wünschte nur, man könnte mit dem Schurken noch etwas ganz anderes tun«, fuhr Lord Alvaney fort.

Phillip setzte säuerlich hinzu: »Ich kann wohl kaum den Schwager meiner zukünftigen Braut mit einer Kugel niederstrecken, Ned.«

»Ich fürchte nein«, meinte Lord Alvaney mißmutig.

»Noch ein Sherry gefällig, die Herren?«

Phillip füllte die Gläser nach und begab sich an den Kamin zurück. »Nun, da du diese Geschichte auch kennst, Ned, brauche ich eure gesammelte Hilfe.«

»Ich bin berühmt für meine Überredungskunst, Derencourt!«

»Mit einem Wort: Es muß gelingen, meine Herren!«

»Ja, sagen wir mal mit Beredsamkeit und etwas gutem

Willen«, meinte Lord Alvaney und tastete nach seinem schneeweißen Halstuch. »Ich sehe nur ein Problem, und das ist Miß Eversleighs Tante, Lady Barresford. Wenn Sie zur Vernunft gebracht werden kann, sehe ich beim Rest der Londoner Gesellschaft keine erheblichen Schwierigkeiten.«

In Phillips Augen trat ein deutliches Funkeln. »Mein lieber Ned, gestatte mir, daß ich mir die Dame persönlich vornehme. Sie wird Sabrina nicht nur wieder in Ehren bei sich aufnehmen, die Trauung wird sogar in ihrem Haus vollzogen. Das Hochzeitsfest findet natürlich in meinem Haus statt.«

»Wieviel Zeit haben wir für unsere Vorbereitung, Phillip?« fragte Charles.

»Am Samstag ist Hochzeit — kurzum, meine Herren, es bleiben uns vier Tage.«

»Du verlangst ein Wunder, mein Guter.«

»Ja, Ned. Andernfalls hätte ich Euch nicht um Hilfe gebeten.« Phillip hob sein Sherryglas zu einem Trinkspruch. »Auf das bevorstehende Ende meines Junggesellendaseins.«

»Dem größten aller erdenklichen Opfer«, meinte Charles bedauernd und leerte sein Glas in einem Zug.

Lord Alvaney schürzte seine schmalen Lippen, bereits tief versunken im Aushecken einer Strategie. Plötzlich erhellte ein Lächeln seine fuchsähnlichen Züge, und er schlug sich aufs Knie. »Eine vorzügliche Herausforderung, um langweilige Winterabende zu verkürzen.« Damit erhob er sich. »Wenn die Herren mich entschuldigen. Bin unterwegs zu White's.«

»Ich bedanke mich, Ned«, sagte Phillip leise und schüttelte dem Freund die Hand.

Lord Alvaney hob affektiert eine Augenbraue. »Kannst du dir wirklich vorstellen, jemand in der Londoner Gesellschaft habe eine Überlebenschance, wenn er von mir geschnitten wird?«

Nachdem Greybar, der Butler, Lord Alvaney aus der

Bibliothek geleitet hatte, wandte Charles sich mit besorgter Miene an Phillip.

»Was hast du mit Teresa Elliott vor? Sie ist es doch, die den Skandal ins Rollen brachte.«

Phillip zuckte die Achseln. »Wäre es nicht Teresa gewesen, hätte jemand anderer die Glut geschürt. Ich denke, ich verfahre nach Neds Vorbild. Ich kenne die Dame einfach nicht mehr.«

»Um Sabrina mache ich mir Sorgen«, sagte Charles ernsthaft. »Was geschieht, wenn Teresa sie weiterhin attackiert?«

Phillip grinste. »Ich wette, Charles, wenn wir diese verdammte Hochzeit hinter uns haben und Sabrina sich in ihre Rolle eingefunden hat, wird Teresa Elliott sehr schnell feststellen, daß sie für die Vicomtesse Derencourt keine Gegnerin ist.«

Am nächsten Morgen, nachdem er sich mit zwei starken Tassen spanischen Kaffees und einem halbroh gebratenen, saftigen Lendenstück gestärkt hatte, fuhr der Vicomte mit seiner Kutsche vor dem Stadthaus von Lady Barresford vor. Der Tag war grau, doch seine Laune war beschwingt; er freute sich geradezu auf seine Begegnung mit Lady Barresford. Leichtfüßig sprang er vom Bock, warf seinem Kutscher Lanscombe die Zügel zu und stieg die breite Treppe hinauf.

»Ich kündige mich selbst an«, sagte er mit Bestimmtheit zum Butler, der die Haustür öffnete. Er hörte das Stöhnen des Mannes, als er die Treppe hinauf in den Salon zum ersten Stock stieg.

»Ich wünsche einen guten Morgen, Madame«, grüßte er heiter und betrat den Salon.

Lady Barresford preßte ihre Hand an den Busen und stieß einen Schrei aus. »Mylord!«

»Wie Sie sehen, Mylady.« Er nahm die funkelnden Augen der Dame wahr, ebenso Schreibzeug und Papier auf dem kleinen Schreibtisch, an dem sie saß.

»Sie werden mir vergeben, Ihnen zu so früher Stunde meine Aufwartung zu machen. Aber wie ich sehe, sind Sie bereits mit Ihrer . . . Korrespondenz beschäftigt. Ich habe gute Nachrichten für Sie, die Sie sogleich schriftlich verbreiten können.«

»Ich habe Ihnen nichts zu sagen, mein Herr!« Sie erhob sich und wies mit gebieterischer Geste zur Tür.

»Ihrem zukünftigen Schwiegerneffen haben Sie gewiß etwas zu sagen, Madame.«

Lady Barresfords Hand sank zögernd. Sie starrte ihn mit offenem Mund an. »Sie haben um ihre Hand angehalten?«

»Ich habe mehrmals um Sabrinas Hand angehalten, Madame. Ich wage zu sagen, erst Ihr ungewöhnliches Verhalten hat sie schließlich bewogen, meinen Antrag anzunehmen.«

»Sie wagen, mein Verhalten in Frage zu stellen?«

»Nun, ich würde sagen, gnädige Frau, Sabrina ist nicht gerade mit Familienmitgliedern gesegnet, die viel auf ihr Wort geben. Mir geht es gegenwärtig mehr um das Verhalten der Gesellschaft. Gemeinsam können wir darauf einwirken, daß den lüsternen Klatschbasen das Maul gestopft wird.«

»Sie ist eine Schande für die Familie Eversleigh, Vicomte, und für die Barresfords! Sie hat mir unverschämte Lügen aufgetischt. Sie ist eine infame . . .«

»Sabrina hat Ihnen keine Lügen aufgetischt, Madame«, unterbrach Phillip sie in aller Ruhe. »Für mich ist es belanglos, ob Sie mir glauben oder nicht. Es geht jetzt darum, daß sie von der Gesellschaft als meine Ehefrau akzeptiert wird.«

»Niemand mit einigem Anstand wird sie je wieder einladen. Und ich an Ihrer Stelle, Vicomte, würde mir ernsthaft die Frage stellen, mit wievielen Männern sie sich bereits abgegeben hat, bevor Sie ihr anständigerweise den Antrag machten!«

Phillip zwang sich zur Ruhe. »Ich habe genug von Ihrer

Gehässigkeit. Sie sprechen von Ihrer Nichte und meiner Verlobten. Sie werden nun die Güte haben, sich zu setzen und mir zuzuhören, was ich zu sagen habe.«

Lady Barresford war einen Augenblick unschlüssig, dann setzte sie sich auf die Stuhlkante.

»Sabrina und ich werden am Samstag hier in Ihrem Haus im engen Familienkreis getraut werden. Ich werde Sabrina morgen in Ihr Haus zurückbringen, und Sie werden Sie mit dem Respekt behandeln, den sie verdient.«

»Was verlangen Sie von mir, Sie eingebildeter Flegel? Nach allem, was das kleine Luder mir und meinem Ruf angetan hat!«

Phillip hätte der Dame liebend gerne seine ausführliche Ansicht über ihren Charakter dargelegt, erkannte aber, daß es einen einfacheren Weg gab, ihre Meinung zu ändern. »Nun, Madame, es braut sich ein Skandal zusammen, der kurz vor dem Explodieren steht. Wie Sie sagten, steht Ihr guter Ruf auf dem Spiel. Wäre es nicht wünschenswert, dem Klatsch jetzt ein Ende zu setzen? Können Sie sich eine bessere Lösung denken, als Sabrina mit mir verheiratet zu wissen? Ich kann Ihnen zusichern, daß meine Freunde gerade dabei sind, den Tratsch im Keim zu ersticken. Sie brauchen um Ihre Position in der Gesellschaft nicht zu fürchten, wenn Sie jetzt klug handeln und nachgeben.«

Sie erhob sich und wanderte unruhig im Zimmer auf und ab. »Aber meine Freundinnen«, jammerte sie und wandte sich ihm zu. »Ich habe ihnen meine Gefühle in dieser Angelegenheit nicht verschwiegen!«

»Ich schlage vor, Sie unterrichten Ihre Freundinnen davon, daß neue Fakten an den Tag gekommen sind und daß Ihre Nichte völlig unschuldig ist. Mehr noch, daß sie verleumdet wurde, und daß Sie als ihre Tante die erste sein wollen, das Unrecht, das ihr angetan wurde, wieder gutzumachen.«

Lady Barresford kreischte: »Aber eine Trauung am Samstag, das ist ganz und gar unmöglich!«

»Mit Ihren Fähigkeiten und Ihrer Tatkraft, Madame, mache ich mir um das Gelingen keine Sorge. Selbstverständlich komme ich für sämtliche Auslagen auf, einschließlich einer passenden Ballrobe für Sie.«

Er glaubte, einen wenig damenhaften Fluch von ihr zu hören. »Na schön«, sagte sie gedehnt, »wenn sie aber nicht akzeptiert wird, können Sie nur sich selbst dafür verantwortlich machen.«

Phillip bedankte sich mit einer respektvollen Verbeugung. »Darf ich Ihnen die Dienste meines Sekretärs anbieten?«

Sie schüttelte geistesabwesend den Kopf, und Phillip wußte, daß sie bereits die nötigen Vorkehrungen plante. »Ich bringe Sabrina morgen vormittag.« Auf ihr finsteres Stirnrunzeln hin setzte er streng hinzu: »Ich erwarte, daß meine Verlobte drei angenehme Tage in Ihrem Haus verbringt.«

Er wandte sich zum Gehen, und Lady Barresford warnte: »Ich hoffe, Sie bereuen Ihr ritterliches Verhalten nicht, Mylord.« Er lächelte sie nur an, und sie fügte neugierig hinzu: »Was macht Sie so sicher, daß das Mädchen Ihnen die Wahrheit über ihren Cousin Trevor sagt?«

»Gnädige Frau, ich kenne Sabrina. Und wenn ich hinzufügen darf, ich kenne auch Trevor Eversleigh. Ich bitte Sie, nicht zu vergessen, daß Sabrina nunmehr unter meinem Schutz steht. Ich wünsche einen guten Tag.«

KAPITEL 10

»Niemand würde dich für eine glückliche Braut halten, Kind, würdest du nicht dieses kostbare Kleid tragen, das der Vicomte dir spendiert hat.«

Sabrina wandte sich von ihrem bleichen Spiegelbild ab. »Phillip hat mir dieses Kleid nicht spendiert. Ich habe es mir selbst gekauft, Tante.«

»Das ist doch ein und dasselbe«, bellte Lady Barresford und zupfte an ihrem hochmodischen Seidenkleid. »Du hast kein Geld mehr. Da dein Großvater zu krank ist, um in dieser Sache herangezogen zu werden, habe ich den Ehevertrag durch meine Rechtsanwälte aufsetzen lassen. Du bist jetzt mittellos, aber du hast einen Ehemann, der, wenn ich hinzufügen darf, weltlichen Vergnügen nicht abgeneigt ist.«

Sabrina dachte an den mit zittriger Handschrift verfaßten Brief ihres Großvaters, den ein Diener am Abend vorher abgeliefert hatte. Er hatte ihr darin versichert, er werde bald soweit wieder hergestellt sein, um sie und ihren frischgebackenen Ehemann in Kürze zu empfangen. Er hatte keinen der widrigen Umstände im Zusammenhang mit ihrer überstürzten Eheschließung erwähnt, und sie fragte sich, wieviel er wußte. Ihre Freude über seinen Brief hielt bis zu diesem Augenblick an.

Bei den letzten Worten ihrer Tante wandte sie sich um. »Was meinen Sie mit weltlichen Vergnügungen, Tante?«

Lady Barresford schnaubte verächtlich. »Bei mir mußt du nicht die Naive spielen, Kind! Du weißt sehr wohl über die Vergnügungen zwischen Männern und Frauen Bescheid, obschon es dir allem Anschein gelungen ist, dem Vicomte Sand in die Augen zu streuen.«

Sabrina zupfte an der Brüsseler Spitze, die sie am Ausschnitt kitzelte und zog es vor, die Beleidigung der

Tante zu überhören. »Bitte, Tante, was meinen Sie damit?«

»Na schön, spiel ruhig weiter das Unschuldslamm. Du bist keine solche Närrin, zu glauben, daß der Vicomte bisher ein enthaltsames Leben geführt hat. Und du wirst wohl kaum erwarten, daß er liebgewonnene Gewohnheiten ändert, nur weil er jetzt mit dir verheiratet ist.«

Sabrina schluckte den Kloß voller Wut hinunter. Ihre Tante hatte vollkommen recht — es handelte sich in ihrem Fall schließlich um eine Vernunftehe.

»Ist es nicht Zeit, nach unten zu gehen, Mylady?«

»Ja, es ist Zeit. Um Himmels willen Kind, reib dir die Wangen! Du bist blaß wie ein Gespenst.« Lady Barresford drehte sich auf dem Absatz um und schritt würdevoll zur Tür, der Pracht ihrer festlichen Robe angemessen.

Sabrina zwickte sich mit Daumen und Zeigefinger in die Wangen. Unvermutet tauchte ihre Bedienerin Hickles aus einem Winkel des Schlafzimmers auf, wo sie unbemerkt gelauscht hatte. »Wünschen Sie noch etwas, gnädige Frau?« fragte sie, und ihre Stimme zitterte vor unterdrückter Neugier.

»Ja«, sagte Sabrina leise beim Umdrehen. »Sie tun mir einen großen Gefallen, Hickles, wenn ich Ihr Gesicht nie wieder sehen muß.« Sie raffte die Schleppe ihres Kleides und verließ das Zimmer, ohne die Bedienerin eines weiteren Blickes zu würdigen.

»Ich finde, Sabrina war eine hübsche Braut. Vielleicht ein wenig blaß, aber sehr anmutig.« Margaret Drakemore wandte sich von Madelaine Bingly ab, ihre zierliche Hand zur Faust geballt.

Lady Bingly hob gequält eine Augenbraue. »So viel Loyalität, liebste Margaret! Bist du endlich fertig mit diesem dummen Volant«, fauchte sie die Zofe an, die vor ihr kniete, um eine abgerissene Rüsche anzunähen.

Lady Dorchester ließ sich näselnd von ihrem Hocker vor dem Spiegel vernehmen. »Aber Madelaine, übe dich in christlicher Nächstenliebe.« Zumal, dachte sie mit einer kleinen Grimasse, da ihr Gatte, Lord Dorchester, ein guter Freund des Vicomte Derencourt war. Sie würde die neue Vicomtesse jedenfalls nicht schneiden.

Lady Bingly vollführte eine kleine Pirouette. »Jetzt sieht keiner mehr, daß der ungeschickte Colonel Sandavar bei der Polka mit der Stiefelspitze in meiner Rüsche hängen geblieben ist.« Sie entließ das Mädchen mit einem Wink und wandte sich an die immer noch wutschnaubende Margaret. »Ich glaube, die Kapelle spielt einen Walzer. Komm, gehen wir zurück in den Ballsaal, bevor unsere Männer glauben, wir seien ihnen davongelaufen. Was für ein aufregendes Abenteuer für Miß Eversleigh . . . Pardon, die neue Vicomtesse.«

Margaret, die sich nie viel aus der leicht schielenden Lady Bingly gemacht hatte, straffte die Schultern. »Ich habe Ihnen die Wahrheit der leidigen Umstände erzählt, Madelaine, und finde es ziemlich engstirnig von Ihnen, sich weiterhin so zu benehmen.«

Lady Dorchester erhob sich und strich sich ein letztes Mal über ihr kastanienbraunes Haar. »Margaret hat recht, Madelaine«, ergänzte sie mit ihrer affektiert nasalen Stimme, »was geschehen ist, ist nun mal nicht mehr zu ändern.« Sie schwebte aus der Garderobe und warf ihr über die nackte Schulter hinweg noch zu: »Wenigstens muß der Vicomte keine Sorge haben, wie er die schamhafte Braut überredet. Welch glückliche Fügung, daß nach der Trauung sogleich die Hochzeitsnacht folgt.« Lady Bingly kicherte und folgte Lady Dorchester aus dem Zimmer. »Oder denkst du, die beiden haben ihre Flitterwochen schon vor der Hochzeit verbracht, liebste Lady Dorchester? Bei der einnehmenden Art des Vicomtes gewiß eine nicht uninteressante Erfahrung für die Kleine.«

»Falsche Schlangen«, murmelte Margaret hinterher.

»Vielleicht ist die Vicomtesse bereits guter Hoffnung. Das wäre eine Erklärung dafür, warum er Miß Eversleigh so hastig den Goldreif über den Finger streifte.«

Margaret hörte die laut gesprochenen Worte und vermutete, daß dies der Zweck war. Zum Glück benahmen die meisten Gäste sich manierlich, dachte sie seufzend. Die Trauung im kleinen Kreis im Salon von Lady Barresfords Stadthaus war reibungslos verlaufen. Margarets Bruder Charles war für den greisen Grafen als Sabrinas Brautführer eingesprungen. Sie hätte dafür plädiert, das Hochzeitsmahl und die anschließende Feier in ebenso kleinem Rahmen zu halten, doch Phillip wollte davon nichts hören. »Ich habe nicht die Absicht, Kohlen in die schwelende Glut zu werfen«, hatte er gesagt. »Sabrina wird den Hochzeitswalzer mit mir vor einer so großen Schar illustrer Hochzeitsgäste tanzen wie mein Haus nur aufnehmen kann. Ich denke gar nicht daran, in aller Stille zu heiraten.«

Vielleicht hatte Phillip recht, dachte Margaret. Aber Sabrina sah sehr mitgenommen und blaß aus. Margaret entließ die Mädchen und schritt langsam die Eichentreppe zum Ballsaal hinunter.

Sabrina drückte sich in den Schatten einer Nische und wartete, bis Margaret außer Sicht war. Ohne es zu wollen, hatte sie die spitzen Worte der Damen gehört. Sie schluckte ihre Empörung hinunter und gab einen tiefen Seufzer von sich. Sie vergaß die Locke, die sich aus den Haarnadeln gelöst hatte und begab sich wieder nach unten.

»Bleib stehen, Bree, ich bringe dein Haar in Ordnung.«

»Phillip!« Röte überzog Sabrinas Wangen. Er stand zwei Stufen unter ihr, ein leises Lächeln umspielte seine Lippen. Plötzlich wurde ihr bewußt, daß sie den ganzen Tag und Abend so sehr mit sich beschäftigt war, daß sie ihn kaum wahrgenommen hatte. Er sah umwerfend gut aus in seinem strengen, schwarzen Abendanzug. Es gab kaum einen schöneren Mann, dachte sie.

»Du hast Wimpern wie ein Mädchen«, sagt sie unbedacht und kam sich sehr dumm vor.

Sein Lächeln verbreitete sich zu einem Grinsen. »Ich

schwöre, das ist aber auch die einzige Ähnlichkeit, die ich mit Mädchen habe. Komm Sabrina, bevor deine Frisur sich vollends auflöst.«

Sie gehorchte und ging langsam auf ihn zu, um nicht über den Saum ihres Kleides zu stolpern. Seine schmalen Finger hantierten geschickt mit den Haarnadeln, und bald saß ihre Hochfrisur wieder fest.

»Nun bist du wieder präsentabel, Vicomtesse.«

Aber ich fühle mich nicht wie ein Vicomtesse, wollte sie sagen. Er nahm ihr Kinn zwischen Daumen und Zeigefinger und zwang sie, ihn anzusehen.

»Es ist bald ausgestanden«, sagte er zärtlich, sein Daumen strich ihre Wangenlinie entlang. Er spürte ihr Zittern und fragte sich besorgt, was ihr wohl durch den Kopf ging; sie hatte den ganzen Tag kaum gesprochen. Sie sah bleich und krank aus. »Einen Walzer mußt du noch mit mir tanzen. Dann, meine Kleine, darfst du dich zurückziehen.«

Lady Dorchesters Worte durchzuckten sie. »Aber ich will mich nicht zurückziehen«, sagte sie mit fiebernder Hast. Er zog die Stirn kraus, und sie fügte mit belegter Stimme hinzu: »Ganz wie du wünschst, Phillip.«

Er wollte ihr versichern, sie habe nichts zu befürchten, er wolle sich ihr nicht aufdrängen. Da drangen Walzerklänge an sein Ohr, und er zog rasch ihre Hand durch seine Armbeuge.

»Unser Walzer, Sabrina«, sagte er nur. »Also Kopf hoch! Dies soll schließlich der glücklichste Tag deines Lebens sein.«

Sie zuckte unter seiner vermeintlichen Ironie zusammen, straffte jedoch rasch die Schultern und reckte ihr Kinn in die Höhe.

Die bunte Schar der Damen und Herren bildeten höflich lächelnd eine Gasse, als Phillip seine junge Braut zum Tanzparkett führte. Ihr Blick streifte flüchtig sein Gesicht. Ein starres Lächeln lag auf seinen Lippen. Er lächelt um der Gäste willen, dachte sie unglücklich, um den

Anschein zu erwecken, als sei er mit dieser Eheschließung glücklich.

Aus den Augenwinkeln sah sie Lady Dorchester und stolperte. Phillips Arm schloß sich noch enger um ihre Mitte.

»Lächle Sabrina, sonst denkt jeder, du seist mit der Wahl deines Ehegatten nicht zufrieden.«

Ihre Lippen teilten sich zu einem gezwungenen Lächeln.

»Das ist nicht viel besser. Jetzt siehst du aus, als seist du unterwegs zum Tower, um dein Haupt auf den Richtblock zu legen.«

Ihr Blick wurde wieder zu Lady Dorchester hingezogen. Die Dame flüsterte hinter ihrem Fächer mit Lady Bingly.

»Nur Männer können wählen«, sagte sie bitter.

»Du irrst, meine Liebe. Ich hatte keine Wahl seit dem Morgen, an dem ich dich im Wald von Eppingham gefunden habe. Mit mir kannst du doch keinen so schlechten Handel gemacht haben.«

»Das stimmt nicht ganz, Phillip«, sagte sie leise. »Ich habe dir ein geschäftliches . . . Angebot gemacht. Es lag an dir, es anzunehmen oder abzulehnen.«

Er fand sie überreizt und wechselte das Thema. »Bist du nun überzeugt davon, daß dein Großvater sich auf dem Wege der Besserung befindet?«

Nun erhellte ein warmes Lächeln ihre Züge. »Ja. Obwohl seine Handschrift noch sehr zittrig ist.«

»Er wird bald wieder ganz der alte sein, du wirst sehen.«

Der Walzer verklang, Phillip schloß sie in die Arme und drückte ihr einen leichten Kuß auf die Lippen. »Sehen Sie Vicomtesse, jetzt ist es überstanden«, flüsterte er unter dem Applaus der Umstehenden in ihr Ohr.

Er zog Sabrina sanft an seine Seite, um die Gäste zu verabschieden. Bei den etwas zweideutigen Wünschen einiger Herren spürte sie Hitze in ihre Wangen steigen.

Sie zwang wieder ein starres Lächeln auf ihre Lippen und zählte die Minuten, bis alle gegangen waren.

Unter den letzten Gästen befand sich Lady Barresford. Sie blieb neben Sabrina stehen. »Du hast deine Sache recht gut gemacht, Nichte. Du hast großes Glück, daß der Vicomte ein ehrenwerter Mann ist.«

»Danke, Tante«, entgegnete Sabrina tonlos.

Lady Barresford nickte dem Vicomte zu. »Ich wünsche einen guten Abend, mein Herr, und überlasse Sie Ihrer scheu errötenden Braut.«

Phillip nahm Sabrinas Hand und drückte sie. »Sabrina ist wohl zu erschöpft, um zu erröten, Madame. Obwohl die geschmacklosen Bemerkungen einiger Gäste, die sie heute abend ertragen mußte, ihr wahrhaft die Schamröte ins Gesicht trieben.«

»Das mag wohl sein«, entgegnete Lady Barresford düster.

Sabrina sah mit Erleichterung, daß Greybar neben Lady Barresford getreten war, ihr Hermelincape über dem Arm. »Vielen Dank, Greybar. Ihre Ladyschaft ist im Begriff zu gehen.«

Lady Barresford knurrte hörbar und ließ sich von Greybar den Pelz um die Schultern legen.

»Nun, Nichte, jetzt kannst du dich in das gemachte Bett legen.«

Zu Sabrinas Erstaunen und Unbehagen warf Phillip den Kopf zurück und lachte. »Ein ausgezeichneter Vorschlag, Madame.«

Lady Barresford schnaubte und segelte majestätisch aus dem Raum.

Phillip wandte sich an Sabrina. »Nun, meine Kleine, es ist höchste Zeit, daß du dich in dein gemachtes Bett legst.«

Sie blickte ihn unsicher an.

Er nickte und führte sie zur Treppe. »Ich schicke dir Doris nach oben, meine Liebe.« Er tätschelte ihre Hand, machte kehrt und entfernte sich.

»Sie sehen aus wie ein Engel, Mylady«, sagte Doris ehrfurchtsvoll zu der bleichen Gestalt, die im bodenlangen, weißen Nachthemd aus fließender Seide vor dem hohen Spiegel stand. Sabrina nickte geistesabwesend, und Doris lächelte still. Aber der Vicomte war ja auch ein Bild von einem Mann. Die neue Vicomtesse konnte von Glück sagen, einen so schönen Gemahl bekommen zu haben. Sie fuhr mit einem letzten Bürstenstrich durch das lange, schwarze Haar, das ihrer Herrin in schweren Locken bis zur Taille reichte. »Haben Sie sonst noch einen Wunsch, Mylady?«

»Nein danke, Doris.«

Doris knickste und schloß leise die Tür hinter sich.

Sabrina wandte sich langsam vom Spiegel und ließ ihre Augen durch das geräumige Schlafzimmer schweifen. Es war streng und männlich eingerichtet; geradlinig, rechteckig, ohne Firlefanz, seinem Bewohner nicht unähnlich, dachte sie. Sie zuckte leicht beim Anblick des riesigen Bettes aus geschnitzter schwarzer Eiche, das auf einem Podest in der Mitte des Zimmers thronte, ohne Portieren, um seine Kargheit zu verzieren. Sie nahm einen mehrarmigen Kerzenhalter und trug ihn zum Nachttisch. Phillip hatte ihr gesagt, in wenigen Tagen kämen Handwerker, um ein Schlafzimmer für sie am Ende des Korridors einzurichten. Seltsamerweise fragte sie sich, wieso er sie nicht bei sich in seinem Zimmer haben wollte.

Sabrina schlüpfte zwischen die Laken und zog die Decke bis unters Kinn. Sie starrte hinauf zu den dunklen Eichenbalken, die der Länge nach die Zimmerdecke durchzogen. Sie horchte auf Phillips Schritte. Sie spürte ihre Nacktheit unter dem Seidenstoff und zog in einer instinktiven Schutzhaltung die Knie an. Ich bin eine kindische Närrin, schalt sie sich. Phillip ist gut und sanft, er wird mir nicht weh tun. Allerdings unterschied sich diese Hochzeitsnacht erheblich von der, die sie sich in ihren Träumen ausgemalt hatte. Sie hatte sich, wie wohl jedes Mädchen, ihre Hochzeitsnacht als aufregendes, romantisches Abenteuer vorgestellt, nicht als etwas, wovor sie sich fürchten mußte. Aber sie fürchtete sich; es fehlte jede Romantik, weil die Liebe fehlte. Sie kannte den Mann ja kaum, an den sie sich für ein ganzes Leben gebunden hatte.

Kurz darauf schüttelte sie unwillkürlich den Kopf in Gedanken an die fünf Tage, die sie mit Phillip in der Jagdhütte verbracht hatte. Diese Zeit war gewiß ein einmaliges Erlebnis, dachte sie wehmütig. In Erinnerung an das Bad, das er ihr bereitet hatte, kam ihr der Gedanke, daß sie ihn vermutlich besser kannte als die meisten jungen Mädchen ihren Bräutigam am Hochzeitstag kennen. Wenigstens mußte sie sich keine Sorgen machen, sich in jungfräulicher Schamhaftigkeit schicklich zu zieren, da Phillip bei seiner Krankenpflege ihr auch körperlich sehr nahe gekommen war.

Sabrina warf einen Blick auf die Uhr auf dem Nachttisch. Eigentlich müßte er jetzt bald erscheinen, dachte sie. Als die Kerzenstummel im Halter flackerten, beugte sie sich vor und blies sie aus. Sie lag im Dunkeln, die Bettdecke bis unters Kinn hochgezogen. Er kommt nicht, überlegte sie schließlich. Und sie spürte mit einem Mal, daß sie seine Frau sein wollte, daß sie von ihm geliebt werden wollte. Sie schüttelte den Kopf. Sie hatte ihm eine Vernunftehe vorgeschlagen, und er hatte ihr Angebot akzeptiert. Mehr wollte er offenbar nicht von ihr. Leise seufzend wünschte sie, sie wäre damit zufrieden. Ihre Müdigkeit setzte ihren Gedanken irgendwann ein Ende, und sie fiel in einen leichten, unruhigen Schlaf.

»Wenn ich mir erlauben darf, Mylord, ein Freudentag und hervorragend gelungen.«

Der Vicomte hob den Blick von seinem Brandy zu seinem Butler Greybar, einem unerschütterlich zuverlässigen Mann, wie die Säulen, die das Haus trugen. Er lächelte, wohlwissend, wie gerne Greybar festliche Anlässe vorbereitete.

»Sie haben Ihre Sache ausgezeichnet gemacht, Greybar. Sagen Sie auch dem Personal meinen aufrichtigen Dank.«

»Wenn Sie gestatten, Mylord«, fuhr Greybar fort, »die Dienerschaft und meine Wenigkeit wünschen Ihnen und Ihrer Ladyschaft von Herzen viel Glück.« Greybar hoffte, seine Glückwünsche waren angemessen, denn ihm und der gesamten Dienerschaft bis hinunter zum letzten Spülmädchen, waren die Umstände im Zusammenhang mit der überstürzten Hochzeit des Vicomtes nicht entgangen. »Armes, kleines Ding«, hatte die Haushälterin Mrs. Hawley verkündet, und ihre sanften, grauen Löckchen hatten dabei traurig gebebt. »Wir werden sie vor dem bösen Getratsche beschützen müssen.« Greybar war schon im Begriff, diesen Gedanken in geziemender Form seinem Herrn vorzutragen, als der Vicomte sich aus dem Ledersessel vor dem Kamin erhob und seine langen Glieder streckte. »Ich danke Ihnen, Greybar.« Er blickte eine Weile in die sterbende Glut. »Ich denke, Sie wissen, daß Ihre neue Herrin eine ziemlich schwierige Zeit hinter sich hat.«

»Ja, Mylord«, sagte Greybar ohne Zögern, erfreut, von seinem Herrn ins Vertrauen gezogen zu werden.

Phillip wandte sich dem Butler zu und lächelte ihn warmherzig an; ein Lächeln, das ihm die uneingeschränkte Zuneigung seiner Bediensteten sicherte. »Sie ist jung, Greybar, und unerfahren mit den Londoner Sitten. Ich möchte sie nicht nach Essex bringen, zumindest vorläufig nicht. Sie muß lernen, ihre Position in London zu behaupten, und ich vertraue auf Ihre Unterstützung in dieser Hinsicht. Ich denke, ein Dinner nächste Woche wäre genau das Richtige, um einen Anfang zu machen.«

Ein Lächeln breitete sich auf den eingefallenen Wangen des Butlers aus. »Es wird mir ein Vergnügen sein, Ihrer Ladyschaft zur Seite zu stehen.«

Phillip nahm den letzten Schluck Brandy. »Nun aber ab ins Bett mit Ihnen. Es war ein ereignisreicher und langer Tag.«

Nachdem Greybar mit einer Verbeugung die Bibliothek verlassen hatte, wandte Phillip sich wieder dem Kamin zu und stieß mit der Stiefelspitze gegen die verkohlten Holzscheite. Er nahm an, Sabrina schliefe mittlerweile fest. Plötzlich machte er ein verdutztes Gesicht. Wo zum Teufel sollte er eigentlich nächtigen? Schön und gut, dann bringe ich dir eben noch ein Opfer, Sabrina, dachte er seufzend.

Im großen und ganzen, überlegte er, als er die Treppe hinaufstieg, hatten er und seine Freunde ihre Sache recht gut gemacht. Nun lag es an Sabrina, ihr Selbstvertrauen wiederzuerlangen und ihre Position in der Gesellschaft zu behaupten.

Bevor er in dem zu kurzen Bett in einem der Gästezimmer einschlief, beglückwünschte er sich selbst, eine Frau wie Sabrina zum Altar geführt zu haben. Sie kam aus einem sehr guten Haus und würde überdies recht hübsch aussehen, sobald sie etwas Fleisch auf den Rippen hatte. Er freute sich zwar darauf, mit ihr zu schlafen, konnte es sich aber leisten, ihr soviel Zeit zu lassen wie sie brauchte, um ihre schlechte Erfahrung mit Trevor zu überwinden.

Er war recht zufrieden mit sich selbst. Mit diesem Gedanken sank er in den Schlaf.

KAPITEL 11

Am späten Vormittag des nächsten Tages blickte der Vicomte seine Gemahlin über den Frühstückstisch hinweg an. »Hast du gut geschlafen, Bree?«

»Sehr gut, Phillip, nachdem ich endlich Schlaf gefunden hatte.«

Sie warf ihm einen hoffnungsvollen Blick zu, doch er schien nichts Ungewöhnliches an ihren Worten zu finden.

»Fabelhaft«, sagte er und schnitt sich eine dicke Scheibe des halbroh gebratenen, saftigen Lendenstücks ab.

»Weißt du«, fuhr sie immer noch hoffend fort, »ich fühle mich überhaupt nicht verheiratet. Ich fühle mich gar nicht anders als gestern abend.«

In der Annahme, sie wünsche seine Versicherung, daß alles sich zum Guten wende, erwiderte er sanft: »Wenn du Zweifel hast, schau auf den Ring an deinem Finger, Bree. Es gibt nichts mehr, wovor du dich fürchten mußt, das verspreche ich dir.«

Sabrina gab auf und widmete sich ihren Rühreiern. Irgendwann war ihr, als habe er etwas zu ihr gesagt: »Verzeih, Phillip, was hast du gesagt?«

»Ich sagte, ich werde Peter Stradling Anweisung geben, die notwendigen Papiere aufzusetzen, um dein Vermögen wieder auf deinen Namen zu übertragen.«

Sie starrte ihn verdutzt an. »Wie bitte?«

»Sabrina, ich finde es ein wenig enttäuschend, wenn du deinem Frühstück mehr Aufmerksamkeit schenkst als deinem Ehemann. Ich sagte, dein Geld gehört wieder dir, und du kannst frei darüber verfügen.«

Sabrina ließ die Gabel sinken und starrte ihren Ehemann fassungslos an. »Aber wieso?«

»Ich brauche dein Geld nicht, und ich will es nicht

haben. Du lieber Himmel, du könntest dich wenigstens dafür bedanken. Jetzt bist du ziemlich unabhängig.«

Sie bemühte sich, ihren Zorn hinunterzuschlucken. »Hältst du mich etwa für die Sorte Frau, für die solche Nichtigkeiten wie Abmachungen und Ehrgefühl keine Bedeutung haben? Es ist nicht *mein* Geld, Phillip«, sagte sie mit erzwungener Ruhe. »Wir haben eine Abmachung getroffen, eine geschäftliche Vereinbarung, erinnerst du dich?«

»Unsere Abmachung«, meinte er gedehnt, »wurde mir von dir aufgezwungen.« Er hob die Schultern. »Dadurch konntest du das Gesicht wahren, und wir beide haben getan, was getan werden mußte.«

»Du arroganter, elender Schuft!« schrie sie und schleuderte die Serviette in die Eierspeise. »Wie kannst du es wagen, mich wie ein albernes Frauenzimmer zu behandeln, deren einziges Motiv darin bestand, dich, den wunderbaren Vicomte Mercerault in die Falle zu locken! Mein Gesicht wahren, daß ich nicht lache! Ich habe dir für deinen kostbaren Namen alles angeboten, was ich besitze. Es war ein ehrbares Angebot, und ich dachte, du hast mir dein Jawort unter der gleichen Voraussetzung gegeben.«

Er zuckte unter der Flut ihrer Beschimpfungen zusammen. »Es will mir nicht in den Kopf, wieso du alles so verdrehen kannst, Sabrina. Und ich habe kein Verständnis für deine wenig damenhaften Schmähungen.«

»Meine Schmähungen tun hier nichts zur Sache! Warum versuchst du, meine Ehre zu beschmutzen und mich wie ein unmündiges Kind zu behandeln? Ich hoffe, das geht in deinen Kopf!«

»Also schön«, sagte er und blickte sie eisig über die Länge des Tisches an. »Ich werde dein Vermögen behalten. Außerdem werden wir nach jedem Quartal eine Abrechnung vornehmen. Ich erwarte, daß du das Wirtschaftsgeld nicht überschreitest. Ist es das, was du wünschst, Sabrina? Anscheinend möchtest du unbedingt nach meiner Pfeife tanzen.«

Sie erhob sich langsam und legte die Hände flach auf den Tisch. »Mir ist alles lieber, als in deiner Schuld zu stehen, Phillip. Und was dein selbstgefälliges Schutzbedürfnis mir gegenüber anbelangt, so wünschte ich, du mögest daran ersticken!«

»Es war mein Wunsch, deine Lebensgeister mögen nach der Hochzeit wiederkehren, meine Teure. Wenn das allerdings bedeutet, daß du dich zum störrischen Maultier entpuppst . . .«

»Immer noch besser als ein arroganter, eingebildeter Esel zu sein!«

»Ich wäre dir dankbar, mich nicht zu unterbrechen, Sabrina!«

»Ich tue genau, was mir behagt, mein Herr. Für diese Rechte habe ich schließlich ein hübsches Sümmchen bezahlt.«

»Du mußt noch eine Menge lernen, Vicomtesse«, sagte er, nunmehr nicht minder wütend als sie.

»Und was deine Rechte angeht, so wirst du genau das tun, was ich dir sage. Magst du auch die Enkelin eines Grafen sein, in erster Linie bist du meine Ehefrau. Geh jetzt auf dein Zimmer und denke über dein schlechtes Benehmen nach.«

»Fällt mir nicht ein!« schleuderte sie ihm ins Gesicht. »Vielleicht reitet Charles Askbridge mit mir in den Park. Er ist wenigstens kein unerträglicher Tyrann.«

»Treib es nicht auf die Spitze, Sabrina, sonst bringe ich dich nach Essex, wo du dir über dein zänkisches Wesen klar werden kannst.«

Sie warf den Kopf in den Nacken und betrachtete ihn mit nachdenklichem Blick. »Solche Worte passen nicht recht zu deiner zur Schau getragenen Ritterlichkeit. Wünscht mein ehrenwerter, opferbereiter Gemahl, daß seine unwürdige Frau sich in ewiger Dankbarkeit vor ihm auf die Knie wirft?«

»Eine solche Geste würde dir keineswegs schaden!«

Es klopfte diskret an der Tür des Eßzimmers. »Verflucht!« knurrte Phillip. »Herein«, rief er und warf seiner Frau einen warnenden Blick zu.

»Die Kutsche wartet, Mylord«, kündigte Greybar an, seinen Blick auf den Knoten des schneeweißen Halstuches seines Herrn gerichtet.

»Ich brauche die Kutsche nicht mehr, Greybar. Sagen Sie Lanscombe, er soll den Einspänner vorfahren.«

»Sehr wohl, Mylord«, bestätigte Greybar und versuchte seine Irritation zu verbergen.

Nachdem er die Tür hinter sich geschlossen hatte, wandte Phillip sich mit einer leichten Verneigung an seine Frau. »Da du offenkundig keinen Wert auf Gesellschaft legst, verabschiede ich mich. Zu deinen Aufgaben gehört es, die Speisenfolge mit Mrs. Hawley zu besprechen. Sag ihr bitte, daß ich heute abend im Club speisen werde.«

Sabrina neigte den Kopf. »Gut zu wissen. Wenn du diese Gewohnheit beibehältst, werde ich ohne Schwierigkeiten mit dem Wirtschaftsgeld zurechtkommen. Ich wünsche einen guten Tag.« Damit rauschte sie an ihrem Gemahl vorbei und verließ den Raum.

In seiner Wut begab Phillip sich in Gentleman Jackson's Boxstudio, wo er sich mit seinem Trainer bis zur Erschöpfung verausgabte.

»Ich hätte gedacht, Derencourt, du hast nun eine angenehmere Methode gefunden, um überschüssige Kräfte loszuwerden.«

Phillip ließ das Handtuch sinken, mit dem er sich gerade das schweißnasse Gesicht trocknete. Der Graf von March, auch er erst seit kurzem verheiratet, betrachtete ihn mit einem amüsierten Funkeln seiner grauen Augen.

»Guten Tag, Julien«, stieß Phillip keuchend hervor.

»Kate und ich möchten dir nachträglich alles Gute zur Vermählung wünschen. Wir sind soeben erst aus St.Clair zurückgekehrt, sonst wäre ich zur Hochzeitsfeier gekommen, um mit der Braut Walzer zu tanzen.«

»Die Braut«, brummte Phillip, der seine schlechte Laune nicht für sich behalten konnte, »amüsiert sich momentan mit Charles Askbridge. Sie gab mir zu verstehen, Charles sei kein unerträglicher Tyrann.«

»Der du bist, wie ich annehme.«

»Ja, das behauptet das alberne Ding nach allem, was ich für sie getan habe.«

Der Graf beobachtete diesen Ausbruch des gewöhnlich so beherrschten Mannes mit einigem Interesse. »Vermutlich ist das eine dumme Frage, Phillip, aber was hast du denn für die Dame getan?«

»Nun ich . . .« Er blickte den Grafen scharf an.

Der Graf fuhr gelassen fort: »Wie mir scheint, hast du eine reizende Ehefrau bekommen, die unter normalen Umständen eine große Auswahl unter den heiratsfähigen Herren Londons gehabt hätte.«

»Fahr zur Hölle, Julien«, knurrte Phillip und schleuderte das Handtuch zu Boden. »Ich wäre dir dankbar, wenn du deine kostbare Meinung in Zukunft für dich behältst. Sie ist meine Ehefrau und hat zu tun, was ich ihr sage.«

»Alvaney, der eingefleischte Junggeselle, würde dir vermutlich zustimmen. Ich hingegen gebe dir einen guten Rat. Versuche nicht, eine Widerspenstige zu zähmen. Damit, mein Freund, wünsche ich dir einen schönen Tag.«

Phillip erhob sich langsam und streckte seine müden Muskeln. Gekränkt blickte er dem sich entfernenden Grafen nach.

Sabrina reichte Greybar ihren zobelgefütterten Umhang und wartete geduldig, bis ein zweiter Diener Charles Mantel und Handschuhe abgenommen hatte.

»Darf ich den Tee servieren, Mylady?«

»Ja, Greybar, im Salon bitte.«

»Verdammt, ist das kalt heute«, hörte Greybar Lord Charles sagen, als er der Vicomtesse in den Salon folgte.

Sabrina nahm ihr Hütchen ab, und Charles trat an den Kamin, um sich die Hände am prasselnden Feuer zu wärmen. Nach einer Weile drehte er sich um und musterte Sabrina, die ihre Nervosität nicht bezwingen konnte und unruhig im Raum auf und ab ging. Er hatte es höchst sonderbar gefunden, von einer frischgebackenen Ehefrau gebeten zu werden, mit ihr im Park auszureiten, hatte jedoch zugestimmt; er hatte auch darauf verzichtet, eine diesbezügliche Frage zu stellen. Sabrina hatte während des Ausritts unentwegt über die banalsten Themen geplaudert, so daß Charles nun richtig dankbar für ihr Schweigen war. Er kannte Sabrina seit Kindesbeinen an, und ihre scheinbare Unbekümmertheit, die sie heute an den Tag legte, konnte ihn nicht täuschen.

Vorsichtig begann er: »Wo ist denn Phillip? Ich dachte ihn bei unserer Rückkehr anzutreffen.«

Sie stellte ihre Wanderung ein und meinte achselzukkend: »Ich habe keine Ahnung, Charlie.«

»Erwartest du ihn in Kürze?«

»Er ist ein freier Mann. Er kann kommen und gehen, wie es ihm behagt.«

Bei ihrem gereizten Ton fuhr er zurück. »Hör zu, Bree, den ganzen Nachmittag hast du geschnattert wie eine Elster. Jetzt stelle ich dir eine einfache Frage nach dem Verbleib deines Ehemanns und du verwandelst dich in eine zänkische Xanthippe. Dabei bist du erst seit zwei Tagen verheiratet!«

»Ich hätte mir denken können, daß du seine Partei ergreifst.«

»Wie kann ich seine Partei ergreifen, wenn ich nicht einmal weiß, wo er ist! Nun komm, Bree«, fügte er versöhnlich hinzu, »sag mir, was zwischen euch beiden vorgefallen ist.«

Greybar trat mit einem schweren Silbertablett ein. Sabrina beschäftigte sich mit den Tassen, und Charles konnte Überlegungen anstellen, was eigentlich los war.

Als Greybar sich mit einer Verbeugung entfernt hatte, fragte Charles: »Nun erzähl mir, was Phillip aus seinem eigenen Haus getrieben hat.« Seine Direktheit zeigte Erfolg. Sabrina knallte die Tasse auf die Untertasse und fauchte: »Siehst du, Charlie, du ergreifst seine Partei. Wieso kommst du nicht auf die Idee, daß ich nicht Schuld haben könnte?«

»Weil ich dich lange genug kenne und an deine Temperamentsausbrüche gewöhnt bin, während der arme Phillip . . .«

»Pah, der arme Phillip. Ich will dir nur sagen, daß er sich abscheulich herablassend und tyrannisch benommen hat!«

»Bitte, kläre mich auf, Sabrina.«

Sabrina holte tief Luft. »Es geht um meine Mitgift und mein Erbe. Phillip teilte mir heute morgen mit, daß er das Geld wieder auf meinen Namen umschreiben lassen möchte . . . um mir meine Unabhängigkeit zu geben.«

»Ein wahrlich schweres Verbrechen!«

»Willst du etwa sagen, Charlie, Phillip habe dir nichts von unserer Geschäftsvereinbarung erzählt?«

»Geschäftsvereinbarung? Sprich bitte deutlich mit mir, Bree.«

Sie senkte den Blick, und ihre Finger nestelten nervös an den Falten ihres Kleides. »Nach diesem fürchterlichen Abend bei Almack zog er sich zurück. Ich war es, die ihn um die Heirat bat. Wir haben eine anständige Vereinbarung getroffen, Charlie. Er machte den Eindruck, als brauche er mein Geld. Ich hatte das Gefühl, wir hatten ein Abkommen zu unser beider Nutzen getroffen.«

Charles blickte sie wie vom Donner gerührt an. »Du hast wirklich geglaubt, Phillip brauche dein Geld?«

»Ja. Damals schon. Immerhin bin ich doch so etwas wie eine wohlhabende Erbin.«

»Und jetzt ist dir klar geworden, daß Phillip dein Geld nicht braucht und nie haben wollte. Er hätte nicht anders gehandelt, wenn du keinen roten Heller besessen hättest. Ich habe den Eindruck, er sah sich gezwungen, Ausflüchte zu gebrauchen, damit er das Richtige für dich tun konnte.«

»Dann war der Handel, den er mit mir eingegangen ist, nur Täuschung . . . Lüge.«

»Vergiß bitte nicht, daß du ihn mehrmals abgewiesen hast. Er fühlte sich für dich verantwortlich, obgleich du es warst, die ihm diese Suppe eingebrockt hat.«

»Aber deshalb wollte ich doch nicht, daß er mir einen Antrag macht. Ich wollte keinen Ehemann, der sich für mich opfert. Verstehst du das nicht, Charlie?« flehte sie. »Ich wollte ihm etwas geben, irgend etwas außer meinem beschmutzten Ruf.«

»Vielleicht hörst du endlich auf, um deine eigene Ehre besorgt zu sein . . .«

Tränen brannten in Sabrinas Augen; sie blinzelte trotzig dagegen an. »Er liebt mich nicht«, platzte sie heraus. »Er hätte nie einen Blick für mich übrig gehabt, er hätte mich nie geheiratet, wären wir beide nicht in diese vertrackte Situation geraten.«

Charles trat rasch ans Sofa, setzte sich neben sie und tätschelte ihr begütigend die Schulter. Sie bettete ihr Gesicht an sein kunstvoll gebundes Halstuch. »Ich glaube, er hält mich tatsächlich für eine . . . verworfene Frau«, stieß sie hervor, »weil er mich nicht angerührt hat.«

Charles schüttelte amüsiert den Kopf. »Unsinn«, sagt er aufmunternd, schob sie ein wenig von sich und seinem bereits zerknitterten Halstuch und rüttelte sie sanft an den Schultern. Er konnte zwar nicht begreifen, warum Phillip, ein Frauenheld erster Ordnung, nicht mit seiner eigenen Frau schlief, bemühte sich aber, sie zu beruhigen. »Er will dir nur Zeit lassen, Bree. Du warst ziemlich krank. Und es ist dir soviel widerfahren, daß du vielleicht Angst hast vor . . . na, eben davor.«

Sie rang um Fassung und sagte langsam: »Glaubst du wirklich, Charlie? Dann . . . liegt es vielleicht an mir, ihm zu zeigen, daß ich wieder gesund bin und . . . keine Angst habe.«

Charles hatte Mühe, ein Grinsen zu unterdrücken. Der Gedanke war einfach zu erheiternd, Vicomte Derencourt sollte von einer Achtzehnjährigen verführt werden, die noch dazu seine Ehefrau war.

»Vielleicht«, fuhr Sabrina fort und sprach ihre Gedanken laut aus, »ändert Phillip seine Meinung über unsere Vernunftehe.«

Charles lächelte und drückte ihre Hand. »Und du versuchst, deine spitze Zunge zu hüten? Ich kann mir vorstellen, daß Phillip in diesem Punkt ebenso verwirrt ist wie du. Für ihn ist es die erste Ehe, mußt du wissen.«

»Für mich ebenfalls, Charles. Und was meine spitze Zunge betrifft, so habe ich bisher nicht den Eindruck gehabt, Phillip mache auch nur den geringsten Versuch, seine Zunge zu hüten!«

Das war allerdings der Fall. Charles schüttelte den Kopf und erhob sich. »Ich muß jetzt gehen. Phillip kommt vielleicht bald zurück. Und du, Bree, solltest mehr essen — du mußt ein paar Pfunde zulegen. Kein Mann mag eine Frau, die nur Haut und Knochen ist.«

»Hinaus mit dir, du unverschämter Kerl!«

»Phillip! *Mon Dieu!*« Martine schrak aus ihrer trägen Lethargie hoch, zog einen weiten, gestickten Schal enger um die Schultern und erhob sich.

»Guten Abend, Martine. Wieso das Erstaunen? Bin ich etwa nicht willkommen?« Er trat auf seine verblüffte Geliebte zu und drückte ihr einen leichten Kuß auf die Lippen.

»Bien sûr, mon chou.«

»Englisch, wenn ich bitten darf, meine Liebe.«

»Aber sicher bist du willkommen, Vicomte.« Sie erforschte sein Gesicht mit den schönen Augen, die sie so faszinierten.

»Aber du hast erst gestern geheiratet, *mon chou*«, schalt sie ihn dann zärtlich.

»Eine nicht zu widerlegende Tatsache.«

»Du hast das Mädchen geheiratet, das du nicht kompromittiert hast.«

»Ja, wie du weißt. Was immer sie sonst sein mag, wenigstens ist sie nicht mehr in Gefahr.«

»Sie ist keiner Schande mehr ausgesetzt?«

»Nein, sie ist wieder in Gnaden in die Gesellschaft aufgenommen.« Phillip trat an die Anrichte und goß sich ein Glas Portwein ein. Martine beobachtete ihn schweigend, während er den Port hinunterkippte und sich ein zweites Glas genehmigte.

»Ist der Maurer gekommen und hat die Stuckdecke repariert?«

»O ja, ein komischer Kauz! Jetzt mußt du keine Angst mehr haben, daß dir ein Stück von der Decke auf den Kopf fällt.«

»Ausgezeichnet.« Er setzte das Glas ab, verneigte sich spielerisch und wies mit der Hand zur Tür. »Wollen Madame mich nach oben begleiten?«

»Ich beuge mich Ihrem Wunsch, Monsieur.«

In ihrem eleganten, sehr femininen Schlafzimmer entledigte sie sich mit lasziven Bewegungen ihres Negligées und wandte sich an den Vicomte, der neben dem Kamin stand und geistesabwesend ins Nichts starrte. »Phillip«, sagte sie weich.

Er brummte, ohne sich ihr zuzuwenden.

»Die Kleine — ist sie allein?«

Phillips Kopf fuhr herum. Er warf ihr einen vernichtenden Blick zu. »Wieso nennst du sie so?«

Martine schob die dünnen Träger ihres Hemdes von den runden Schultern, die Seide rutschte bis zu den Hüften. Seine Augen wichen nicht von ihrem Gesicht. Er benahm sich sehr merkwürdig, dachte sie. »Ich nannte sie so, weil ich sie gesehen habe.«

»Wo?«

»Im Park heute nachmittag. Sie saß in Charles Askbridges Zweispänner.«

Seine haselnußbraunen Augen verdunkelten sich und sein gleichgültiges Achselzucken konnte sie ebenfalls nicht täuschen. Sie befreite sich mit tigerhaften Bewegungen aus ihrer Unterwäsche, stand nackt vor ihm und ging dann langsam zum Bett.

Sie streckte ihm ihre Arme entgegen und schnurrte: »Willst du dich davon überzeugen, daß dir von der Erschütterung kein Gips mehr auf den Kopf fällt?«

»Wie sah sie aus?« fragte er verkrampft, ohne sie anzusehen.

»Sie sah aus«, entgegnete Martine gelassen, »als versuche sie etwas zu vergessen, einen unangenehmen Vorfall vielleicht.«

»Ich wäre dir dankbar, wenn du dich nicht in meine Angelegenheiten mischen würdest, Martine.«

Sie hob eine schmal gezupfte Augenbraue. »Aber ich mische mich nicht ein, Phillip. Du hast mich doch danach gefragt.«

»Dein Englisch ist manchmal wirklich bemerkenswert«, sagte er spöttisch und begann, sich auszuziehen.

Eine Weile schien er ihre Anwesenheit zu vergessen. Sie betrachtete ihn schweigend und genoß das Muskelspiel seines Körpers im Schein des Kaminfeuers.

»Die Kleine — ihre Augen haben eine ungewöhnliche Farbe. Wie sagt man, Phillip? Nicht lila, glaube ich.«

»Veilchenblau.«

»Ja. Veilchenblau. Sehr eindrucksvoll, diese Augen.«

Seine kräftigen Armmuskeln spannten sich, und seine Hände ballten sich zu Fäusten. Ein lustvoller Schauer durchfuhr sie. »Komm zu mir, Liebster«, flüsterte sie.

Mit trotziger Stimme stieß er hervor: »Verdammt noch mal, ich werde meine Freiheit behalten.«

Martine blickte ihn nachdenklich an, es blieb ihr freilich keine Zeit, ihm etwas zu entgegnen, denn im nächsten Augenblick lag er auf ihr; seine Hände liebkosten sie zärtlich.

Er nahm sich keine Zeit für ein zärtliches Vorspiel.

Sie stöhnte leise, als er in sie drang und fragte sich, ob er versuchte, ihr oder sich selbst oder seiner Vicomtesse weh zu tun.

Er kam schnell zum Höhepunkt und lag schwer keuchend auf ihr. Sie streichelte sein Haar, und ihre Hand wanderte mit leichten Bewegungen seinen Rücken entlang.

»Jetzt spüre ich die Erschütterung, Phillip — aber nicht auf meinem Kopf.«

Phillip lächelte flüchtig in ihre sinnlichen Augen. »Anscheinend«, sagte er mehr zu sich selbst, »muß ich in letzter Zeit anderen Menschen weh tun. Das nächste Mal mach ich es besser, das verspreche ich dir.«

Er küßte sie leicht und leidenschaftslos auf den Mund und erhob sich.

»Werde ich dich wiedersehen, Liebster?« fragte sie.

»Natürlich«, entgegnete er knapp.

»Ach ja, ich vergaß. Es ist eine Frage deiner Freiheit, stimmt's?«

Er blickte sie forschend an. »Vielleicht«, meinte er schließlich gelassen.

Sie sah ihm beim Anziehen zu.

»Es ist spät. Ich muß gehen.«

»Paß auf dich auf, Liebster«, sagte sie zärtlich. Sie horchte auf seine Schritte draußen auf der Treppe und hörte wie die Haustür zuklappte. Dann schweifte ihr Blick sinnend durch ihr elegantes Schlafzimmer, bevor sie die Kerzen löschte.

Die zierliche, vergoldete Uhr auf dem Kaminsims gab zwei melodische Schläge von sich. Sabrina lag mit offenen Augen im Dunkel und wartete darauf, Phillips Schrite auf der Treppe zu hören. Sie hatte keine Ahnung, wie man es anstellte, seinen eigenen Ehemann zu verführen, hatte aber ausreichendes Selbstvertrauen, um nicht am Gelingen ihres Planes zu zweifeln.

Plötzlich spannte sie sich an; sie hörte Schritte vor ihrer Tür, die verharrten und sich entfernten. Na schön, mein lieber Gatte, sagte sie zu sich, du hast mir ausreichend Zeit gegeben, um mich von meiner Angst vor Trevor zu erholen — und von deinem lächerlichen Edelmut. Sie zwang sich, noch einige Minuten ruhig liegen zu bleiben, um ihm Zeit zu geben, seine Kleider abzulegen und sich ins Bett zu begeben.

Endlich stand sie auf. Sie trat an den Frisiertisch, um eine Kerze anzuzünden und sich im Spiegel zu betrachten. Ihre Augen leuchteten vor Aufregung. Rasch bürstete sie ihr Haar und schlüpfte, lediglich mit dem weißen Seidennachthemd bekleidet, in den Flur hinaus und huschte zu seinem provisorischen Schlafzimmer.

Sie öffnete die Tür einen Spalt und hörte verdutzt lautes Schnarchen. Sie lächelte und schlich auf Zehenspitzen zum Bett. Dort blickte sie erstaunt auf ihren Ehemann, der auf dem Rücken lag, immer noch im Abendanzug, die Arme seitlich von sich gestreckt. Nicht gerade die romantische Szene, die ich mir ausgemalt habe, Phillip, dachte sie, und beugte sich über ihn, um ihn zu streicheln.

Plötzlich schnellte ihre Hand zurück, sie richtete sich kerzengerade auf. Sie schnüffelte noch einmal. Ein schwerer Rosenduft stieg ihr in die Nase. Das Parfum einer Frau. Er war bei einer anderen Frau gewesen! In der zweiten Nacht ihrer Ehe! Er war nichts als ein elender Weiberheld, ein Schürzenjäger. Er hatte sie betrogen, ohne ihr überhaupt eine Chance zu geben.

Sie schlich sich lautlos aus dem Zimmer, bebend vor Empörung und Erniedrigung, das Geräusch seines ungehörigen Schnarchens im Ohr. Sie mußte sich sehr zusammennehmen, um ihm nicht einen Gegenstand an den Kopf zu werfen.

Wieder in ihrem Bett, stieß sie alle Schmähungen gegen ihn aus, die ihr in den Sinn kamen. Wütend blinzelte sie die Tränen zurück. Er war zu einer anderen Frau gegangen ohne einen Gedanken an sie zu verschwenden; sie war ihm völlig gleichgültig. Sie wünschte nur, er wäre ihr ebenso gleichgültig wie sie ihm.

»Es ist fast Mittag, Mylord, und ein wunderschöner Tag, wenn ich mir die Bemerkung erlauben darf.« Dambler zog die schweren, hellgelben Samtvorhänge zurück und ließ die strahlende Sonne ins Zimmer.

Phillip öffnete ein Auge und warf seinem Diener einen verkaterten Blick zu. »Alter Moralapostel«, brummte er und fuhr sich mit der linken Hand durchs wirre Haar. »Kein Mensch würde mir glauben, wenn ich erzähle, mein Diener wirft mich morgens wie ein Feldwebel aus dem Bett.«

Der Anflug eines Lächelns erhellte Damblers wäßrige Augen, dennoch fuhr er streng fort: »Und immer noch im Abendanzug, Mylord! Warum haben Sie nicht nach mir geläutet? Auch wenn es spät war. Sie sind doch wirklich zu erwachsen für solchen Unsinn.«

»Ich weiß nicht, wieso ich mir das bieten lasse«, knurrte Phillip und schwang seine langen Beine aus dem Bett. »Sie sind ja schlimmer als ein Methodistenpfarrer. Der würde allerdings nicht wagen, in mein Schlafzimmer einzudringen.«

»Ich sagte Elkins Bescheid, damit er Ihr Bad bringt, Mylord«, fuhr Dambler ungerührt fort.

Phillip grunzte zustimmend. Zumindest legte Dambler das Grunzen als Zustimmung aus.

»Ist die Vicomtesse im Haus, Dambler?«

»Sie bespricht mit Mr. Stradling die Einzelheiten für die Abendgesellschaft.«

»Herrgott, die habe ich total vergessen. Die Einladung ist Donnerstag, wie, Dambler?«

»Ja, Mylord. Wenn ich mir erlauben darf, Ihre Ladyschaft weiß genau, was zu tun ist. Mr. Stradling hat bereits die Einladungen verschickt.«

Phillip legte sein letztes Kleidungsstück in Damblers ausgestreckte Arme. »Anscheinend werde ich zum unnützen Rumsteher in meinem eigenen Haus degradiert.«

»Wenn Seine Lordschaft die Güte hätten, wenigstens einen Abend in der Woche zu Hause zu bleiben, wäre das nicht der Fall, wage ich zu behaupten«, entgegnete Dambler mit mildem Vorwurf.

»Ich rasiere mich heute selber, vielen Dank, Dambler. Bei Ihrer Laune könnte es passieren, daß Sie mir die Kehle durchschneiden.«

Dambler zog es vor, die sarkastische Bemerkung seines Herrn zu überhören. »Ihre Ladyschaft hat die Zimmerleute und Tapezierer bestellt, um ihre Suite zu renovieren. Sie meinte in ihrer zuvorkommenden Art, es sei nicht fair, daß Ihre Lordschaft noch lange in dem viel zu kurzen Gästebett schlafen müsse.«

»So, so, die Vicomtesse hat also eine zuvorkommende Art? Sind Sie sicher, daß wir von ein und derselben Dame sprechen?«

»Mylord!« entrüstete Dambler sich mit schmerzlichem Gesicht. »Sie sind erst seit drei Tagen verheiratet!«

»Ja, und ich muß wohl noch monatelang meine Nächte in dem kurzen, unbequemen Bett zubringen!« Phillip richtete sich gerade auf. Obwohl Dambler ihn kannte, seit er in kurzen Hosen herumlief, sollte er vor seinem Diener nicht so abfällig sprechen. »Keine Sorge, wenn ich nach unten gehe, bin ich ein Ehemann wie aus dem Bilderbuch.«

»Guten Morgen, Sabrina! Hallo Peter«, grüßte er aufgeräumt beim Betreten des Zimmers. »Plant ihr die Orgie, die am Donnerstag abend hier stattfinden soll?« Sabrina trug ein fröhliches, narzissengelbes Morgenkleid, doch ihr Gesicht war bleich, und ihre veilchenblauen Augen waren von dunklen Schatten umgeben. Ein Stich der Besorgnis durchfuhr ihn. Seine Gefühle wurden jedoch schnell von ihrem feindseligen Ton verdrängt: »Guten Morgen. Peter und ich planen eine Abendgesellschaft. Deine Orgien mußt du schon selbst planen.«

In Peter Stradlings freundlichen, sensiblen Zügen spiegelte sich Verlegenheit.

Phillip blinzelte verdutzt. »Möchtest du mit mir darüber beim Lunch sprechen?«

»Ich fürchte, meine Zeit ist knapp bemessen«, meinte sie ablehnend.

»Wir werden also beim Lunch darüber sprechen«, wiederholte er in einem Tonfall, der keinen Widerspruch duldete.

»Ich habe noch eine Reihe anderer Dinge zu erledigen, Mylady«, sagte Peter hastig und warf seinem Herrn einen unsicheren Seitenblick zu. Als er sich vom Stuhl erhob, glitt die Schreibunterlage von seinen Knien und fiel zu Boden. Phillip glaubte, einen leisen Fluch seines normalerweise ausgeglichenen Sekretärs zu hören und grinste in sich hinein.

»Meine Liebe?« Er bot Sabrina den Arm.

Sabrina neigte anmutig den Kopf und legte ihre Finger kaum spürbar auf den Ärmel ihres Gatten.

Er blickte sie von der Seite an, und Lachfältchen bildeten sich in seinen Augenwinkeln.

»Ich sehe keinen Grund für deine Heiterkeit«, sagte sie steif und richtete den Blick geradeaus.

»Immer noch wütend wegen meiner ungeschickten Bemerkung über die Vermögensfrage?«

Sie blickte Phillip einen Moment verständnislos an. »Oder hast du mir etwas anderes vorzuwerfen als dein ehemaliges Vermögen?« Er spürte, wie ihre Finger sich fester auf seinen Arm legten.

»Nicht daß ich wüßte, Mylord«, sagte sie mit belegter Stimme und mied seinen Blick.

»Ich wollte nur sicher sein, Bree«, sagte er mit ebenso ausdrucksloser Stimme. »In der kurzen Zeit unserer Bekanntschaft ist es dir gelungen, eine Menge Charakterschwächen an mir festzustellen.«

»Die Liste wird anscheinend von Tag zu Tag länger. Ich hoffe, du hast dich gestern abend gut amüsiert.«

»Ausgezeichnet, meine Liebe. Ich amüsiere mich immer in netter Gesellschaft. Wir wollen uns nicht zanken. Wie gehen deine Vorbereitungen für deine erste Abendgesellschaft voran?«

Sie blieb ihm die Antwort schuldig, bis er sie an den Eßtisch begleitete und ihr den Stuhl zurechtgerückt hatte. »Meine Abendgesellschaft, Mylord?« fragte sie und nahm sich eine Scheibe Schinken. »Wirst du uns nicht mit deiner Anwesenheit beehren?«

»Ich nehme doch an, du ißt mehr als das«, meinte er mit dem Blick auf die hauchdünne Scheibe Schinken auf ihrem Teller.

»Ich bin nicht hungrig.«

»Du solltest aufblühen, jetzt, da du mit mir verheiratet bist, Sabrina, nicht abmagern.«

»Aufblühen, Mylord?«

»Ich hoffe, deine spitze Zunge wird etwas milder, wenn du etwas Fleisch ansetzt.« Er grinste sie an und schlang einen großen Bissen Schinken hinunter.

»Du scheinst dich für recht geistreich zu halten, Mylord«, meinte sie schnippisch und legte ihre Serviette neben den Teller. »Wenn du mich bitte entschuldigst, ich muß mich um allerlei kümmern — meine Abendgesellschaft.«

»Setz dich, Bree. Ich empfinde es als äußerst unhöflich, den Tisch zu verlassen, bevor dein Gatte mit dem Essen fertig ist. Außerdem«, fügte er auf ihren aufsässigen Blick hin hinzu, »möchte ich gerne deine Pläne hören — um mich darauf einzustellen.«

»Du benimmst dich ausgesprochen provozierend«, sagte sie im Setzen und nahm sich eine zweite Scheibe Schinken.

Phillip sah erfreut, daß sie noch etwas aß und schluckte eine Bemerkung über ihren Trotz hinunter. »Nun?« fragte er.

»Nun was?«

»Die Abendgesellschaft, meine Beste. Welche Vergnügungen hast du vorgesehen?«

Sie dachte an die Art Vergnügungen, die er offenbar vorzog und wurde so wütend, daß sie sich in die Wange biß.

»Vielleicht darf ich dir Ratschläge geben, wie du dir beim Essen keine Verletzungen zuziehst. Ich erinnere mich, daß ich bei Erreichen meines achtzehnten Lebensjahres die Kunst des Kauens bereits hervorragend beherrschte.«

»Und ich bin sicher, daß du noch viele andere Künste beherrschst, Mylord!«

Sie nahm die Hand von der schmerzenden Wange und starrte ihn an.

»Besten Dank. Es ist eine Weile her, daß du mir, verehrte Gemahlin, ein Kompliment gemacht hast. Ja, ich denke, ich komme in den meisten Lebensbereichen ganz gut zurecht«, fügte er bescheiden hinzu. »Ich hoffe, du vergißt dabei nicht meine ärztliche Kunst bei deiner Krankenpflege.«

Obwohl er sich unerträglich benahm, war Sabrina gerechterweise bereit, ihm das zuzugestehen. »Nein, das kann ich nicht vergessen«, sagte sie mit leiser Stimme.

»Auch nicht das denkwürdige Bad. Du liebe Güte, welche Haarfülle!«

»Wäre ich nicht so geschwächt gewesen, wäre ich ganz gut alleine zurechtgekommen.«

»Aha, die Dame gesteht wenigstens, daß sie meine bescheidenen Dienste brauchte.« Er schluckte den letzten Bissen seines Schinkens hinunter, wischte sich den Mund und lehnte sich im Stuhl zurück.

»Ich brauche deine Dienste nicht länger, Phillip, bescheiden oder nicht!«

»Du wirst mich immer brauchen, Sabrina.« Er senkte die Stimme, und sie spürte, wie ihr bei seinem zärtlichen Ton die Gänsehaut über die Arme kroch. Nein, er war ein lüsterner Schurke, und sie wollte nichts mit ihm zu tun haben. Sie warf den Kopf zurück. »Genug mit dem Unsinn, Mylord. Willst du nun meine Pläne für die Soiree am Donnerstag hören oder nicht?«

Phillip gab ihr mit einem Handzeichen zu verstehen, sie möge beginnen. Obgleich er es nicht eingestehen wollte, hatte er Spaß an den Wortgefechten mit ihr. Am Ende ihrer Aufzählung der Menüfolge nickte er anerkennend.

»Eindrucksvoll, Bree. Vielleicht gar keine schlechte Idee, sich seine Braut aus der Wildnis Yorkshires zu holen. Gestatte mir, die Weine auszuwählen, und ich garantiere dir, wir werden Mühe haben, die Tafel nach dem Dessert aufzuheben.«

Sabrina spürte, wie sie bei seinem Lob errötete und erhob keinerlei Einwände, als er die Weinfolge änderte, die sie ausgewählt hatte. »Ich habe Peter beauftragt, das Orchester von Mr. Huxley zum Tanzen zu engagieren«, fuhr sie fort. »Ich tanze so gerne Walzer, und Greybar meinte, Huxleys Kapelle spiele sie meisterhaft.«

Phillip hob eine Augenbraue. »Tanzen? Ich dachte, wir veranstalten nur ein festliches Dinner.«

»Ich weiß, ein Orchester zu engagieren ist ziemlich teuer, aber ich übernehme die Kosten«, sagte sie trotzig.

Phillip konnte es sich nicht verkneifen, sie zu hänseln. »Du vollbringst Wunder. Ich dachte, dein unermeßlicher Reichtum ist nun in meine Hände übergegangen. Wovon willst du ein Tanzorchester bezahlen?«

Sie hätte sich eine Ohrfeige geben können, denn er hatte sie ausgetrickst. »Ich werde die Kosten eben ratenweise vom vierteljährlichen Wirtschaftsgeld bezahlen. Ich hoffe, du erweist dich darin nicht kleinlich.«

»Keineswegs, meine Liebe. Ich möchte nicht hören, Derencourt halte seine Gattin zu kurz. Du mußt nicht auf Garderobe und ähnliches verzichten, nur weil du ein Orchester engagiert hast.«

»Du bist unerträglich«, stieß sie hervor und stand so abrupt auf, daß der Stuhl bedenklich ins Wanken geriet. Er war sofort zur Stelle und bewahrte den Stuhl vor dem Umkippen. Er legte ihr die Hände auf die Arme und meinte weich: »Vorsicht, mit einem gebrochenen Bein kannst du nicht tanzen, Bree. Oder möchtest du gern, daß ich wieder deine Krankenpflege übernehme?«

Sie blickte in seine braunen Augen, und eine wehmütige Sehnsucht nach seiner zärtlichen Berührung erfüllte sie. Unwillkürlich hob sie die Hand, um sie auf seine zu legen, zog sie aber blitzschnell zurück. Er war ein treuloser Schurke, und sie hatte nicht die Absicht, in die lange Kette seiner Eroberungen eingereiht zu werden. Sie setzte sich steif hin und wartete darauf, daß er sich entfernte.

Phillip richtete sich auf und blickte stirnrunzelnd auf sie herab. Er hatte das Verlangen in ihren veilchenblauen Augen gesehen, auch die zögernde Handbewegung war ihm nicht entgangen. Im stillen verfluchte er Trevor, ihr solche Angst vor Männern eingejagt zu haben. Das ist wohl der Gipfel der Ironie, dachte er, und kehrte ihrer steif dasitzenden Gestalt den Rücken zu: Beau Mercerault ist verheiratet, und seine Frau ist immer noch Jungfrau.

»Welches Kleid wirst du tragen?« fragte er gelassen.

»Rosa Satin«, brachte sie hervor. »Die Schneiderin hat es noch nicht geliefert.«

Er nickte geistesabwesend, achtete kaum auf ihre Worte.

»Wünschst du noch etwas zu besprechen?« hörte er sie mit höflicher, formeller Stimme fragen.

»Nein Sabrina, nichts mehr«, sagte er, und seine Stimme klang unnatürlich schroff, sogar in seinen eigenen Ohren. Er trat an eines der hohen Bogenfenster.

Sabrina verließ das Eßzimmer und fühlte sich sehr unglücklich. Die Lieferung ihres rosa Satinkleides später am Nachmittag entlockte ihr nicht einmal ein Lächeln.

KAPITEL 12

Liebevoll befestigte Doris das letzte Löckchen an der kunstvollen Frisur auf Sabrinas Kopf, trat einen Schritt zurück und betrachtete ihre Herrin erwartungsvoll.

»Sie sehen wunderschön aus, Mylady«, sagte sie schließlich, um sie auf sich aufmerksam zu machen.

»Verzeih, Doris. Du hast ein Wunder vollbracht.« Sabrina erhob sich und betrachtete sich von allen Seiten in dem hohen Spiegel. Das rosa Satinkleid mit dem Besatz aus Valenciennespitzen am Mieder und an den langen Ärmeln war hochelegant, und sie wirkte darin keineswegs zu dünn. Ihre Hand griff nach einer einreihigen Perlenkette, als ein leises Klopfen an der Tür zu hören war. Sie nickte Doris zu und begann, am Verschluß der Perlenkette zu nesteln.

»Mylord!«

Sabrina fuhr beim Ausruf ihrer Zofe herum und hielt vor Staunen die Luft an. Phillip stand auf der Türschwelle, in strenges Schwarz gekleidet. Sein Halstuch war so makellos weiß, daß es sich kühl anfühlen mußte, dachte sie. Sie mußte sich zusammennehmen, um ihm nicht zu sagen, wie gut er aussah.

Sie spürte seinen Blick auf sich. Seine braunen Augen nahmen jede Einzelheit ihrer Gestalt auf, wie ein Mann, der ein Pferd kaufen möchte, dachte sie und schürzte die Lippen.

»Es fehlt nur eine winzige Kleinigkeit, meine Liebe, und sämtliche Herren werden dir heute abend zu Füßen liegen.«

»Guten Abend, Mylord. Und was wäre diese Kleinigkeit?«

Phillip hielt ihr lächelnd die linke Hand hin. Auf seiner

Handfläche lag ein langes, schmales Etui. »Ich denke, das wird deine Schönheit perfekt unterstreichen.«

Sie hob gereizt die Schultern wegen seines gezierten Getues und öffnete das Etui. Auf mattem, schwarzem Samt lag ein funkelndes Diamanthalsband.

Sie holte entzückte Luft. »Phillip, das ist wunderschön! Ich habe noch nie einen Diamanten besessen«, rief sie in aller Unschuld.

Sie fingerte eine Weile an dem Verschluß herum. Seine starken Finger schlossen sich um ihre. »Wenn du gestattest, Sabrina. Ich möchte das Ding nicht schon morgen zu Rundle & Bridge zur Reparatur bringen lassen.«

Sie spürte die Kühle der blitzenden Edelsteine auf ihrer Haut, die Wärme seiner Finger in ihrem Nacken. Sie glaubte, er müsse ihr Zittern spüren und warf ihm einen flüchtigen Blick über die Schulter zu. Er war mit dem Verschluß des Schmuckstücks beschäftigt und schien nichts zu bemerken.

»Fertig. Sieh in den Spiegel, Sabrina.«

Es schien eine Weile zu dauern, bis sie begriff. Deshalb legte er seine Hände auf ihre Oberarme und drehte sie langsam zum Spiegel. Ihre Augen waren auf sein Gesicht gerichtet und nicht auf das Diamanthalsband. Er grinste.

»Was ist mit dir, meine Teure? Mißtraust du mir so sehr, daß du es nicht wagst, mich aus den Augen zu lassen?«

»Unsinn«, sagte sie und klang ein wenig atemlos. Sie sah sich im Spiegel und hielt verwundert den Atem an. »Ich sehe ganz anders aus.«

Phillip lachte und wandte sich vom Spiegel, um sich in ihrem neuen Schlafzimmer umzusehen. »Hast du dich bereits eingewöhnt, Bree?«

»Ja. Es riecht noch ein wenig nach frischer Farbe, aber wie du siehst, haben die Dekorateure ihre Sache sehr gut gemacht.«

Phillips Hand strich über einen mit hellblauem Samt bezogenen, französischen Sessel. Sie mißverstand seine Geste und bemerkte scharf: »Zugegeben, Möbel und

Stoffe waren nicht gerade billig. Ich werde dafür selbstverständlich aus meinen eigenen Mitteln aufkommen.«

Er hob den Kopf und verbarg seinen erstaunten Blick unter gesenkten Lidern. Da sie bereits wieder vor Zorn glühte, sagte er nur trocken: »Ich beglückwünsche dich zu deinen wirtschaftlichen Fähigkeiten.«

Sie malmte mit den Zähnen, denn der Preis für das rosa Satinkleid überstieg ihrer Meinung nach jedes Maß.

»Das Halsband solltest du allerdings als Hochzeitsgeschenk betrachten«, fügte er scherzhaft hinzu.

»Wie freundlich und großzügig, Mylord!«

»Das hat man mir oftmals bestätigt, meine Liebe«, entgegnete er.

»Ich dachte, Rosen seien dein bevorzugtes Geschenk«, schnappte sie bissig, ohne über seine Worte nachzudenken.

»Rosen? Es dürfte ziemlich schwierig sein, um diese Jahreszeit in unseren Breiten Rosen aufzutreiben.«

Sie biß sich auf die Lippen und wandte sich ab. Sie hatte nicht die Absicht, ihn wissen zu lassen, daß sie über eine gewisse Dame Bescheid wußte, die schweren Rosenduft liebte.

Er blickte sie einen Augenblick lang sinnend an, dann bot er ihr den Arm. »Es ist Zeit, unsere Gäste zu begrüßen, Sabrina. Ich habe eine Überraschung für dich, einen Herrn, der nicht auf deiner Gästeliste stand.«

»Wer mag das wohl sein, Mylord?«

»Wenn ich dir das sage, ist es keine Überraschung mehr. Geduld, Vicomtesse.«

Unter den zwanzig Gästen, die in raschelnden Seidenroben um den Eßtisch Platz nahmen, war kein einziges unbekanntes Gesicht.

Als der Vicomte sich an der Stirnseite der Tafel niederließ, mußte sie ihre Ungeduld bezähmen. Vielleicht einer seiner schlechten Scherze, dachte sie und blickte mit leicht gefurchter Stirn über die Entfernung hinweg auf ihren strahlenden Gatten. Dann wandte sie ihre Aufmerksamkeit Lord Alvaney zu, der sich große Mühe gab, sie zu unterhalten.

Während gebratener Fasan aufgetragen wurde, wandte Sabrina ihren Blick in Richtung Lady Barresford und stellte erleichtert fest, daß die frostigen Gesichtszüge ihrer Tante von einem Lächeln erwärmt wurden. Niemand hatte ihre Einladung ausgeschlagen, und Sabrina fragte sich mit leisem Sarkasmus, ob die Gäste nur gekommen waren, um zu sehen, ob sie sich eine Blöße gab.

Sie konnte nicht umhin, die charmante Art ihres Gemahls in den Gesprächen mit den Gästen zu bewundern. Herren wie Damen schienen sich beglückt in seiner ritterlichen Aufmerksamkeit zu sonnen. Es gab nur einen Herrn, der es ihm gleich tat. Der Graf von March, in der Mitte der langen Tafel plaziert, an seiner Seite die wunderschöne Gräfin, fühlte sich ganz in seinem Element. Die junge Gräfin March begegnete ihr mit ausgesprochener Herzlichkeit. »Meine Liebe«, hatte sie ihr mit verschwörerischer Stimme beim Aperitif im Salon zugeflüstert. »Wir sollten darüber sprechen, wie wir ihm seine gräßlichen Junggesellenallüren abgewöhnen. Bitte besuchen Sie mich bald in meinem Haus am Grosvenor Square, um geeignete Strategien zu besprechen.«

Gegen zehn Uhr hatte der Ballsaal sich mit beschwingten Tänzern gefüllt — zum Entzücken der Gastgeberin. »Dein Gemahl scheint es mit dir recht gut getroffen zu haben, Sabrina«, bemerkte Tante Barresford und musterte die Tanzpaare mit brummiger Anerkennung. »Teresa Elliott muß einen Tobsuchtsanfall bekommen haben, weil sie keine Einladung erhielt.«

»Sie irren, Tante«, widersprach Sabrina heiter. »Ich habe ihr persönlich eine Einladung geschickt. Wenn Sie es vorzieht, nicht zu erscheinen, ist es ihre Sache.«

»Was bist du nur für ein seltsames Geschöpf!« rief Lady Barresford verwundert aus.

»Ich möchte keine Feinde haben, Madame. Aber sehen Sie, Miß Elliott ist doch gekommen, in Begleitung ihres

Bruders. Armer Kerl! Sieht aus, als führe man ihn zur Schlachtbank.«

Obschon Wilfred Elliott sich nicht direkt wie ein gerupfter Vogel auf einer Silberplatte vorkam, so fühlte er sich dennoch nicht unbedingt wohl in seiner Haut. Die dunklen Augen seiner Schwester glitzerten gefährlich. Mit leiser, beherrschter Stimme sagte er: »Du hast die ganze Woche gewütet und getobt, Schwesterherz. Nun nimm dich zusammen und mach ein freundliches Gesicht.«

»Sieh sie dir nur an«, zischte sie giftig. »Wie erhaben sie tut, gerade so, als gehöre sie hierher.«

»Sie gehört hierher. Ich habe dir unzählige Male gesagt, wenn du auf deine gesellschaftliche Position Wert legst, solltest du ein freundliches Gesicht machen. Der Vicomte Derencourt scheint nicht der Mann zu sein, der schlechtes Benehmen duldet.«

Teresa sah sich zum Schweigen gezwungen, als sie sich in der Begrüßungsschlange den Gastgebern näherten.

»Wie reizend, daß Sie kommen konnten«, sagte Sabrina und nickte Miß Elliott und ihrem Bruder freundlich zu.

Teresa neigte den Kopf, ihr Blick dem Profil des Vicomtes zugewandt.

»Mylord«, sagte Sabrina und zupfte Phillip leicht am Ärmel. »Miß Elliott und ihr Bruder Wilfred.«

Phillip unterbrach sein Gespräch mit Lord William Ramsey. Die herzliche Wärme wich umgehend aus seinen schönen, braunen Augen.

»Wie unartig, Mylord, sich so überstürzt mit Miß Eversleigh zu vermählen«, schalt Teresa mit gurrender Stimme. »Dabei blieb mir nicht einmal Zeit, die Braut richtig kennenzulernen.«

Phillip warf Sabrina einen schnellen Seitenblick zu, der ihr Vergeltung versprach, denn sie hatte ihm verschwiegen, daß sie Miß Elliott eingeladen hatte. »Ich muß gestehen, Teresa«, meinte er unverbindlich, »hätte ich sie nicht überreden können, mich so rasch zu heiraten, hätte ich die schönste Frau von London vermutlich an einen anderen Bewerber verloren.« Bevor Teresa wieder Atem schöpfen konnte, wandte Phillip sich an ihren Bruder. »Will, ich hoffe, Ihre Homerischen Studien nehmen Sie nicht zu sehr in Anspruch.«

»Keineswegs, Mylord.« Wilfred verneigte sich mit einem freudigen Glanz in den Augen. »Homerisch«, widerholte er beglückt. »Sehr geistreich, Mylord.«

Phillip neigte den Kopf. Und die Elliotts begaben sich in den Ballsaal.

»Du Schmeichler, Phillip«, flüsterte Sabrina. »Die schönste Frau von London, wahrhaftig!«

»Zweifelst du an meinem Geschmack, Sabrina? Oder an meinen Worten?«

Die nächsten Gäste beanspruchten ihre Aufmerksamkeit, und es dauerte zehn Minuten, bevor Phillip sich wieder an Sabrina wandte. »Tanz mit mir, Bree. Ich denke, ich habe endlich alle Gäste begrüßt.«

»Und kein einziger war eine Überraschung, Phillip.«

»Vielleicht wollte er nicht kommen«, sagte er und nahm ihren Arm.

Wegen der vielen Tänzer konnte er sie nicht so raumfüllend im Kreis herumschwenken, wie sie es liebte. »Ich denke, der Abend ist ein voller Erfolg.«

Sabrinas Augen strahlten vor Vergnügen. »Weißt du, Mylord, nicht jeder in London ist unfreundlich zu mir.«

Er stöhnte. »Ich mag zwar die schönste Frau von London geheiratet haben, wenn ich aber Sätze wie diesen höre, fürchte ich, auch die naivste Frau.«

Da der erste Teil seines Satzes ein Kompliment enthielt, zog Sabrina es vor, den Rest zu ignorieren. »Die Herzogin von March, Kate St.Clair, war sehr freundlich zu mir, muß ich gestehen.« Sabrina zog eine Augenbraue hoch und blickte ihn kokett an. »Sie versprach mir zu helfen, dir deine gräßlichen Junggesellenallüren abzugewöhnen.«

Phillip erinnerte sich an die Worte des Herzogs vor wenigen Tagen im Sportclub. Mehr zu sich selbst sagte er:

»Julien nimmt sich den Rat selbst zu Herzen, den er mir gegeben hat. Ich kenne keine widerspenstigere Dame als seine Gattin.«

»Was soll das Gerede über widerspenstige Damen?« forderte Sabrina leicht gereizt zu wissen.

Ein freier Platz auf dem Tanzparkett tat sich auf, und Phillip drehte sie schwungvoll im Kreis. Als er wieder ein gemäßigtes Tempo anschlug, lachte sie atemlos: »Wie gut du tanzt, Mylord.«

»Habe ich dir nicht erzählt, daß ein Mann von Welt auch diese Kunst beherrschen muß?«

Ja, dachte sie, und blickte unverwandt auf den Knoten seines Halstuchs, du Casanova und Schürzenjäger. Er spürte, wie sie sich ihm entzog. Wie empfindlich sie auf jeden seiner Scherze reagierte.

Die Musik verstummte, und Phillip meinte: »Unser Überraschungsgast ist angekommen. Wenn ich nicht irre, möchte er mit dir tanzen.«

Sabrina glaubte eine gewisse Kälte in seiner Stimme zu hören. Sie drehte sich um und stand Richard Clarendon gegenüber.

»Richard!« rief sie erfreut und begrüßte ihn mit einem tiefen Knicks.

Richard blickte auf die schlanke, junge Frau vor ihm und vergaß einen Augenblick seinen galanten Charme. »Geht es Ihnen gut, Sabrina?« fragte er förmlich.

»Ausgezeichnet, Euer Gnaden.«

»Ich bin entzückt, daß Sie kommen konnten, Richard«, begrüßte Phillip ihn leise. »Meine Frau tanzt leidenschaftlich gern Walzer. Ich bin bereits vor Erschöpfung außer Atem. Was halten Sie von einer Art Wachablösung?«

»Vielleicht tanzt Richard nicht gern«, meinte Sabrina ausweichend, verwirrt über das ungewöhnliche Ansinnen ihres Gemahls.

Richard Clarendon nickte Phillip zu und nahm Sabrinas Arm. Sie lächelte schüchtern zu ihm hoch und mußte dabei den Kopf in den Nacken legen, denn er war um einiges größer als der Vicomte. Er drehte sich mit ihr in den Kreis der Tanzenden.

»Guter Gott, Phillip! Warum hast du das getan?«

Phillip wandte sich um und sah Charles Askbridge neben sich stehen, die Stirn verwundert in Falten gelegt.

Phillip blickte auf seine manikürten Fingernägel. »Clarendon ist gerade in der Stadt, und er ist ein Freund, Charles. Soll ich ihm den Zugang zu meinem Haus verwehren?«

»Wenn ich mir Clarendons Gesicht ansehe, würde ich sagen, er begehrt sie immer noch. Bringst du Sabrina damit nicht in eine heikle Situation?«

»Es wäre mir lieber, wenn du weniger unverschämte Fragen stellen würdest«, meinte der Vicomte ausweichend. »Bitte entschuldige mich, ich muß meinen Pflichten als Gastgeber nachkommen.« Er machte auf dem Absatz kehrt und ließ Charles Askbridge stehen.

Sabrina empfand das Schweigen in zunehmendem Maße unangenehm. »Geht es Ihrer Frau Mutter und Ihrem Sohn gut, Richard?«

»Ja«, antwortete er knapp. Sabrina wunderte sich über seine Verschlossenheit.

»Habe ich Sie in irgendeiner Weise beleidigt, Richard?«

Seine dunklen Augen blitzten einen Augenblick auf. »Natürlich nicht«, sagte er leise. »Ich habe mich selbst beleidigt.«

»Das verstehe ich nicht, Euer Gnaden.«

»Ich verstehe mich mitunter selbst nicht, Sabrina«, meinte er kopfschüttelnd. Das Mädchen in seinen Armen war nunmehr die Vicomtesse Derencourt, und es gab nichts auf der Welt, das diese Tatsache ändern konnte. »Ich habe von Ihrer Hochzeit gelesen.«

Sie entgegnete gleichmütig: »Ja. Es ist jetzt fast eine Woche her.«

Er blickte sie sinnend an. Was wäre wohl geschehen, hätte er sich nicht nach der Abfuhr, die sie ihm in Moreland erteilt hatte, auf eines seiner Landgüter im Norden zurückgezogen? Wenn er wie Phillip in London geblieben wäre, nachdem Teresa Elliott sie in der Öffentlichkeit bloßgestellt hatte? Er gab Phillip keine Schuld. Er wünschte nur, er wäre ihr Retter gewesen. Er bemerkte ihren fragenden Blick und wechselte rasch das Thema.

»Bevor ich nach London kam, besuchte ich Monmouth Hall. Ihrem Großvater geht es viel besser. Ihr heimtükkischer Cousin versicherte mir etwa ein dutzend Mal, der Graf werde bald wieder gesund sein.«

»Einen Tag vor meiner Hochzeit erhielt ich einen Brief von meinem Großvater. Er scheint guter Dinge zu sein. Haben Sie ihn gesehen, Richard?«

»Ja, aber nur kurz. Er ermüdet noch schnell.«

»Und Elisabeth?«

Richard meinte zurückhaltend: »Sie scheint Freude daran zu haben, die Schloßherrin zu spielen.« Das schien wohl auch ihre einzige Freude zu sein. Es war allgemein bekannt, daß Trevor jeder einigermaßen ansehnlichen Magd in Monmouth Hall unter die Röcke griff, und das alles vor den Augen seiner Frau. Er glaubte, Sabrina könne seine Gedanken lesen, als sie fragte: »Behandelt Trevor meine Schwester gut?«

»In der Öffentlichkeit, ja«, entgegnete er ehrlich. »Ich bin froh, daß Sie nicht mehr in diesem Haus leben.«

»Arme Elisabeth«, sagte sie traurig. »Trevor ist ein grausamer, egoistischer Mensch. Sie wollte nicht auf mich hören.«

»Ich erinnere mich nicht, daß Elisabeth auf irgendeinen Menschen gehört hätte.« Und ohne Übergang bemerkte er: »Sie sind zu dünn, Sabrina.«

Sie blickte ihn erschrocken an. »Sie und Phillip!« lachte sie dann. »Wenn es nach Euch beiden ginge, wäre ich fett wie ein Weihnachtsputer.« Seine Hand festigte sich um ihre Mitte. Sie blinzelte ihn an. Seine dunklen Augen glitzerten, und sie hätte gerne gewußt, was er dachte.

Richard wünschte, er wäre nicht gekommen, denn er fühlte sich immer noch zu heftig zu ihr hingezogen, um seinen Frieden zu finden. Der Zeitvertreib mit verheirateten Damen war ihm zwar höchst vergnüglich, doch der Gedanke, mit Sabrina zu flirten, erschien ihm geschmacklos. Ich entwickele mich zum Moralapostel, schalt er sich.

»Ihr Ball ist ein großer Erfolg«, sagte er und war froh, seiner Stimme einen gleichmütigen Tonfall zu geben.

»Ja, Phillip ist wirklich sehr großzügig.« Sobald der Satz über ihre Lippen gekommen war, bedauerte sie die Worte auch schon. Selbst für ihre eigenen Ohren klangen sie bitter. Wenn sie glaubte, der Marquis überhöre ihre Worte, so irrte sie.

»Sind Sie nicht glücklich?« fragte er scharf. Seine Hand schloß sich fest um ihre Finger, und sie fürchtete, er breche ihr die Knöchel.

»Was für eine absurde Frage!« lachte sie, doch ihre Stimme klang etwas zu spitz. »Ich bin nicht mehr die naive Unschuld vom Lande, Euer Gnaden. Ich habe in kurzer Zeit viel gelernt.«

Der Walzer verklang. Richard nahm ihre Hand und legte sie auf seinen Arm, seine Finger fühlten sich warm und sanft an. »Kommen Sie Sabrina, wir wollen von Ihrem Punsch kosten.«

Sie nickte und warf ihrem Gatten einen Seitenblick zu, der sich lachend mit einer auffallenden Schönheit mit kastanienbraunem Haar unterhielt, deren Name ihr entfallen war.

»Ja, gerne«, willigte sie leise ein und wandte den Blick vom Vicomte.

»Ach du meine Güte«, rief sie plötzlich beim Geräusch von zerreißendem Stoff und blieb wie angewurzelt stehen. Verärgert sah sie auf ihren Rocksaum hinunter. »Ich bin in meinem Kleid hängengeblieben«, sagte sie und untersuchte die abgerissene Rüsche. »Verzeihen Sie, Euer Ehren, aber ich muß mir die Rüsche annähen, sonst stolpere ich beim Tanzen darüber.«

»Gestatten Sie, daß ich Ihnen Beistand leiste, Sabrina«,

bat Richard charmant lächelnd. »Ich verstehe mich ausgezeichnet auf solche Arbeiten.«

»Irgendwie scheinen Sie mir als Kammerzofe nicht geeignet zu sein.«

»Ich hoffe es! Aber Sie werden sehen, ich habe ziemlich geschickte Finger.«

Sabrina schüttelte lachend den Kopf. »Sie und Phillip, Ihr seid vom gleichen Schlag. Ihr beide müßt immer das letzte Wort haben. Na schön, Euer Gnaden, am Ende des Korridors ist ein kleines Zimmer, in dem wir beide uns ungestört meiner Rüsche widmen können.«

Phillip beobachtete aus den Augenwinkeln, wie Sabrina am Arm des Marquis den Ballsaal verließ. Richard hielt den Arm seiner Gemahlin etwas zu besitzergreifend, fand er.

»Wenn Sie mich entschuldigen, Miß Patterson.« Mit einem charmanten Lächeln verneigte er sich vor der Schönheit an seiner Seite. »Meine Pflichten als Gastgeber ... Sie verstehen.«

Er verließ den Ballsaal gerade noch rechtzeitig, um zu sehen, wie Sabrina Richard anlachte und den Korridor nach hinten ging. Ohne es zu wollen, schlich er ihnen nach. Sabrina öffnete die Tür zu einem kleinen Zimmer, das sie als privaten Salon nutzte, und schloß sie wieder.

Er ballte die Fäuste. Kalte Wut stieg in ihm hoch. Er gestand sich ein, daß seine Einladung an den Marquis weit mehr als nur eine Freundschaftsgeste war. Er wollte sich vergewissern, daß Sabrina nichts für Richard Clarendon übrig hatte. Er starrte auf die geschlossene Tür und fand Sabrinas Verhalten absolut empörend. Er drehte auf dem Absatz um und betrat den Ballsaal wieder.

»Sie sind mir eine schöne Hilfe, Euer Gnaden«, schalt Sabrina. Richard saß lässig auf dem kleinen Sofa neben ihr und sah zu, wie sie die Rüsche mit Nadeln feststeckte.

»Betrachten Sie mich als Inspiration.«

»Musen sind sinnvoll für Dichter und Maler, aber doch nicht für so triviale Arbeiten wie das Nähen«, meinte sie lachend und stach sich dabei in den Finger. »Autsch!« rief sie und hob den verletzten Finger an die Lippen.

»Nun kann ich Ihnen doch eine Hilfe sein, Sabrina.« Richard kniete vor ihr nieder, nahm ihren Finger und untersuchte ihn. Ein kleiner Blutstropfen bildet sich auf der Fingerkuppe, und Richard hob ihren Finger an die Lippen und küßte den Blutstropfen weg.

Sabrina saß ganz still und starrte bestürzt auf seinen geneigten Lockenkopf. »Richard ...«, fing sie an, ohne zu wissen, was sie eigentlich sagen sollte.

Er brummte, ließ ihre Hand los und erhob sich. Verlegen fuhr er sich mit der Hand durchs Haar.

»Tut mir leid, Sabrina. Ich hatte nicht die Absicht ...«

Sabrina erhob sich gleichfalls und legte ihre Hand auf seinen Ärmel. »Sagen Sie nichts, Richard. Vergessen wir es. Als Freund sollten Sie ...«

»Verdammt, ich will nicht Ihr Freund sein! Sie wissen, daß ich Sie geheiratet hätte, auch nach allem, was zwischen Ihnen und Phillip vorgefallen ist.«

Sie erstarrte und drückte ihren Rücken steif durch. Sie fühlte sich schwach, und ihre Stimme klang sehr dünn: »Zwischen Phillip und mir ist nichts vorgefallen. Und ich gestehe, es wird vermutlich auch nichts Besonderes vorfallen.«

Ein gespannter Ausdruck trat in das wettergegerbte Gesicht des Marquis. Guter Gott, dachte er, wie vom Donner gerührt, sie liebt ihn. Die Unschicklichkeit der Situation traf ihn nun mit aller Macht. In ihrer Unschuld hatte sie sich nichts dabei gedacht, mit ihm in dieses Zimmer zu gehen — alleine. Was sie jetzt weiß Gott nicht brauchen konnte, waren weitere Lästerzungen. Er lächelte sie zärtlich an, hob langsam ihre Hand und küßte behutsam ihre Finger. »Ich wollte Sie nicht kränken, meine Liebe. Es war meine Unbesonnenheit und bedauerlicherweise so manche Erfahrung mit Frauen, denen Sie in keiner Weise gleichen. Es wird sich alles zum Guten wenden, Sabrina, Sie werden sehen. Nun muß ich gehen. Sie müssen in den Ballsaal zu ihren Gästen zurückkehren, bevor man Sie vermißt. *Au revoir,* Sabrina.«

Er verließ eilig das Zimmer, und Sabrina starrte auf die verschlossene Tür.

Gegen zwei Uhr morgens war Sabrina so erschöpft, daß sie ihr Gähnen kaum unterdrücken konnte, als die Zofe ihr Haar bürstete. Plötzlich wurde die Schlafzimmertür geöffnet, und sie sah Phillip im Spiegel.

»Du kannst jetzt gehen«, befahl er dem Mädchen und blieb an der Tür stehen, bis das Mädchen sich entfernt hatte. Dann gab er der Tür mit dem Stiefelabsatz einen Stoß, daß sie ins Schloß fiel.

Sabrina fuhr im Stuhl herum und betrachtete ihn mit einigem Erstaunen. »Hast du die letzten Nachtschwärmer nach Hause geschickt?«

»Ja.« Er lümmelte sich in den Stuhl ihr gegenüber und begann die Fingerspitzen gegeneinander zu trommeln.

»Wir haben keinen zweiten Walzer miteinander getanzt, Phillip«, begann Sabrina, weil ihr nichts anderes einfiel. »Du warst so sehr mit den Damen beschäftigt, daß ich fürchtete, die Gäste würden überhaupt nicht mehr gehen.«

Seine Hand wischte ihre Worte fort. »Zum Glück hattest du soviel Verstand, in den Ballsaal zurückzukehren, bevor die bösen Klatschmäuler deine Abwesenheit bemerkt hatten.«

»Ich habe den Saum meines Kleides heruntergerissen und mußte ihn feststecken.«

»Nie um eine Ausrede verlegen. Dummerweise habe ich gesehen, wie du mit Richard Clarendon in deinem kleinen Privatsalon verschwunden bist.«

Sabrina wurde ganz still. »Was willst du damit andeuten, Phillip?«

»Ich will damit andeuten, daß ich dir Gelegenheit gab, Clarendon deine Gleichgültigkeit zu zeigen, doch du hast dich im höchsten Maße unschicklich benommen.«

Sabrina schnellte vom Stuhl hoch, ihr Gesicht von wütender Röte überzogen. »Bei Gott, Mylord, das übersteigt jedes Maß! Du besitzt die Frechheit, in mein Schlafzimmer einzudringen und mir zu sagen, du hast Richard nur eingeladen, um mich einer Art Prüfung zu unterziehen?«

»Nein, natürlich nicht. Ich bin sehr wohl in der Lage, meine Gattin ohne Tricks unter Kontrolle zu halten. Aber ich muß an deinen Gefühlen für Richard Clarendon zweifeln.«

»Du bist ein lüsterner Heuchler! Hinaus, Phillip! Ich habe keine Lust, mir deine Unverschämtheiten länger anzuhören!«

Er erhob sich wie ein gefährliches Raubtier, zum Sprung bereit. »Vergiß nur nicht, dies ist *mein* Haus, in dem ich genau das tue, was mir gefällt. Ich dulde Richard Clarendon nicht als deinen Liebhaber, im übrigen dulde ich auch keinen anderen Mann als deinen Geliebten.«

»Sieh dich vor, Phillip!« warnte sie tonlos. »Du klingst wie ein eifersüchtiger Ehemann. Wo es keine Liebe gibt, ist der Boden zu karg, um solche Gefühle zu kultivieren.«

»Ich lasse mich nicht zum Hahnrei machen, Sabrina. Du hast heute abend mit Clarendon geflirtet. Und das reicht. Es würde dir im übrigen gut anstehen, etwas Dankbarkeit zu zeigen, nach all dem, was ich für dich getan habe.«

Sie war sprachlos vor Zorn. Sie holte mit der Hand aus, um ihn zu schlagen, doch er umfing ihr Handgelenk und hielt es umklammert.

»Du eingebildeter, selbstgerechter Affe«, fauchte sie und versuchte sich seinem Griff zu entwinden. »Nur weil du einen schlechten Charakter hast, solltest du mich nicht mit deinem Maß messen. Und was deine lächerliche Dankbarkeit betrifft, so komme ich allmählich zur Überzeugung, daß die Tage, die ich in diesem elenden Hotel zugebracht habe, geächtet von der Gesellschaft, angenehmer waren, als unter einem Dach mit dir zu leben!«

»Reize mich nicht, Sabrina!« knurrte er.

»Dich reizen! Ich habe dir nichts getan. Aber du bist anscheinend zu dumm, um das zu kapieren!« Sein Griff lockerte sich. Sie riß sich los, trat einige Schritte zurück und rieb sich das Handgelenk.

»Sabrina«, begann er unsicher und streckte die Hand versöhnlich nach ihr aus.

Sie zuckte zusammen und wich noch weiter nach hinten. »Du hast mir in aller Deutlichkeit zu verstehen gegeben, daß dies dein Haus ist, daß ich nur eine Ausgestoßene bin, eine Frau, die auf deine Großzügigkeit und Gutmütigkeit angewiesen ist. Sag mir, Phillip«, fuhr sie mit tödlich ruhiger Stimme fort, »welchen Preis verlangst du für meinen Aufenthalt in deinem Haus? Ich bin gern bereit, ihn zu bezahlen, da mir die Rolle eines dankbaren Pensionsgastes nicht sonderlich behagt.«

»Ich habe mich geirrt«, sagte er langsam, seine Augen forschend in ihr Gesicht gerichtet. »Dies ist dein Zimmer. Ich wünsche dir eine gute Nacht, Sabrina.« Er ging rasch zur Tür.

Ihre Stimme klang klar und höhnisch: »Möchtest du nicht hören, wie deine lüsterne Gattin den Marquis von Arysdale verführte? Ich wette, die Geschichte wird dich nicht langweilen!«

Phillips Hand festigte sich um den Türgriff, er drehte sich jedoch nicht um. Er hörte den hysterisch-schrillen Ton in ihrer Stimme und schwieg. Leise schloß er die Tür hinter sich. Sabrina stand mitten im Zimmer, in ihren Augen glänzten ungeweinte Tränen.

KAPITEL 13

In den nächsten Tagen begegnete Sabrina ihrem Gatten mit einsilbiger, teilnahmsloser Fügsamkeit. Ihr Verhalten erstaunte Phillip, und er begann, ihre Gegenwart zu meiden, da er einfach keinen Zugang zu ihr fand.

Eines Morgens nach dem Frühstück blickte er sie mit wachsender Besorgnis an. Sie saß ganz still, die Hände auf dem Schoß verschränkt, die Lider gesenkt. Sie wirkte wie eine Wachspuppe, nichts war von ihrer sprühenden Lebendigkeit geblieben. Er dachte hoffnungsvoll an die Stute, die er ihr bei der nächsten Pferdeauktion kaufen wollte. Er hätte viel darum gegeben, wenn nur der Glanz wieder in ihre Augen zurückkehren würde.

»Möchtest du heute abend zum Wohltätigkeitsball bei Almack gehen?« fragte er und dachte an ihre Leidenschaft fürs Walzertanzen.

Sie blickte lustlos aus dem Fenster in den grauen, bedeckten Wintertag. »Wenn du es wünschst, Mylord.«

»Ich fragte, ob du gerne hingehen würdest, Sabrina«, entgegnete er gleichmütig.

Sie senkte den Kopf. »Ich denke, du langweilst dich bei Almack, Phillip. Sieht aus, als würde es heute noch schneien«, fügte sie gelangweilt hinzu.

»Ich tanze gerne mit dir«, sagte er ruhig und bezwang seine wachsende Ungeduld. »Ob es schneit oder nicht, tut nichts zur Sache.«

»Ich verstehe«, sagte sie, erhob sich und zog ihren blauen Seidenschal enger um die schmalen Schultern.

»Wenn du es wünschst, begleite ich dich natürlich.«

»Setz dich, Sabrina!« befahl er streng. Wortlos nahm sie wieder Platz. Ihre Finger nestelten nervös an den Fransen ihres Schals. »Ich habe dich nach deinem Wunsch gefragt. Es geht nicht darum, daß du nur tust, was ich will.«

»Aber es muß mein Wunsch sein, mich deinen Wünschen zu fügen«, erwiderte sie tonlos.

»Also schön. Ich wünsche, daß du aufhörst, dich wie ein lahmes, altes Pferd zu benehmen.« Er glaubte, einen Funken Ärger in ihren Augen zu sehen, und nichts wäre ihm lieber gewesen, als ein Wutausbruch von ihr. Doch sie blieb aufreizend stumm. »Vielleicht kommt Richard Clarendon auch. Mir ist klar geworden, daß er wirklich nur ein Freund ist. Vielleicht möchtest du ihn gerne sehen.« Er spürte nagende Gewissensbisse und wünschte, sie möge in seinen Worten eine Entschuldigung für sein Verhalten nach der Soiree vor wenigen Tagen sehen.

»Wenn das so ist, komme ich gerne mit, Mylord.«

Ihre klare, unerwartete Antwort verwirrte ihn. »Du willst was?« fragte er scharf.

Sie blickte ihn furchtlos an. »Ich sagte«, wiederholte sie leise, »daß ich gerne hingehen würde. Es ist wirklich egal, ob es schneit.«

Er war keineswegs sicher, ob sie seinen Versuch einer Entschuldigung wegen Clarendon zur Kenntnis genommen hatte. Er blickte sie mit wachsendem Ärger an.

»Vielleicht, Mylord«, fuhr sie mit großer Unterwürfigkeit fort, »kann ich mir das Diamanthalsband für den Abend ausborgen? Ich weiß, es ist ein kostbares Schmuckstück, aber ich verspreche, achtsam damit umzugehen.«

»Die verdammten Diamanten gehören dir!«

Sie erhob sich und sank in einen tiefen Knicks vor ihm. »Ich bin dir für deine Großzügigkeit sehr dankbar. Wirst du zum Essen da sein?«

»Ich werde dich erwürgen, wenn du dieses lächerliche Spiel nicht sein läßt, Sabrina!«

»Welches Spiel, Mylord?« Sie blickte ihn verständnislos an. »Ich bemühe mich nur, die Gemahlin zu sein, die du dir wünschst.«

»Dann nimmt zur Kenntnis, Madame, daß dir das bisher nicht gelungen ist!«

Sie wandte den Blick. Ja, dachte sie düster, du wünschst

dir, ich wäre dir nie begegnet. »Vielleicht«, erwiderte sie ruhig, »kannst du mir deine Wünsche näher erläutern.«

Er warf die Arme hilflos hoch. »Ich werde zum Essen nicht hier sein«, knurrte er, drehte sich um und knallte die Tür zu.

Sabrina trat langsam an die hohen Erkerfenster und preßte ihr Gesicht gegen das kühle Glas. Ja, sie hatte ihn absichtlich gereizt, doch sein Ärger verschaffte ihr keine Genugtuung. Sie schlenderte in die Bibliothek, holte sich einen Roman aus einem Bücherschrank und machte es sich in einem Ohrensessel neben dem Fenster bequem.

Sie öffnete das schmale, ledergebundene Buch und bemühte sich, der Geschichte von *Manon Lescaut* zu folgen. Bald wanderte ihre Aufmerksamkeit zum Fenster. Sie sah den tanzenden Schneeflocken zu, die ans Fenster getrieben wurden, kleben blieben, schmolzen und als kleine Rinnsale im Zickzack die Scheiben hinunterliefen.

Sie mußte eingeschlafen sein, denn beim Geräusch von Stimmen in der Bibliothek schrak sie hoch.

»Ich wollte noch einmal nachfragen, Mylord«, hörte sie Peter Stradlings sympathische Stimme. »Da ist eine ziemlich merkwürdige Rechnung von einem Handwerker.«

Sie rieb sich den Schlaf aus den Augen. Phillips Stimme hielt sie reglos im Sessel fest.

»Ach ja, der Maurer. Martine sprach davon, daß er ein komischer Kauz sei.« Der Vicomte klang leicht amüsiert. »Zu Ihrer Information, Peter, ich fürchtete, eines Nachts in ihrem Schlafzimmer vom herabstürzenden Stuck erschlagen zu werden. Bezahlen Sie den Mann.«

Sabrinas Finger krallten sich um den Bucheinband, bis ihre Knöchel weiß wurden. Martine. Sie sprachen von Phillips Maitresse! Die mahnenden Worte aus ihren Kindertagen kamen ihr in den Sinn: ›Der Lauscher an der Wand hört seine eigene Schand.‹ Aber sie brachte es nicht über sich, sich zu erkennen zu geben. Sie sah das Grinsen auf Peters Gesicht förmlich vor sich. Selbst der Sekretär wußte, daß Phillip eine Geliebte hatte!

»Da ist eine zweite Rechnung, Mademoiselle Beauharnais betreffend, Mylord. Ein Kleid von Madame Giselle. Ich halte die Summe für reichlich überhöht.«

Sabrina hörte raschelndes Papier, vermutlich wechselte die Rechnung die Hände.

»In der Tat etwas überhöht«, pflichtete Phillip ihm ohne großes Interesse bei. »Ich bin auf dem Weg zu der Dame und werde danach fragen. Noch etwas Wichtiges, Peter?«

»Nun eigentlich ja, Mylord«, meinte Peter hastig. »Ich habe eine Rede über die Getreidegesetze vorbereitet, die Sie im House of Lords halten könnten.«

»Mein lieber Peter«, entgegnete Phillip mit einem leichten Seufzer, »Sie wollen mich wohl unbedingt dazu bewegen, die politische Arena zu betreten. Ich weiß ziemlich gut über die Getreidegesetze Bescheid, mein Bester. Aber ich habe kein Interesse daran, meine Meinung diesen Langweilern aufzudrängen, die ihre Zeit ausschließlich mit Parlamentsdebatten verbringen.«

»Aber Mylord, die Getreidegesetze sind ein sehr kontroverses Thema. Erst kürzlich hat Lord Melberry . . .«

Sabrina hörte nicht länger zu. Sie fühlte sich so gedemütigt und wütend, daß sie nur mit Mühe sitzen bleiben konnte. Daß Phillip in seiner männlichen Überheblichkeit so ungeniert mit Peter Stradling über seine Geliebten redete, ließ sie sämtliche Vorsätze des Gehorsams vergessen.

Sie hörte, wie Phillip jovial zu seinem Sekretär sagte: »Da ich ohnehin im Begriff bin auszugehen, können Sie sich eingehender mit den komplizierten politischen Zusammenhängen befassen und weitere Recherchen über die Getreidegesetze anstellen.«

Schritte entfernten sich, und Peters Stimme klang dankbar: »Danke, Mylord. Mir fehlen tatsächlich noch einige Fakten. Vielleicht kann ich Sie dann für das brisante Thema interessieren . . .«

Die Tür zur Bibliothek fiel ins Schloß und verschluckte den Rest von Peters Satz. Sabrina schnellte aus ihrem Versteck hoch und ballte die Fäuste gegen die verschlossene

Tür. Sie hatte den größten Heuchler auf der ganzen Welt geheiratet. Von ihr wurde verlangt, keusch und sittsam zu bleiben, sie wurde nicht einmal von ihrem eigenen Ehemann berührt, während er ungestraft seinen lüsternen Vergnügungen nachgehen durfte.

Phillip hatte ihr gesagt, sie solle aufhören, sich wie eine lahme, alte Mähre zu benehmen. Na schön, sie würde ihm seinen Wunsch erfüllen!

Plötzlich stockte ihr der Atem. Sie hatte ja keine Ahnung, wo Phillips Geliebte wohnte! Rasch trat sie an den großen Mahagonischreibtisch und erspähte die schändliche Handwerkerrechnung ganz oben auf einem Stapel Geschäftspost. Auf der Rechnung war eine Adresse am Fitton Place angegeben. Sie legte die Rechnung wieder an ihren Platz und verließ gemessenen Schrittes die Bibliothek. Greybar stand neben der Haustür und blickte in ihre Richtung.

»Ist Seine Lordschaft ausgefahren, Greybar?«

»Ja, vor wenigen Minuten, Mylady.«

»Rufen Sie mir eine Kutsche. Ich möchte in zehn Minuten ausfahren. Keine Minute später!«

»Ja, Mylady.«

Dreißig Minuten später blickte Sabrina in einer ruhigen, unscheinbaren Gegend Londons auf ein zweistöckiges Backsteingebäude, das sich zwischen andere Häuser drängte. Sie zog ihren hermelingefütterten Umhang enger um sich und entstieg der Droschke. Aus den Augenwinkeln sah Sabrina, wie Phillips Kutscher aufsaß und die Peitsche knallen ließ. Typisch für Phillip, darauf zu achten, daß die Pferde bewegt wurden, während er sich mit seiner Geliebten vergnügte, dachte sie. Wie lange der arme Lanscombe wohl durch die Gegend kutschieren mußte, bevor er seinen Herrn wieder abholen durfte? Sabrina sah, wie Lanscombe der Unterkiefer nach unten fiel, als er sie entdeckte. Er glotzte sie an und schüttelte verständnislos den Kopf.

Sabrina kehrte ihm den Rücken und stieg die Steintreppe hinauf, hob die behandschuhte Hand und bediente den Türklopfer.

Nach kurzer Zeit wurde die Tür vorsichtig geöffnet, das Gesicht des Dienstmädchens erschien.

»Was wünschen Sie?« erkundigte sich Erna und beäugte die fremde Dame argwöhnisch.

»Ich will zu meinem Mann«, entgegnete Sabrina eisig, und bevor Erna den Mund wieder zumachen konnte, hatte Sabrina die Tür aufgestoßen und das Mädchen beiseite geschoben. Sie stand in einer quadratischen Diele. Zur Linken blickte sie in einen kleinen Salon. Vor ihr führte eine gewundene Treppe ins Obergeschoß. Sie hörte ein unbeschwertes, glockenhelles Lachen, und ohne weiter nachzudenken, raffte sie die Röcke und eilte die Treppe hinauf.

»Warten Sie!« kreischte Erna. »Sie können nicht nach oben!«

Sabrina achtete nicht auf das protestierende Dienstmädchen und beschleunigte ihre Schritte. Sie folgte dem Klang der mit französischem Akzent sprechenden Frauenstimme zu einer angelehnten Tür. Einen Augenblick blieb sie unschlüssig stehen. Bei Phillips tiefem Lachen stieß sie die Tür auf und stürmte hinein. Atemlos blieb sie stehen.

Sie befand sich in einem großen Schlafzimmer, das von einem riesigen Bett dominiert wurde. Auf dem Bett lag eine Frau, mit nichts als ihrer Alabasterhaut bekleidet. In Sekundenschnelle nahm Sabrina jede Einzelheit ihres schönen Körpers in sich auf. Doch dann wurde ihr Blick magnetisch zu Phillip hingezogen. Er stand neben dem Bett, ebenso nackt wie seine Geliebte. Sabrina hatte nie zuvor einen nackten Mann gesehen und starrte ihn verdutzt an. Sein Körper war schlank und schön, seine langen Gliedmaßen muskulös. Unweigerlich wanderten ihre Augen zu seiner eregierten Männlichkeit, und eine tiefe Röte überzog ihre Wangen.

Plötzlich kam Leben in das eingefrorene Bild.

Phillip, der sich vorgebeugt hatte, um Martine zu umarmen, wandte sich um und sah, wie seine Frau ins Zimmer stürmte.

Seine Hand schnellte zurück. »Was zum Teufel tust du denn hier?« brüllte er. Obwohl Sabrina ihn anstarrte, kam er nicht auf den Gedanken, sich zu bedecken.

»Mon dieu«, flüsterte Martine, deren schläfrige Augen sich erschreckt weiteten.

Sabrina zwang sich, von seinem Körper wegzusehen, blickte wieder zu seiner nackten Geliebten und schrie: »Ich sollte dir die gleiche Frage stellen! Du elender Schurke! Du bist mein Ehemann.«

Phillip war sich noch nie zuvor in seinem Leben so dumm vorgekommen. Verflucht! Wie konnte das passieren? Er machte ein paar wütende Schritte auf sie zu.

»Und du bist meine Ehefrau, Madame! Wieso zum Teufel bist du nicht zu Hause, wo du hingehörst?«

»Es ist *dein* Haus, vergiß das nicht. Ich gehöre dort nicht hin. Ich wohne nur dort.«

»Herrgott, Sabrina. Ich dulde dein exaltiertes Benehmen nicht! Geh sofort nach Hause, wir sprechen später über die Sache!«

»Du nennst mein Verhalten exaltiert! Wie kannst du es wagen?! Bedeute ich dir so wenig, daß du nicht zögerst, mich zu demütigen? Bedeutet dir unsere Ehe so wenig?«

»Unsere Ehe, Madame, hat den Zweck, dir ein Heim und den Schutz meines Namens zu geben. Du warst es, die diesen Wunsch äußerte, wenn du dich bitte erinnern willst.«

»Du Schurke«, kreischte sie bebend vor Wut. »Du besitzt die Frechheit, mir Vorhaltungen zu machen und mir zu verbieten, Richard Clarendon zum Liebhaber zu nehmen. Und du selbst . . . vergnügst dich, wann immer es dir gefällt!«

»Du wirst dir keinen Liebhaber nehmen, Madame!«

Sie starrte ihn an, vermochte seine heuchlerische Denkweise einfach nicht zu fassen.

»Du selbst hast mir meine Freiheit angeboten. Du hast ausdrücklich auf dieser Geschäftsvereinbarung bestanden.«

»Aha, wie angenehm, deine Freiheit zu beanspruchen, während ich die Rolle der frommen, unberührten Ehefrau zu spielen habe, die über deinen lasterhaften Lebenswandel hinwegsieht.«

»Fromm und unberührt sind deine Worte, Sabrina, nicht meine. Nun Schluß damit! Ich will nichts mehr davon hören. Du begibst dich sofort nach Hause und hörst auf zu zetern und zu kreischen wie ein billiges Flittchen aus Soho.«

»Du widerlicher Lügner!« tobte sie. »Ich ertappe dich in flagranti mit deiner Geliebten, und du besitzt die Frechheit, *mich* ein Flittchen zu nennen!« Sie bearbeitete seinen Brustkorb mit ihren Fäusten.

»Mon dieu«, flüsterte Martine erneut und stützte sich auf die Ellbogen.

Phillip bändigte Sabrina, indem er seine Arme um sie schlang und sie in das angrenzende Ankleidezimmer bugsierte. Er stieß die Tür mit seinem nackten Fuß zu. »Hör auf damit, Sabrina«, befahl er streng und schüttelte sie.

Sie leistete nicht länger Widerstand, und er gab sie frei. Taumelnd wich sie zurück, öffnete den Mund, doch er ließ sie nicht zu Wort kommen.

»Dein Benehmen ist unverzeihlich. Du hast kein Recht, mir Vorschriften zu machen. Nun wirst du gesittet dieses Haus verlassen, sonst muß ich ernsthaft in Erwägung ziehen, dich nach Mercerault Ashby zu schicken, wo du in Ruhe über dich und deine Position nachdenken kannst.«

»Meine Position! Fahr zur Hölle, Phillip! Ich habe keine Position! Du hast mich zutiefst gedemütigt und entehrt!«

»Das reicht!« schrie er und packte sie an den Schultern.

Plötzlich stieß Sabrina ihr Knie mit aller Kraft in seine Lenden. Seine Hände gaben sie frei, er starrte sie kurz verwundert an und krümmte sich dann vor Schmerz.

Sabrina wirbelte herum, stieß die Tür auf und floh

durch das Schlafzimmer, ohne Phillips Geliebte eines weiteren Blickes zu würdigen.

Einige Minuten lang wünschte Phillip sich den Tod, um diesen wahnsinnigen Schmerz nicht ertragen zu müssen, der ihn in die Knie zwang. Als das Übelkeitsgefühl allmählich abflaute, wünschte er Sabrina den Tod. Mühsam richtete er sich wieder auf und schleppte sich ins Schlafzimmer zurück. Wortlos begann er sich anzukleiden.

»Liebster«, flüsterte Martine beim Anblick seines schmerzverzerrten Gesichts. »Was ist passiert?«

»Sie hat mir einen Tritt in die Eier gegeben.«

»Oh! Na ja, sie war sehr wütend. Eine äußerst lebhafte, kleine Person.«

»Es wird ihr noch leid tun«, knurrte er böse.

»Was hast du vor, Liebster?«

»Wie wär's mit einem Mord für den Anfang?« Er setzte sich und zog die Reitstiefel an.

Martine zog es vor zu schweigen, wohl wissend, daß er zu wütend war, um für Argumente zugänglich zu sein. Sie spürte einen Stich der Angst um die Vicomtesse und schüttelte den Kopf. Konnte Phillip denn nicht sehen, daß die Kleine verliebt in ihn war? Solch feuriges Temperament war höchst selten bei einer Dame von Adel!

Phillip fuhr so wütend mit den Armen in seinen Mantel, daß die Nähte krachten.

Martine hörte noch, wie er etwas von seiner Freiheit murmelte. An der Tür drehte er sich um. »Ich bin bald zurück, Martine.«

Sie schwieg, lehnte sich ins Kissen zurück und hörte auf seine Schritte, die die Treppe hinunterpolterten.

Lanscombe sagte kein Wort, als sein Herr in die Kutsche sprang und die Zügel an sich riß. Das gefährliche Mahlen seiner Kiefer bedeutete nichts Gutes für die Vicomtesse, dachte er. Wie ein verängstigtes, kleines Tier war sie die Treppen heruntergeeilt und in die nächste Mietdroschke gestiegen.

Zehn Minuten später brachte der Vicomte die Pferde zum Stehen.

»Bring sie in den Stall!« befahl er schroff und sprang vom Bock.

»Sehr wohl, Mylord«, sagte Lanscombe dem enteilenden Vicomte hinterher.

»Ist die Vicomtesse zu Hause?« fragte Phillip den Butler.

»Ja, Mylord, sie kam vor wenigen Augenblicken und begab sich sogleich auf ihr Zimmer.«

Phillip nahm zwei Stufen auf einmal und stapfte wütend den Korridor entlang. Sein Mantel bauschte sich dramatisch um seine Knöchel. An Sabrinas Tür blieb er stehen und drehte den Türknauf. Die Tür war verschlossen.

»Öffne sofort die Tür, Sabrina!«

Ihre Stimme war laut und deutlich. »Scher dich zum Teufel! Ich habe nicht den Wunsch, mit dir zu sprechen. Und ich lasse mich nicht zwingen, deine ekelhafte Anwesenheit zu erdulden!«

Die Adern an seinem Hals schwollen. Er trat einen Schritt zurück, hob den Stiefel und stieß seinen Fuß krachend gegen die Tür. Holz splitterte. Er zielte dichter neben das Türschloß und stieß noch einmal zu. Die Tür flog auf und wurde beinahe aus den Angeln gerissen.

Sabrina stand mit dem Rücken zum Fenster. »Wie kannst du es wagen, gewaltsam in mein Zimmer einzudringen! Hinaus mit dir!«

Er trat auf sie zu, seine braunen Augen zu funkelnden Schlitzen verengt.

Sabrina zog blitzschnell die Hand aus den Falten ihres Kleides. Sie hielt eine Reitpeitsche umklammert. »Bleib mir vom Leib, Phillip!«

»Von deinen spitzen Knien halte ich mich gewiß fern!«

»Ich scherze nicht, Phillip!« Sie hob die Reitgerte.

»Probier es nur, du kleine Hexe.«

Sie schlug die Gerte gegen ihn, doch er machte einen blitzschnellen seitlichen Ausfallschritt, packte ihren Arm knapp über dem Ellbogen und bog ihn nach unten. Wieder versuchte sie ihn zu schlagen. Er wich geschickt aus und wurde nur am Schenkel getroffen.

Er drehte ihr die Reitgerte aus der Hand, packte sich ihren zarten Körper über die Schulter und verließ mit ihr das Zimmer.

»Laß mich runter, du Schuft!« zeterte sie und bearbeitete seinen Rücken mit den Fäusten.

Er achtete nicht auf ihre Schläge, auch nicht auf das entsetzte Zimmermädchen, das sich mit schreckgeweiteten Augen an die Wand des Korridors drückte. In seinem Zimmer stellte er Sabrina ab, drehte den Schlüssel um und zog ihn ab.

»Nun wirst du endlich lernen, wer hier der Herr im Haus ist!«

Sie taumelte rückwärts, vor ihm zurückweichend und drückte sich in die entfernteste Ecke des Zimmers. Doch sein kraftvoller Arm packte sie um die Mitte und zog sie zu sich herum.

»Laß mich los!« kreischte sie und krallte sich an seinem Arm fest.

Mit einer raschen Bewegung legte er sie bäuchlings übers Knie, stellte einen Fuß auf einen Stuhl, riß ihr die Röcke hoch und die spitzenbesetzte lange Unterhose herunter. Mit Händen und Füßen schlug sie wild um sich. Vergeblich.

»Du wolltest also die Reitpeitsche gegen mich erheben, Sabrina!« Und damit sausten die Lederriemen auf ihr nacktes Fleisch.

Sie schrie vor Entsetzen und Schmerz auf und schlug noch wilder um sich.

Dann erlahmte ihr Wille, sie hörte auf zu kämpfen. Er atmete tief durch, um seine Raserei loszuwerden, um einen klaren Kopf zu bekommen. Halb blind starrte er auf sie hinunter. Ihr Hinterteil und ihre Schenkel waren von roten, geschwollenen Striemen überzogen. An manchen Stellen waren die Striemen geplatzt, Blutstropfen quollen hervor. Er warf die Reitgerte angewidert von sich, entsetzt über das, was er getan hatte. Sie lag reglos über seinem Knie, nur ihre Schultern bebten leicht. Er griff ihr unter die Arme und drehte sie zu sich herum. Sie starrte ihn stumm an, ihre veilchenblauen Augen dunkle Teiche des Schmerzes.

Er bezwang seinen Wunsch, sie um Verzeihung zu bitten. Wortlos ging er zur Tür, holte den Schlüssel aus der Tasche, sperrte auf, verließ das Zimmer und sperrte die Tür hinter sich zu.

Sabrina starrte ungläubig auf die verschlossene Tür. Sehr langsam trat sie ans Bett und legte sich bäuchlings auf die Decke.

Phillip ging nach unten und begegnete in der Halle dem bleichen Butler. »Ihre Ladyschaft darf nicht gestört werden. Ist das klar, Greybar?«

Der Mann nickte dumpf. Er wußte zwar nicht genau, was im ersten Stock vorgefallen war, aber er hatte den Vicomte noch nie so aufgebracht gesehen. Dambler trat ein paar Schritte auf seinen Herrn zu. »Ich habe mit Lanscombe gesprochen«, sagte er leise. »Jetzt sitzen wir ganz schön in der Tinte.«

Phillip ließ sich eine Mietkutsche kommen und kehrte in Martines Wohnung zurück. Er fand sie so, wie er sie verlassen hatte. Allerdings empfing sie ihn nicht mit einem Willkommenslächeln.

»Ich sagte doch, daß ich zurückkomme«, knurrte er unwirsch und legte den Mantel ab.

Martine blickte ihn düster an. »Hast du der Kleinen weh getan?«

»Ich möchte nicht darüber sprechen.«

»Hast du ihr weh getan?« wiederholte sie eigensinnig.

»Sie hat die Reitgerte gegen mich erhoben. Ich habe ihr damit den Hintern versohlt, weiter nichts.«

Er achtete nicht auf Martine und fuhr fort, sich seiner Kleider zu entledigen. An seinem Finger entdeckte er einen Blutfleck. Er starrte ihn an, sah Sabrinas bebenden Körper vor sich, als die Reitgerte auf ihre blanken Hinterbacken niedersauste. Er wandte den Kopf und starrte in die Glut im Kamin. Verflucht, was war mit ihm nur los? Was zum Teufel war aus ihm geworden?

»Du bist ziemlich blind, Phillip«, hörte er Martines leise Stimme.

Er wandte sich um, und Martine erschrak über seinen verhärmten Gesichtsausdruck.

»Eine bequeme Ehefrau scheinst du zumindest nicht zu haben, Mylord.«

»Nein, da hast du recht. Ich habe eine Ehefrau, der mein Anblick verhaßt ist.«

»Deine Blindheit hat einen rechten Narren aus dir gemacht«, sagte sie zärtlich. »Die Kleine liebt dich.«

»Sie liebt mich nicht«, sagte er mit harter Stimme und wandte sich wieder dem Kamin zu. »Sie hätte mich nie geheiratet, wenn sie die Wahl gehabt hätte.«

»Die Kleine ist außerdem eine sehr stolze Frau«, fügte sie hinzu und wunderte sich, wie dumm Männer sein konnten. »Gleichgültigkeit hat sie gewiß nicht veranlaßt, bei mir einzudringen, *mon chou*.«

»Zum Teufel! Ich darf sie ja nicht einmal anfassen.«

Martine zuckte die Schultern. »Ich habe grenzenloses Mitleid mit dir, Mylord«, spottete sie liebevoll. »Ein berühmter Charmeur wie du ist nicht in der Lage, seine eigene Frau zu verführen.«

»Diese Unterhaltung ist absolut grotesk! Behalte deine Weisheit in Zukunft für dich, Martine.« Und damit begann er, seine auf dem Teppich verstreuten Kleider wieder anzuziehen.

Martine lächelte nur, sagte aber nichts mehr.

Als Phillip angezogen war, drehte er sich um und sagte knapp: »Ich gehe in den Club. Dort habe ich wenigstens Ruhe vor euch Weibern.«

»Ganz wie du wünschst, Mylord«, sagte sie amüsiert.

Der Vicomte winkte eine Kutsche heran und gab Anweisung, ihn bei White's abzusetzen. Sobald er sich in die alten Lederpolster zurückgelehnt hatte, stieß er einen lauten Fluch aus, beugte sich aus dem Fenster und nannte dem Kutscher eine andere Adresse.

Als er sein Haus betrat, empfingen ihn Dambler und Greybar mit tiefer Mißbilligung. »Was haben diese sauren Mienen zu bedeuten?« fragte er kalt.

»Greybar und ich haben gerade über Ihre Ladyschaft gesprochen, Mylord«, fing Dambler vorsichtig an. »Allem Anschein nach hat sie sich in Ihrem Schlafzimmer eingeschlossen.«

»Ihr beide kommt mir vor wie zwei alte, neugierige Krähen. Ich habe Ihre Ladyschaft in meinem Schlafzimmer eingeschlossen, wie ihr beide sehr wohl wißt. Wenn ihr mich bitte entschuldigen wollt, bevor Ihr den Stab über mich brecht. Ich sehe nach ihr.«

Er drehte sich auf dem Absatz um und stieg gemessenen Schrittes die Treppe hinauf.

Phillip schloß leise die Tür auf und trat ein. Im grauen Nachmittagslicht lag Sabrina reglos, bäuchlings auf dem Bett, das Gesicht von ihm abgewandt. Das gelbe Kleid ließ nur ihre nackten Fußsohlen sehen. Das schwarze Haar fiel ihr über Gesicht und Schultern, verdeckte nahezu vollständig ihr abgewandtes Profil.

»Sabrina«, sagte er leise und setzte sich neben sie.

Sie antwortete nicht, und er wischte ihr zart eine Haarsträhne aus dem Gesicht.

»Was willst du, Phillip?« fragte sie dumpf, ihre Stimme durch das Kissen gedämpft.

»Ich möchte wissen, wie es dir geht.«

»Es ginge mir gut, wenn du mich in Ruhe lassen würdest.«

Er blickte auf ihre Hüften und sah dünne Blutspuren, die durch den gelben Musselin gesickert waren. »Ich werde deinem Wunsch entsprechen, wenn ich deine Wunden versorgt habe.«

»Ich brauche deine Hilfe nicht!« Sie stützte sich auf die Ellbogen und starrte ihn feindselig an.

»Selbst jemand mit deinen bemerkenswerten Talenten, Bree, kann nicht den eigenen Hintern verbinden.«

Sabrina holte tief Luft und rollte sich auf die andere Seite des Bettes. Langsam zwang sie sich, aufzustehen. »Kann ich in mein Zimmer zurück?«

Er trat ans Fußende des Bettes und sah sie an. »Nein, meine Liebe. Leg dich hin. Ich möchte dir nicht noch mehr Schmerzen bereiten, als ich es ohnehin schon getan habe.«

Sie spürte den brennenden Schmerz an ihren Oberschenkeln und ihren Hinterbacken. Tränen der Erniedrigung stiegen ihr in die Augen. »Laß mich gehen«, stieß sie mit erstickter Stimme hervor und versuchte, an ihm vorbeizukommen.

»Bitte gehorche mir nur dieses eine Mal, Sabrina. Nur ich kann deine Wunden verbinden. Ich glaube kaum, daß du die Pflege deinem Mädchen überlassen willst.« Sie wich nicht mehr vor ihm zurück, und er nahm sie sehr behutsam in die Arme und legte sie mit dem Gesicht nach unten aufs Bett zurück.

Sie blieb steif liegen, und Phillip bemühte seine ganze Überredungskunst: »Es ist nicht das erste Mal, daß ich dich pflege, Bree. Zumindest in diesem Punkt kannst du mir vertrauen.«

Sie nickte ergeben, und er zog ihr sanft das Mieder und den oberen Rock aus. Beim Anblick ihres weißen, blutverklebten Unterkleides stieg erneut Zorn über seine Brutalität in ihm hoch.

Als er versuchte, den Stoff hochzuziehen, zuckte sie vor Schmerz, da der dünne Battist an den Wunden angetrocknet war.

»Bleib ruhig liegen, Bree. Ich bin gleich zurück.« Zehn Minuten später kam Phillip wieder, beladen mit warmem Wasser, Salbe, Mullbinden und Laudanum.

Sie lag so, wie er sie verlassen hatte, nur die Hände hatte sie verschränkt und als Unterlage für ihre Stirn genommen.

»Ich versuche, den Stoff aufzuweichen, bevor ich ihn entferne. Doch vorher möchte ich, daß du etwas Laudanum nimmst, Bree.«

Er träufelte ein paar Tropfen in ein Glas Wasser und half ihr, sich aufzurichten, um zu trinken. Sie trank ohne Zögern, in der Hoffnung, dadurch ihr Gefühl so weit zu betäuben, daß sie ihre Schmerzen unterdrücken konnte.

Phillip begann, das Unterkleid behutsam mit warmem Wasser aufzuweichen. Nach einigen Minuten versuchte er, den Stoff abzulösen.

Das Laudanum benebelte zwar ihren Kopf, aber dennoch wimmerte sie vor Schmerz.

»Es tut mir leid, Sabrina, ich muß es tun.« Mit einem Ruck riß er den Stoff vom verkrusteten Blut frei. Sie schrie und bäumte sich auf. »Jetzt ist es vorbei.« Sanft drückte er sie wieder nach unten. »Der Rest wird nicht mehr halb so weh tun, Bree. Das verspreche ich.«

Fluchend starrte er auf die blutigen Striemen. Nachdem er sie gesäubert hatte, stellte er erleichtert fest, daß die meisten Wunden nicht so tief waren, wie er zunächst angenommen hatte. Nur wenige bluteten. Er tupfte sie ab und begann, Salbe aufzutragen. Als seine Finger das weiße Fleisch ihrer Schenkel berührten, zitterten seine Hände.

Sabrina versuchte, ihr unkontrolliertes Beben zu unterdrücken. Vielleicht hatte Trevor recht, dachte sie und steckte sich die Faust in den Mund, Schmerz und Lust waren untrennbar miteinander verbunden. Sie spürte, wie seine Finger von ihr abließen und nur der heftig brennende Schmerz blieb. Sie hörte Phillip reden, doch das Laudanum hatte sie so benommen gemacht, daß seine Worte keinen Sinn mehr ergaben.

Verschwommen nahm sie wahr, daß er sie hochhob und ihr Unterkleid öffnete. Sie spürte die kalte Luft auf ihrer nackten Haut, als seine Hände ihr die Unterwäsche vom Körper streiften; eine leichte Decke wurde über sie gebreitet, und dann fiel sie in einen tiefen, traumlosen Schlaf.

KAPITEL 14

Sabrina saß vorsichtig an der Kante ihres Schreibtischstuhles und schrieb einen Brief an Phillip. Nach einiger Zeit hob sie den Kopf und blickte aus dem Fenster ihres Schlafzimmers. Schwere Schneewolken hingen tief am Morgenhimmel. Sie warf einen schnellen Blick auf die Kaminuhr, fügte eilig noch ein paar Zeilen hinzu, erhob sich und packte ihren Handkoffer.

Sie zog die Gurte fest und trug den Koffer zur Tür, wandte sich ein letztes Mal um und betrachtete sich ihr Zimmer. Es war ein hübscher Raum, die hellen Blau- und Crèmetöne entsprachen genau ihrem Geschmack. Rasch trat sie noch einmal an den Schreibtisch und las den Brief ein letztes Mal.

»Lieber Phillip«, las sie. »Ich bin zu meinem Großvater nach Yorkshire zurückgekehrt. Es tut mir aufrichtig leid, wenn meine überstürzte Abreise Dir Unannehmlichkeiten bereitet. Eine Menge anderer Dinge tun mir auch leid, Phillip, unter anderem auch mein unmögliches Benehmen von gestern. Du hattest vollkommen recht. Es stand mir nicht zu, die gedemütigte Ehefrau zu spielen und Dich wegen Deiner Geliebten zur Rechenschaft zu ziehen.

Vielleicht hältst Du mich jetzt für eine ausgemachte Heuchlerin, aber ich kann einfach nicht so weiterleben wie bisher. Ich kann mich leider nicht an unsere Vereinbarung halten. Ich weiß, daß Dir Deine Freiheit wichtig ist. Aber ich weiß auch, daß ich nicht bereit bin, eine unter vielen Frauen zu sein, die ihr Leben mit Dir teilt.

Es ist Zeit, dorthin zurückzukehren, wo ich hingehöre. Ich habe keine wirkliche Angst mehr vor Trevor; ihm ist, wie Du ganz richtig sagtest, sein eigenes Überleben wichtiger als alles andere.

Ich weiß, Phillip, daß Du ein sehr stolzer Mann bist. Ich bitte Dich, laß Dich nicht von Deinem Pflichtgefühl verleiten, mir nachzureisen. Ich habe meine Entscheidung getroffen und stehe dazu.

Ich versichere Dir erneut, ich bedauere alle Unannehmlichkeiten aufrichtig, die ich Dir bereitet habe. Adieu.«

Mit einem letzten Blick durch ihr Schlafzimmer zog sie den Umhang eng um die Schultern und begab sich nach unten.

Dem unschlüssigen Greybar warf sie ein strahlendes Lächeln zu. »Hat Doris Ihnen gesagt, daß ich eine Mietdroschke brauche? Ist sie da?«

»Ja, Mylady«, erwiderte er unglücklich. »Wäre es nicht besser zu warten, bis Seine Lordschaft zurückkehrt? Er wollte nicht lange ausbleiben, sagte er.«

»Nein, Greybar. Ich möchte nicht auf Seine Lordschaft warten. Ich muß mich von Ihnen verabschieden.«

»Mylady«, versuchte er es noch einmal.

»Leben Sie wohl, Greybar«, unterbrach ihn Sabrina. Schnell trat sie aus dem Haus in den kalten Morgen, bestieg die Droschke und winkte dem Butler mit ihrer behandschuhten Hand zu, der fröstelnd und unschlüssig auf dem Treppenabsatz stand.

Die Pferde zogen an, und sie wurde in die Lederpolster gedrückt. Der brennende Schmerz an ihrem Hinterteil zwang sie, eine seitliche Position einzunehmen. Sie legte sich eine Decke über die Knie und bettete ihr Gesicht in die Handflächen.

Am frühen Abend des nächsten Tages hielten die erschöpften Pferde vor Monmouth Hall. Sabrina blickte die verwitterte Fassade des mächtigen Gebäudes hinauf. Rauch quoll aus den hohen Kaminen, die fünf Meter über dem Schindeldach aufragten. Aus den Fenstern leuchteten Kerzenflammen wie helle Punkte.

Sie blieb einen Moment vor dem hohen Eichenportal stehen, ihr Magen krampfte sich angstvoll zusammen bei der Vorstellung, Trevor wiederzusehen. Doch dann straffte sie die Schultern und bediente kräftig den Ring des Türklopfers, der die Form eines geschwungenen Adlerschnabels hatte.

»Lady Sabrina!« rief Ribble beim Anblick der zarten, von der Reise ziemlich mitgenommenen Sabrina.

»Guten Abend, Ribble. Wie schön, wieder zu Hause zu sein! Ist Großvater wohlauf? Ich habe seit einer Woche keinen Brief von ihm bekommen.«

Ribble, an Sabrinas ungestüme und sprunghafte Redeweise gewöhnt, lächelte sie aufmunternd an. »Aber gewiß. Der Gesundheitszustand des Herrn Grafen bessert sich von Tag zu Tag.« Er blickte über ihre Schulter. »Seine Lordschaft?«

»Ich bin allein«, antwortete Sabrina kurz und betrat die große, marmorgeflieste Eingangshalle.

»Sabrina!«

Sie wandte sich der hohen, atemlosen Stimme zu. Ihre Schwester stand auf der untersten Treppenstufe und klammerte sich an der Balustrade fest.

»Würden Sie sich bitte um den Kutscher und mein Gepäck kümmern, Ribble?« bat Sabrina, bevor sie sich ihrer Schwester zuwandte. Sie hörte mit halbem Ohr, wie Ribble zwei Livrierten Anweisungen gab, die mit unverhohlener Neugier und offenen Mündern die Heimkehr der verlorenen Tochter begafften.

»Du siehst hübsch aus«, sagte Sabrina herzlich und ging mit ausgestreckten Armen auf ihre Schwester zu, wünschte allerdings, diese Geste unterlassen zu haben, denn Elisabeth schien sich zu zwingen, Sabrinas Umarmung zu erdulden. In Wahrheit, dachte Sabrina, sah Elisabeth ausgesprochen verhärmt und elend aus. Sie trug zwar ein neues, modisch geschnittenes Kleid; doch es hing ihr von den mageren Schultern, und die Farbe unterstrich ihre fahle Hautfarbe. Einige dünne Haarsträhnen hatten sich aus ihrem Nackenknoten gelöst und gaben ihr ein beinahe ungepflegtes Aussehen. Am meisten erschreckten sie die Augen ihrer Schwester. Ihr Blick war freudlos, dumpf und leblos.

»Was willst du hier?« fragte Elisabeth leise.

»Ich bleibe eine Weile bei euch, Elisabeth. Bist du gesund?«

Elisabeth entgegnete kalt, ohne auf Sabrinas Frage einzugehen: »Da du nun schon mal da bist, kann ich dich wohl kaum vor die Tür setzen. Wo ist der Vicomte?«

»Er ist in London geblieben. Ich wollte dich und Großvater sehen, Elisabeth. Ich war so traurig, nicht bei ihm sein zu können.«

»Er freut sich sicher, dich zu sehen, obwohl du beinahe seinen Tod verschuldet hast, Schwester. Ich hoffe, du weißt dich diesmal zu benehmen.«

»Elisabeth, du weißt genau, ich habe keine Schuld auf mich geladen. Ich bitte dich, nicht wieder die Wahrheit zu verzerren, wenigstens nicht vor dir selbst.« Sabrina blickte ihrer Schwester unverwandt in die Augen, und es war Elisabeth, die den Blick zuerst senkte.

Elisabeth gab ein unnatürliches, schrilles Lachen von sich. »Wenn du keine Schuld auf dich geladen hast, Schwester, wieso hast du nicht früher den Mut aufgebracht, dich um deinen Großvater zu kümmern? Im übrigen schützt dich niemand vor Trevor, wenn dein Mann in London weilt — falls du Schutz brauchst.«

»Dafür gibt es eine einfache Erklärung, Elisabeth. Phillip würde Trevor töten, wenn er es wagen würde, Hand an mich zu legen. Das weiß Trevor ganz genau.«

Elisabeths feine Gesichtszüge verzerrten sich unter Sabrinas festem unnachgiebigen Blick.

»Sieh mal an, wen haben wir denn da? Meine kleine Schwägerin!«

Elisabeth versteifte sich beim Klang der spöttischen Stimme ihres Gemahls. Sabrina machte eine kleine Drehung und sah, wie er gemächlich die Treppe herunterkam, sein Blick wich nicht von ihrem Gesicht.

»Wie du siehst, Trevor«, sagte Sabrina gleichmütig.

Unten angekommen blieb er in sicherer Entfernung stehen. »Und wo ist dein famoser Gatte?«

Elisabeth antwortete hastig: »Der Vicomte ist in London geblieben. Sabrina möchte Großvater besuchen.«

»Da wird der alte Herr aber erfreut sein. Du wirst ihn zu seinem Nachteil verändert vorfinden, kleine Schwägerin. Aber immerhin: er lebt.«

Sabrina bemerkte, daß Ribble dem Gespräch interessiert lauschte und beeilte sich zu sagen: »Wenn du nichts dagegen hast, Elisabeth, möchte ich Großvater jetzt sehen. Zum Abendessen brauche ich nur ein kleines Tablett in meinem Zimmer, wenn es der Köchin nicht zu große Umstände macht.«

»Zweifellos ist die Köchin bereits davon unterrichtet, daß ihre geliebte Sabrina wieder da ist und bereitet ein Festmahl vor.«

Sabrina lief ein kalter Schauer über den Hohn in der Stimme ihrer Schwester über den Rücken. »Bitte macht wegen mir keine Umstände«, sagte sie leise und begab sich zur Treppe, wobei sie möglichst viel Abstand zu Trevor hielt. »Ich nehme an, Großvater ist in seinem Zimmer?«

»Gewiß«, meinte Trevor gedehnt und spreizte seine weißen Finger. »Der alte Herr gestattet Elisabeth und mir nur selten das Vergnügen seiner Gesellschaft.«

Er stellte sich neben seine Frau und schob ihre Hand durch seine Armbeuge. »Andererseits können wir zwei Turteltäubchen gern auf die Gegenwart anderer verzichten. Hab' ich recht, Liebes?«

Elisabeths Augen waren auf die Spitzen ihrer blauen Seidenschuhe gerichtet; sie nickte stumpf.

»Ich glaube, ich habe dich etwas gefragt, Elisabeth.«

Sabrina fühlte das Blut in ihren Schläfen pochen, als sie sah, wie Trevors Finger die Innenseite des Unterarms seiner Frau entlangglitten und plötzlich fest zukniffen. Sie konnte nicht an sich halten: »Laß sie in Ruhe, du Bestie!«

»Halt den Mund, Sabrina!« Elisabeth wandte ihrem

Ehemann ihr bleiches Gesicht zu. »Ich bin ganz deiner Meinung, Trevor.« Sie senkte die Stimme und warf Ribble einen Seitenblick zu. »Geh nun zu Großvater, Sabrina. Ich bin müde und ziehe mich zurück. Ich sehe dich morgen früh.«

»Denkst du nicht, daß deine kleine Schwester mit uns Tee trinken möchte — bevor du dich zurückziehst, Liebste?«

»Ich glaube kaum, Trevor«, antwortete Sabrina und wünschte sich sehnlichst Phillips kühle Überzeugungskraft. »Bis morgen, Elisabeth.« Damit stieg sie die Treppe hinauf.

Jesperson, der Kammerdiener des Grafen, öffnete die Tür zum großen Schlafzimmer und dem angrenzenden Salon. »Willkommen daheim, Mylady«, sagte er leise; seine dunklen Augen leuchteten freudig auf. »Seine Lordschaft ist von Ihrer Ankunft bereits unterrichtet und freut sich sehr, Sie zu sehen.«

»Dankeschön, Jesperson. Ich bin Ihnen sehr dankbar für Ihre Pflege . . . und Ihren Schutz.«

Eine herzliche Wärme flog über das Gesicht des Mannes, bevor er rasch wieder seine unbeteiligte Miene aufsetzte. »Hier entlang, Mylady.«

Kindheitserinnerungen stürmten auf sie ein, während Sabrina dem Diener durch den Salon in das Schlafzimmer folgte. Die kleinen Schätze, die sie in ihren Kindertagen angesammelt hatte, lagen alle auf einem großen Mahagonitisch: farbig geäderte Steine aus dem Bachbett, die das Wasser glattgeschliffen und poliert hatten; eine Bernsteinkette von ihrer Mutter; ein ziemlich zerschlissener Stoffdrachen mit einem langen Schweif aus bunten Stofffetzen.

Das Schlafzimmer ihres Großvaters mit den dunkelblauen Damastportieren hatte sich seit ihrer Kindheit nicht verändert. Der Parkettboden war mit schweren Aubussonteppichen belegt, die die Schritte ihrer halbhohen

Absätze dämpften. Der Graf saß in seinem Lehnstuhl vor dem prasselnden Kaminfeuer. Er trug einen Morgenmantel aus burgunderrotem Samt. Seine von Gicht verkrümmten Finger umklammerten die Armlehnen.

»Großvater!« rief sie, lief auf ihn zu und warf sich in seine Arme.

Seine knorrigen Finger strichen ihr übers Haar, sie sank auf die Knie und legte den Kopf in seinen Schoß.

Er schwieg lange, und Sabrina empfand eine plötzliche Angst, er könne die Geschichten glauben, die Trevor und Elisabeth über sie verbreitet hatten. In ihren Briefen an ihn hatte sie nicht geschrieben, was geschehen war, aus Furcht, ihn damit zu einer folgenschweren Konfrontation zu zwingen. Sie hob langsam den Kopf und blickte in seine jung gebliebenen stahlblauen Augen.

»Wie sehr du ihr gleichst«, sagte der Graf zärtlich. Seine Fingerspitzen zeichneten die Konturen ihres Gesichtes nach. »Jammerschade, daß du deine Großmutter nicht gekannt hast.« Er schüttelte die bittersüßen Erinnerungen ab. »Du bist eine lebensfrohe Natur, Sabrina. Dein Vicomte hat eine kluge Wahl getroffen.«

Neben dem Sessel des Grafen meldete Jesperson sich zu Wort: »Darf ich den Tee bringen, Mylord?«

»Ja und ein paar der köstlichen Makronen, die die Köchin gebacken hat. Meine Enkelin ist sicher hungrig von der langen Reise.«

»Ja, bitte, Jesperson. Ich sterbe vor Hunger.« Der Diener verließ das Zimmer, und Sabrina zog sich einen kleinen Schemel heran.

»Du siehst gut aus, Großvater«, sagte sie liebevoll und streichelte seine Hand.

»Ich komme mir vor wie ein alter Adler, der in einem Käfig gefangen ist, Bree. Sogar mein Geist ist müde geworden.«

»Du bist und bleibst ein Poet, der gern in Gleichnissen spricht. Und dein Geist ist keineswegs müde.«

Bei seinem Lächeln vertieften sich die tausend Fältchen

um seine Augen. »Was weiß ein junges Ding wie du schon von einem müden Geist?« Kummer furchte seine Stirn. »Hast du deine Schwester gesprochen?«

»Ja, und auch Trevor.« Sie versuchte, ihre Stimme neutral zu halten. Der Graf fuhr bitter fort: »Sie ist noch zänkischer und unleidlicher geworden, seit sie mit diesem Nichtsnutz verheiratet ist.«

»Vielleicht ist sie nicht glücklich.«

Der Graf schnaubte verächtlich und wandte das Gesicht ab. »Deine Schwester ist nie zufrieden, mit oder ohne Ehemann, weil sie sich selbst nicht leiden kann. Sie wollte immer die große Dame spielen, alle um sich herum beherrschen, doch das hat sie nicht glücklicher gemacht.«

Sabrina schmiegte ihre Wange an das weiche Samtrevers seines Morgenmantels; sie spürte seinen mageren eingefallenen Körper.

»Sie besucht mich nicht mehr«, fuhr der Graf fort. »Wahrscheinlich plagt sie ihr schlechtes Gewissen. Schau mich nicht so erstaunt an, Bree«, fügte er hinzu, als Sabrina den Kopf hob. »Ich habe die schmutzigen Lügen nie geglaubt, die sie und Trevor mir erzählten. Gütiger Himmel, was habe ich für einen Fehler gemacht, diesen Geck mit seiner honigsüßen Stimme nach Monmouth Hall zu holen. Aber nun ist er Elisabeths Ehemann. Allein diese Tatsache hindert mich daran, die Hand gegen ihn zu erheben.«

»Du hast nur deine Pflicht Elisabeth gegenüber und im Hinblick auf die Erbfolge erfüllt, Großvater. Was geschehen ist, kann man nun mal nicht ändern.« Sie hob die Schultern. »Aber genug davon! Wir sind wieder beisammen, und ich habe nur einen Wunsch: daß du schnell wieder ganz gesund wirst.«

»Du bist heimgekommen, weil du nicht weißt, wohin du sonst gehen sollst.«

Ihr Kopf schnellte bei seinen leise gesprochenen Worten hoch. Sie zwang ein starres Lächeln auf ihre Lippen. Sie hatte seine unbeirrbare Fähigkeit vergessen, ihre Gedanken zu lesen. Flüchtig dachte sie daran, ob er diese Fähigkeit auch bei ihrer Großmutter angewandt hatte. War es ihr nicht gelungen, ihm ihr Unglück in ihren Briefen zu verbergen? Sie hatte keine Chance, eine passende Antwort zu finden, denn Jesperson trat mit einem großen Silbertablett in den Händen ein.

»Die Köchin meinte, Sie sollten mehr essen als nur Makronen, Mylady«, meinte Jesperson. Sabrina blickte hungrig auf die appetitlich angerichtete kalte Platte mit Schinken, Hühnerfleisch und Toast, die er auf den Tisch stellte.

»Wie mir scheint, kann hier jeder meine Gedanken lesen«, sagte sie leichthin und mied den Blick des Großvaters.

»Sagen Sie der Köchin, es sieht köstlich aus. Vielen Dank.«

Der Graf nippte schweigend an seinem Tee und wartete, bis Sabrina sich sattgegessen hatte. Mit einem zufriedenen Seufzer setzte sie sich auf ihrem Schemel zurück und wischte sich die Finger an der Serviette ab.

»Nun erzähl mir, Sabrina, warum bist du ohne den Vicomte gekommen? Ich habe ihn noch nicht kennengelernt, aber Richard Clarendon weiß nur Gutes über ihn zu berichten. Im übrigen war es eine große Überraschung für mich, wenn ich hinzufügen darf, daß Richard dich heiraten wollte.«

Sie senkte den Blick auf das verwaschene Teppichmuster. »Phillip ist großzügig und einfühlsam.« Ein schiefes Lächeln flog über ihre Lippen bei dem Gedanken an ihre immer noch schmerzenden Hinterbacken. »Ich wäre gestorben, wenn er mich nicht gefunden hätte.«

Der Graf nickte.

»Er ist ein guter Mann, ein Mann mit einem starken Charakter und einem Temperament, das anscheinend nur ich aus dem Gleichgewicht zu bringen vermag.«

»Du zeichnest mir das Bild eines achtenswerten Gentlemans, Sabrina.«

Sie nickte und lehnte sich zurück, um ihr Gesicht ein wenig zu beschatten.

»Und warum hast du ihn verlassen?«

»Aber Großvater, wie kannst du nur so etwas denken! Ich . . .«

»Sabrina, ich kannte dich schon, als du noch im Bauch deiner Mutter gestrampelt hast. Ich habe gesehen, mit welchem Wutschrei du dein Erdendasein begrüßt hast. Du warst rot angelaufen und voller Runzeln und über die Maßen zornig, den warmen Bauch deiner Mutter verlassen zu müssen. Und als kleines Kind strahlten deine veilchenblauen Augen voller Verwunderung und Ehrlichkeit. Du hast dich nicht verändert. Verstellung und Heimlichkeiten gehören nicht zu deinem Naturell. Es ist Zeit, daß du mir die Wahrheit sagst.«

Sabrina musterte ihre gepflegten Fingernägel und holte tief Luft. »Er liebt mich nicht, Großvater. Wenn du es wissen willst, er hat mich nur aus Pflichtgefühl geheiratet. Lachend meinte er, er müsse den Heiligen Georg für mich spielen, mich, eine in Not geratene Dame. Wir einigten uns auf eine Vernunftehe. Und ich bot ihm seine Freiheit. Er hat nicht einmal den Versuch unternommen, zärtlich zu mir zu sein. Ach Großvater, ich habe furchtbare Dinge angestellt. Und dennoch: ich würde sie wieder tun.«

»Etwas hoffentlich wirklich Empörendes, die einer Eversleigh würdigen Tat?«

Der Anflug eines Lächelns hob ihr Mundwinkel. »Ich fand heraus, daß er eine Geliebte hat. Daraufhin fuhr ich in ihre Wohnung und habe beide in flagranti ertappt.«

Bei der Vorstellung einer solchen Konfrontation umspielte ein amüsiertes Lächeln die Lippen des Grafen. »Und was geschah dann, Bree?« fragte er mit Interesse.

»Ich habe ihm mein Knie in die Lenden gerammt. Er war splitternackt, und ich glaube, ich habe ihm sehr weh getan.«

»O Gott«, stöhnte der Graf auf, unfähig mehr zu sagen, um nicht in Lachen auszubrechen.

»Er schnaubte vor Wut.«

»Verständlich.«

»Er folgte mir nach Hause und schlug mich mit einer Reitgerte. Es tut immer noch ein bißchen weh.« Dabei rieb sie sich unbewußt das Hinterteil.

»Hast du ihn deshalb verlassen?«

»Nein, er versorgte meine Wunden. Das wollte ich zwar nicht, aber wie gesagt, er hat ein starkes Durchsetzungsvermögen. Gestern morgen verließ er das Haus für kurze Zeit. Ich habe währenddessen eine Droschke gemietet und bin abgereist.«

Der Graf blickte sinnend in ihre dunkelblauen Augen, Camillas Augen. Nach kurzer Überlegung kam er zur Überzeugung, daß seine temperamentvolle Gemahlin nicht anders gehandelt hätte, wäre er auf den Gedanken verfallen, sich eine Geliebte zu nehmen.

»Er liebt mich nicht«, sagte sie bitter. »Und seine Freiheit geht ihm über alles.«

Der Graf beugte sich vor und nahm eine ihrer Hände in seine. »Sag mir, Sabrina, liebst du ihn?«

Ihre Finger verkrallten sich in seiner Handfläche, und schließlich sagte sie gepreßt: »Ich bin krank vor Liebe.«

»Der Schlag seiner liebenden Ehefrau in die Lenden müßte ihn von deinen Gefühlen überzeugt haben«, sagte der Graf erheitert ohne lange nachzudenken. Bei ihrer entsetzten Miene zog er sie tröstend in seine Arme. Er bedauerte, den Vicomte noch nicht persönlich kennengelernt zu haben, um sie überzeugender beschwichtigen zu können. Er streichelte ihr volles, schwarzes Haar. »Wir werden einfach abwarten, was passiert, Sabrina.« Er blickte in die rötlichen Flammen des Kaminfeuers, und das Bild eines anderen Gesichtes stieg vor ihm auf, das Sabrina so sehr glich. Ein Bildnis aus der Vergangenheit, die längst zu Asche und Erinnerungen verblaßt war. »Du bist Camillas Enkelin. Glaub' mir, Bree, kein Mann, der sie kannte, hätte sie freiwillig gehen lassen.«

KAPITEL 15

Ribble öffnete das große Portal und blieb einen Augenblick vor Verwunderung reglos stehen, bevor ein breites Lächeln sein wettergegerbtes Gesicht erhellte.

»Mylord! Ihre Ladyschaft wird sich freuen. Sie sagte uns nicht, wann wir Sie erwarten dürfen.«

»Ich denke, Ihre Ladyschaft wird ziemlich überrascht sein, mich zu sehen«, meinte Phillip, während Ribble ihm Mantel und Handschuhe abnahm. Beim Rascheln schwerer Seide hob er den Kopf.

»Sie sind also doch gekommen, Mylord.«

Er verneigte sich leicht. »Wie Sie sehen, Elisabeth. Ich bin davon überzeugt, daß Sie meine Gemahlin freundlich aufgenommen haben.« Im stillen fragte er sich, welche Erklärung Sabrina ihrer Schwester wohl gegeben haben mochte.

»Sie kam erst gestern abend, Mylord. Ich habe sie kaum zu Gesicht bekommen. Sie verbringt die meiste Zeit bei ihrem Großvater.«

»Macht der Gesundheitszustand des Grafen weiterhin Fortschritte?«

Elisabeth zuckte die Achseln. »Manchmal denke ich, er wird das nächste Jahrhundert noch erleben. Die Ankunft seiner Enkelin hat seine Lebensgeister zweifellos geweckt.«

»Ich habe festgestellt, daß Sabrinas Gegenwart die Lebensgeister vieler Menschen weckt. Wo finde ich sie, Elisabeth?«

Elisabeth machte eine vage Handbewegung. »Beim Grafen, nehme ich an. Ich habe sie heute noch nicht gesehen.«

Sie wandte sich ab und herrschte Ribble an: »Begleiten Sie Seine Lordschaft zu den Gemächern des Grafen.«

»Vielleicht sehen wir uns später«, meinte Phillip und folgte dem Butler die Treppe hinauf.

Phillip entließ den Butler mit einem freundlichen Lächeln und klopfte an die Tür.

»Mylord!«

»Guten Tag, Jesperson. Ist der Graf zu sprechen?«

»Natürlich, Mylord. Er wird erfreut sein, Ihre Lordschaft endlich kennenzulernen.«

Während die beiden durch den Salon zum angrenzenden Schlafzimmer gingen, fragte Phillip leise: »Hatten Sie keine . . . Störungen bei Ihrer Pflege des Grafen?«

»Nein, Mylord, nicht seit Ihrem Besuch und dem Besuch des Marquis.«

»Ausgezeichnet. Ist meine Frau beim Grafen?«

»Nein, Mylord. Er schickte sie vor etwa einer Stunde fort. Damit sie etwas Farbe bekommt, meinte er.«

»Ist sie ausgeritten?« fragte der Vicomte mit ungläubiger Stimme.

Jesperson schüttelte den Kopf. »Nein, Mylord. Sie sagte, sie habe keine große Lust zu reiten.«

»Das kann ich mir gut vorstellen.«

Jesperson öffnete die Tür zum Schlafzimmer und ließ dem Vicomte den Vortritt. Phillip blieb an der Tür stehen und blickte zu dem alten Mann hinüber, der vornübergebeugt in einem Lehnstuhl neben dem Kamin saß, eine karierte Decke über die Beine gelegt. Langsam wandte der Graf den Kopf, und der Vicomte blickte in zwei lebhafte blaue Augen, die tief in den Höhlen lagen. Ein Lächeln huschte über seine Lippen.

»Sie sind vermutlich Sabrinas Gemahl«, sagte der Graf mit seiner volltönenden Stimme.

Phillip trat entschlossen vor und nahm die knorrige Hand des Greises. »Ja, Sir, ich bin Sabrinas Gemahl, Phillip Mercerault.«

»Setzen Sie sich, Mylord.«

Phillip nahm auf einem verblichenen Brokatsofa dem Grafen gegenüber Platz.

»Verzeihen Sie, ich habe mich noch nicht vom Reisestaub gesäubert. Ich wollte keine Zeit verlieren.«

Der Graf machte eine wegwerfende Handbewegung. »Sabrina wird erstaunt sein, Sie zu sehen, mein Junge. Ich bin allerdings keineswegs erstaunt.«

»Ja, ich kann mir denken, daß sie überrascht sein wird. Wie Sie sich vorstellen können, bin ich gekommen, um sie nach Hause zu holen.«

Der Blick des Grafen wanderte vom gut geschnittenen Gesicht des Vicomtes zu dessen Händen. Hände waren für ihn sehr aufschlußreich. Was er sah, fand seine Zustimmung.

Er sagte langsam, und seine Augen wanderten wieder ins Gesicht des Vicomtes: »Hier liegt das Problem, denke ich. Sie will möglicherweise nicht mit Ihnen kommen. Das ist ihr Elternhaus, und ich werde sie nicht zwingen, mit Ihnen zu gehen.«

Phillip, dem die Musterung des Grafen nicht entgangen war, beugte sich vor, seine Augen verengten sich. »Verzeihen Sie meine unverblümte Art, aber Sabrina ist meine Gemahlin und wird tun, was ich ihr sage. Und daran gibt es nichts zu rütteln.«

Die blauen Augen des Grafen blitzten. »Mich wundert, daß meine Enkelin Ihnen für Ihre Anmaßung nicht die Peitsche übergezogen hat.«

Phillip lächelte. »Um die Wahrheit zu sagen, sie hat es versucht.«

Dem Graf gefiel seine Offenheit. Er versuchte, die Schultern zu straffen, doch die Bewegung schmerzte ihn zu sehr. Er bemerkte den besorgten Blick des Vicomtes. »Bleiben Sie sitzen, mein Junge. Alter und Gebrechlichkeit sind zwar äußerst lästig, aber keiner von uns bleibt davon verschont. Was im Augenblick wirklich wichtig ist, ist meine Enkelin. Sie bezeichnet sie als freundlich, warmherzig und edelmütig.«

»Mit dem, was sie als meinen verdammten Edelmut bezeichnete, versuchte sie mich zu erpressen.«

»Dann haben Sie Sabrina also nicht aus Pflichtbewußtsein geheiratet? Oder Edelmut, wenn Sie so wollen?«

Phillip schwieg eine Weile. Schließlich antwortete er: »Es gibt Regeln, Gesetze, nach denen eine Gesellschaftsordnung sich richten muß, sonst würden wir noch heute auf den Bäumen hängen, in Höhlen leben und uns mit Tierhäuten bekleiden. Ich gestehe, mein Heiratsantrag war zu Beginn aus einem Pflichtgefühl heraus geboren. Sie wies mich mehrmals ab. Wie Sie zweifellos wissen, zwang sie ihr bevorstehender gesellschaftlicher Ruin in London schließlich, mich zu heiraten. Es war ein ehrbares Angebot, und ich habe es nicht bedauert.«

»Ein ehrbares Angebot«, meinte der Graf nachdenklich. »Also eine Vernunftehe, die Ihnen beiden durch gesellschaftliche Zwänge auferlegt wurde. Wie können Sie eine Ehe ertragen, die auf nichts als auf Pflichtgefühl gestützt ist?«

»Ihre Enkelin ist eine eigensinnige, kleine Närrin. Sie weigert sich, an etwas anderes zu glauben.«

»Ich bin nicht sicher, ob Sie ihr Gelegenheit gaben, etwas anderes zu glauben. Sabrina hat den Stolz eines Mannes, sie lebt nach den Prinzipien der Ethik und dem Ehrenkodex eines Mannes, wenn Sie so wollen. Ich komme allmählich zur Überzeugung, daß Sie der eigensinnige, sture Narr sind.«

»Da mögen Sie nicht unrecht haben. Meiner Meinung nach ist das allerdings eine Eigenschaft, die uns beide zusammenführt.«

»Ich glaube nicht, daß Sabrina ihre Zustimmung geben wird, mit Ihnen zurückzukehren, wenn Sie sich immer noch an Ihre ursprüngliche . . . Geschäftsvereinbarung gebunden fühlen.«

Phillip erhob sich. »Sabrina hat sich einen schlechten Dienst erwiesen, London zu verlassen, bevor ich mit ihr sprechen konnte. Es stimmt, wir sind nicht gut miteinander zurechtgekommen seit unserer Heirat. Ich bin allerdings fest entschlossen, dafür Sorge zu tragen, daß sie nie wieder Gelegenheit haben wird, meine Gefühle falsch zu deuten. Wenn Sie mir nun bitte sagen, wo ich sie finden kann.«

»Und wenn sie sich weigert, mit Ihnen zu sprechen?«

Ein warmherziges Lächeln blitzte in den haselnußbraunen Augen des Vicomtes. »Dann bleibt mir leider keine andere Wahl als sie gefesselt mit nach Hause zu schleppen, Mylord.«

»Vermutlich finden Sie sie im Obstgarten oder in den Ställen.«

»Haben Sie vielen Dank.« Phillip nahm die Hand des Grafen und drückte sie. An der Tür wandte er sich um und sah, wie der alte Mann ihm grübelnd nachschaute.

»Machen Sie sich bitte keine Sorgen, Graf. Ich verspreche Ihnen, Sabrina wird ihre albernen Flausen über mein Pflichtgefühl und meinen Edelmut ein für allemal vergessen. In ein paar Wochen kommen wir — gemeinsam — zu einem ausgedehnten Besuch zurück.«

»Leben Sie wohl, Vicomte«, sagte der Graf, und Phillipe verließ das Zimmer. Ribble stand unten auf seinem Posten neben dem mächtigen Portal. Phillip hatte ihm bereits Anweisungen gegeben, Sabrinas Koffer zu packen, da er nicht die Absicht hatte, auch nur eine Nacht unter demselben Dach mit ihrem zügellosen Cousin und dessen herrschsüchtiger Gemahlin zu verbringen. Da er Sabrina im Obstgarten nicht fand, begab er sich zu den Ställen.

Beim Betreten des warmen, nach Heu duftenden Stalles trat ihm ein kurzbeiniger, nahezu kahlköpfiger Mann in den Weg, der einen reichlich ratlosen Eindruck machte.

»Sind Sie der Vicomte?« fragte Elbert, der Stallmeister. »Der Gemahl von Lady Sabrina?«

»Ja. Was zum Teufel geht hier vor? Wo ist Lady Sabrina?«

Elbert kratzte sich bedenklich den kahlen Kopf und zog die Stirn in Falten. »Lady Sabrina ist nicht da, Euer Gnaden. Das soll ich Ihnen ausrichten.«

»Und was noch?«

»Ich soll Ihnen sagen, daß sie das Schloß verlassen hat und erst zurückkommt, wenn Sie wieder abgereist sind.«

»Hat sie dir gesagt, wohin sie gegangen ist?« fragte Phillip mit kaltem Zorn in der Stimme.

»Nein, Euer Gnaden«, antwortete Elbert schnell, zu schnell nach Phillips Geschmack.

»Hat sie ein Pferd genommen?«

»Ja, Euer Gnaden. Ihre braune Stute.«

»Verstehe.« Phillip wandte sich von Elbert ab und blickte sich in dem dämmrigen Stall um. In einer dunklen Ecke stand ein Junge, der in eine Decke gewickelt war. Phillip schwante, daß er das Opfer einer Verschwörung war und die Bediensteten zu Sabrina hielten. Er rief dem Jungen zu: »Komm mal her, Junge. Ich möchte mit dir reden.«

»Das ist Tim, Euer Gnaden«, erklärte Elbert eilfertig.

»Tim«, wiederholte der Vicomte und ließ seine Blicke über die Gestalt des Jungen wandern. »Kannst du mir sagen, warum du in eine Decke gewickelt bist?«

Tim warf Elbert einen gequälten Blick zu. Phillip schüttelte den Kopf. Sabrina konnte doch nicht so dumm gewesen sein, sich als Junge zu verkleiden. Aber er fragte: »Hat Lady Sabrina sich deine Kleider ausgeborgt, Tim?«

Der Junge ließ den Kopf hängen und nickte.

»Verstehe. Ihre Ladyschaft hat wieder einmal große Genialität bewiesen. Nun, guter Mann«, fuhr der Vicomte zu Elbert gewandt fort, »jetzt wirst du mir verraten, in welche Richtung Lady Sabrina geritten ist.«

Elbert steckte in der Zwickmühle. Er war keineswegs damit einverstanden gewesen, daß Lady Sabrina sich als Junge verkleidet hatte und alleine aus Monmouth Hall weggeritten war. Das hatte er ihr auch gesagt. Aber sie war wild entschlossen gewesen.

Phillip sagte ruhig: »Du weißt, daß sie in Gefahr ist. Wenn man sie als Frau entlarvt, bekommt sie große Schwierigkeiten. Es gibt genug Männer, die sich einen

Heidenspaß daraus machen, ihr Gewalt anzutun. Verdammt noch mal, Mann, ich habe nicht die Absicht, ihr zu schaden!«

Elbert schaute in das Gesicht des Vicomtes und nickte langsam. »Sie ist nach Osten geritten, Richtung Iskerville.«

»Danke, Elbert.« Phillip machte kehrt und ging rasch zum Schloß hinüber.

Sabrinas Handkoffer stand gepackt neben der Eingangspforte, und Phillip befestigte ihn selbst hinten an der Kutsche. Dann ließ er die Peitsche über den Rücken der Pferde knallen und versuchte, seine Unruhe zu besänftigen; sie konnte nicht mehr als eine Stunde Vorsprung haben.

Kurz vor Einbruch der Dunkelheit erreichte er das Gasthaus ›Zur Goldenen Gans‹ im Dorf Iskerville. Er befragte den Wirt, suchte jeden Winkel des Schankraums ab. Sie war nicht da.

Im ›Rebstock‹, im nächsten Dorf Chirpenham, fand er sie auch nicht. Seine Angst um ihre Sicherheit wuchs, als er die Grauschimmel die dunkle Landstraße nach Turpendale kutschierte.

Das Gasthaus ›Zur Weißen Feder‹ stand am Rand des Dorfes inmitten von Ulmen, deren kahle Äste sich gespenstisch im Nachtwind wiegten.

»Ein verdreckter, kleiner Bursche, mein Herr?« fragte der hagere Wirt und beäugte ehrfurchtsvoll den eleganten Herrn, der in seinem Hinterzimmer stand.

Ein leichtes Lächeln huschte über die Lippen des Vicomtes. »Ja, verdreckter, kleiner Bursche ist eine passende Beschreibung.«

Der Wirt schüttelte bedauernd den grauen Kopf. »Ein ziemlich heruntergekommener Kerl, mein Herr.«

»Trotzdem sagen Sie mir, wo ich ihn finde.«

»Er sitzt vorne im Schankraum. Er hat für sein Abendessen bezahlt, deshalb habe ich ihn nicht vor die Tür gesetzt.«

»Nicht nötig, mich zu begleiten«, beeilte Phillip sich zu sagen und hielt den Wirt am Arm zurück.

Er ging den dämmrigen Flur entlang und stieß die Tür zur Schankstube auf. An einem Tisch saßen ein paar Männer. Der Gestank nach abgestandenem Bier und Männerschweiß stieg ihm unangenehm in die Nase. Der verdreckte kleine Bursche, nach dem er Ausschau hielt, saß zusammengesunken auf der Steinbank neben der offenen Feuerstelle. ›Er‹ hatte die Arme um die angezogenen Beine geschlungen und das Gesicht auf die Knie gelegt. Eine grobgestrickte Wollmütze bedeckte ›sein‹ Haar, und ein zerschlissener Umhang hüllte ›ihn‹ vom Hals bis zu den Zehen ein. ›Er‹ schien fest zu schlafen.

Einen Augenblick stand er unschlüssig, wußte nicht, wie er Sabrina aus der Wirtsstube schaffen sollte, ohne daß sie von den Männern als Enkeltochter des Grafen von Monmouth erkannt wurde. Dann kam ihm eine Idee, und er lächelte.

»Da bist du also, du hinterhältiger, kleiner Dieb!«

Plötzlich wurde es ganz still in der Stube, alle Köpfe drehten sich dem aufgebrachten Herrn zu, der festen Schrittes auf den schlafenden Jungen neben der Feuerstelle zuging.

»Stiehlt mein Pferd und glaubt, nicht erwischt zu werden! Du Strolch, diesmal kommst du mir nicht ungeschoren davon!« Phillip legte eine schwere Hand auf ihre Schulter und rüttelte sie. »Wach auf, Galgenstrick!«

Sabrina riß die Augen auf und starrte mit offenem Mund in das verärgerte Gesicht ihres Gemahls.

»Na, du Schlingel, was hast du zu deiner Verteidigung zu sagen?« forderte der Vicomte und zog sie unsanft auf die Füße.

»Phillip«, flüsterte sie und begriff noch gar nicht recht, was eigentlich vor sich ging.

Der Griff seiner Hand festigte sich. »Diesmal entgehst du deiner gerechten Strafe nicht. Deiner Mutter hast du mit deinen Diebereien fast das Herz gebrochen.«

Ein rotbärtiger Mann empörte sich lauthals: »Er hat also eine Mutter und treibt sich in der Gegend herum.«

Phillip nickte zustimmend. »Von den Männern hier brauchst du keine Hilfe erwarten, verdorbenes Bürschchen«, sagte er streng und blickte in ihr bleiches, verzweifeltes Gesicht.

»Wie man seiner Mutter nur so etwas antun kann«, sagte ein buckliger, alter Mann kopfschüttelnd. »So ein Taugenichts.« Er spuckte verächtlich.

»Du kannst mich nicht zwingen, mit dir zu gehen, Phillip«, zischte Sabrina zwischen den Zähnen.

»Das werden wir ja sehen, du stinkende Ratte!« Der Vicomte machte kurzen Prozeß. Er packte sie sich über die Schulter, achtete aber darauf, daß ihre Wollmütze nicht verrutschte.

Mit schriller Stimme krakeelte sie: »Laß mich runter. Hilft mir denn keiner? Ich habe nichts verbrochen!«

»Du nichtsnutziger Strolch«, schimpfte der Rotbärtige, bevor er sich seinem Bierkrug widmete.

»Danke für Ihre Hilfe«, rief Phillip dem Wirt über die Schulter zu und trug das wild um sich schlagende und zeternde Bündel hinaus in die kalte Winternacht.

Er lud sie nicht sonderlich behutsam in der Kutsche ab und befahl dem Stallknecht, die Stute zu bringen. Nachdem der Knecht das Pferd hinten an der Kutsche festgebunden hatte, warf Phillip ihm eine Münze zu und sprang in die Kutsche neben Sabrina.

Sie drückte sich so weit wie möglich in die äußerste Ecke der Kutsche, während die Grauschimmel sich in Bewegung setzten.

»Wie hast du mich gefunden?«

»Gütiger Himmel, ist das ein Gestank! Dich gefunden, meine liebe Frau? Ich habe deine Verbündeten davon überzeugen können, daß sie dich mit ihrem Schweigen in Gefahr bringen. Und außerdem habe ich gesehen, wie der arme Tim sich verschämt in eine Decke hüllte. Ich frage mich nur, was du damit bezwecken wolltest, dich als

Bettler zu verkleiden und ziellos durch die Gegend zu reiten?«

»Ich nehme an, Elbert hat dir meine Botschaft überbracht. Ich wäre in dem Gasthaus geblieben, bis du wieder abgereist wärst.«

Einen Augenblick sah er sie nachdenklich an, dann nahm er ihr die Wollmütze vom Kopf. Ihr volles Haar fiel ihr in glänzenden Kaskaden auf die Schultern.

»Du kleine Närrin«, brummte er verärgert und dachte an seine Angst um sie. »Was glaubst du, wäre geschehen, wenn man entdeckt hätte, daß ein Mädchen unter den abgerissenen Kleidern steckt?«

»Zweifellos hätte man mich besser behandelt, als ich von meinem Gemahl behandelt werde!«

Er warf ihr einen mißmutigen Seitenblick zu, dann widmete er seine Aufmerksamkeit dem Kutschieren seiner müden Pferde. »Im nächsten Dorf machen wir Rast. In der Zwischenzeit wirst du versuchen, deine Haare zu bändigen. Ich bin kein solches Ungeheuer, das dich zwingt, dich mitten im Winter in der offenen Kutsche umzuziehen. Aber du ziehst die Hosen aus, denn die sieht man unter dem Umhang. Ich habe deine Kleider mitgebracht, damit du wenigstens morgen wieder als Dame auftreten kannst.«

Sabrina saß während der Fahrt zum Dorf Danby stocksteif da und schwieg beharrlich.

Ein leichtes Lächeln umspielte die Lippen des Vicomtes, als sie sich dem Gasthaus näherten. »Sieh nur, das Gasthaus heißt ›Zum Heiligen Georg‹. Findest du das nicht passend?«

»Geh zum Teufel!«

Eine Augenbraue schoß in die Höhe. »Hüte deine Zunge, Bree, sonst muß ich dir den Hintern noch einmal versohlen. Jetzt zieh diese Männerhosen aus, sonst tue ich es für dich.«

Murrend wand Sabrina sich aus den Hosen.

Vor dem schindelbedeckten Gasthaus zog Phillip die

Zügel an und rief nach einem Knecht. Ein rundlicher, kleiner Mann mit einer riesigen, weißen Schürze kam aus dem efeuumrankten Haus. »Schweige bitte, Bree, sonst machst du die Sache nur schlimmer.« Und mit einem spöttischen Unterton fügte er hinzu: »Halte dich im Gegenwind zum Wirt, dein Geruch ist eine Beleidigung für jede Nase.«

»Euer Gnaden!« rief der Wirt aus, als er den vornehmen Stand seiner Gäste erahnte. Über die Schulter rief er nach hinten: »Will, komm heraus! Die Pferde der Herrschaften müssen in den Stall gebracht werden!«

Phillip nickte höflich. »Meine Frau und ich brauchen Ihr bestes Zimmer. Wir haben uns verirrt und wollen von Ihnen aufs Beste verköstigt werden.«

»Gewiß, Euer Gnaden, gewiß. Wenn Sie mir gütigst folgen wollen. Mein anderer Sohn wird Ihr Gepäck hochbringen.«

Der Vicomte hob seine Gemahlin aus der Kutsche. »Meine Frau ist erschöpft und braucht ein heißes Bad«, fuhr er beiläufig fort und verdeckte Sabrinas Anblick so gut es ging vor dem Wirt.

Sollte der Wirt den Eindruck haben, die Gattin des vornehmen Gastes gleiche eher einer Landstreicherin, so enthielt er sich jeden Kommentars, zumal der hohe Herr ihm eine glänzende Goldmünze in die Hand drückte.

Kurze Zeit später blickte Sabrina ihren Gemahl über das breite Bett hinweg im geräumigen Schlafzimmer des ersten Stockes des Wirtshauses ›Zum Heiligen Georg‹ an.

»Das wird unser Gepäck sein«, meinte Phillip auf ein Klopfen und ging zur Tür. Sabrina trat in den Schatten und wartete schweigend, bis der Vicomte dem Sohn und Hausdiener Anweisungen fürs Abendessen gegeben hatte.

»Bald wird ein heißes Bad und eine warme Mahlzeit gebracht«, sagte er und trat auf sie zu. »Falls du nichts dagegen hast, meine liebe Frau, schlage ich vor, du badest vorher, sonst verschlägt es mir den Appetit.«

»Wie du wünschst«, entgegnete sie und wandte ihm den Rücken zu, war aber insgeheim froh, bald aus Tims stinkenden Kleidern zu kommen.

Sie trat an den Kamin, setzte sich auf die Holzdielen und schlang die Arme um die Knie.

»Du bist ungewöhnlich schweigsam, Bree«, sagte der Vicomte und setzte sich auf einen Stuhl ihr gegenüber. »Ist dir nicht etwas zu warm in dem schweren Umhang?«

»Du vergißt, Phillip, daß du mich gezwungen hast, meine Hosen auszuziehen.«

»Dann wäre es mir lieb, wenn du auch den Umhang ablegen würdest.«

»Was dir lieb ist, interessiert mich nicht im geringsten!«

»Wie rasch du deine Meinung änderst«, feixte er. »Wenn ich mich recht erinnere, lag dir noch vor wenigen Tagen eine Menge daran, so viel, daß du mich beinahe entmannt hättest.«

Sie spürte, wie ein Knoten aus Wut ihr den Magen zuschnürte. »Darüber möchte ich nicht reden.«

»Vermutlich wirst du momentan zwangsläufig bei jedem Hinsetzen daran erinnert.«

Sie errötete bei dem Gedanken an die fürchterlichen Stunden, die sie auf dem Rücken der Stute zugebracht hatte.

Es klopfte an der Tür.

»Aha, dein Bad ist bereit, Bree.« Er erhob sich, um zur Tür zu gehen und sah, wie sie einen raschen Blick zum Fenster warf. »Wir sind im ersten Stock. Ich rate dir von diesem Vorhaben ab. Eine Ehefrau mit einem gebrochenen Bein wäre wirklich äußerst lästig.«

Sie warf den Kopf in den Nacken und sagte nichts mehr.

Eine große Kupferwanne wurde von den Söhnen des Wirtes hereingetragen, dazu ein großes Stück Seife und mehrere flauschige Handtücher.

»Vielen Dank, Euer Gnaden«, hörte sie die Männer sagen.

»Es gibt keinen Paravent«, sagte sie tonlos, als Phillip zu ihr zurückkam.

»Ich erinnere mich nicht an einen Paravent beim ersten Mal, als ich dich gebadet habe. Doch ich möchte dein mädchenhaftes Schamgefühl nicht verletzen, obgleich du jetzt meine Ehefrau bist.«

»Ich bin nur auf dem Papier deine Ehefrau!«

Er schwieg, ein Funkeln glühte in seinen Augen. Zärtlich meinte er: »Ich lasse dich jetzt eine Viertelstunde allein. Ich habe es nicht gern, daß meine Frau stinkt, als habe sie gerade den Stall ausgemistet.«

Nachdem Phillip das Zimmer verlassen hatte, entledigte Sabrina sich der stinkenden Kleider und setzte sich dankbar in die Wanne. Sie seifte sich gründlich ein und legte sich dann wohlig zurück, bis ihr das Wasser zum Kinn reichte.

Sie hatte kaum Zeit, sich den Morgenmantel anzuziehen, als es leise an der Tür klopfte. Rasch zurrte sie den Gürtel fest. »Herein.«

»Ich bringe Ihr Abendessen, Mylady. Sind Sie fertig mit dem Bad?«

Sie nickte und zog sich ins Dunkel zurück, während der Wirtssohn dampfende Schüsseln auf den Tisch stellte und die Wanne aus dem Zimmer trug.

»Setz dich zu mir und laß es dir schmecken, Bree.«

Sie nahm auf dem Stuhl Platz, den er ihr zurechtrückte und blickte auf einen Teller mit gebratenem Huhn und Gemüse.

Beide aßen einige Minuten schweigend, bis Phillip das Gesicht verzog und die Gabel weglegte, nachdem er einen Bissen verkochter Bohnen gekostet hatte. Er verschränkte die Arme vor der Brust und beobachtete sie, wie sie sich das Hühnchen schmecken ließ.

Sabrina hob den Kopf. »Was ist los, Phillip, habe ich mich mit Bratensoße bekleckert?«

»Nein. Du siehst wieder so aus, wie ich dich kenne, und du riechst auch wieder gut.«

Er sah sie weiterhin unverwandt an. Schließlich platzte sie heraus: »Wieso bist du mir nachgereist?«

»Wann, meine Liebe?«

Spitz entgegnete sie: »Ich habe dich aufrichtig gebeten, dich nicht von deinem . . . Stolz verleiten zu lassen.«

»Ja, ich glaube, du hast so etwas erwähnt. Aber dein Brief an mich war ziemlich verworren.«

»Ich habe jedes Wort ernst gemeint.«

»Ich weiß, Sabrina.« Sie staunte über den ungewohnt zärtlichen Ton in seiner Stimme. Sinnend fügte er hinzu: »Ich wünschte, du wärst nicht so überstürzt abgereist. Der arme Greybar war grau vor Angst, als ich nach Hause kam. Das war ziemlich leichtfertig von dir, Sabrina.«

»Leichtfertig! Deinen Zorn gegen mich wirst du kaum leugnen! Ich sah keinen Grund, die Farce unserer Ehe aufrechtzuerhalten.«

»Das habe ich auch deinem Großvater gesagt.«

Eine Welle der Trauer durchflutete sie. »Und warum bist du mir dann gefolgt?«

»Weil ich dich gern habe, Sabrina, wollte ich diese Vernunftehe, diese Geschäftsvereinbarung, wie du sie nennst, nicht länger fortsetzen. Das konnte ich dir nur persönlich sagen, und deshalb bin ich dir nachgereist.«

»Du hättest mir einen Brief schreiben können«, sagte sie mit leiser Stimme.

»Nein, danach war mir nicht zumute.«

Sie reckte trotzig das Kinn. »Ich habe dir meine Absicht deutlich zu verstehen gegeben, Phillip. Ich beabsichtige, bei meinem Großvater hier in Yorkshire zu bleiben.«

»Nach dieser Nacht wirst du hoffentlich deine Meinung ändern.«

Plötzlich wurde ihr bewußt, daß sie allein waren und sie nur mit einem Morgenmantel bekleidet war. Rasch erhob sie sich und trat an den Kamin.

Er drehte sich im Stuhl nach ihr um. »Was ist los, Sabrina?« fragte er sanft. »Hast du Angst vor mir . . . deinem Ehemann?«

»Natürlich habe ich keine Angst vor dir! Du sollst aber auch wissen, daß ich mich nicht von dir verführen lasse, mag es deiner männlichen Eitelkeit noch so sehr gefallen, mich zu besitzen.« Sie schwieg, holte tief Luft und fügte leise hinzu: »Ich weigere mich, eine deiner vielen Geliebten zu sein, ob verheiratet oder nicht.«

»Aber ich habe keine Geliebte.«

Sie starrte ihn mit offenem Mund an. »Wieso kannst du so etwas behaupten?« fragte sie hilflos.

Er sah sie lange und gedankenvoll an, dann meinte er leise, mehr zu sich, als an sie gerichtet: »Ich habe festgestellt, daß eine Geliebte mir kein Vergnügen mehr bringt.«

»Aber deine ... Freiheit, die dir doch so wichtig ist. Ich bin nicht so dumm, um das nicht zu begreifen.«

»Ich denke«, meinte er gedehnt, »mein Wunsch nach Freiheit war eine bequeme Ausrede, um mich davor zu bewahren, in die Hände von Frauen wie Elaine zu fallen und mich vollends zum Narren zu machen. Ich glaube, dreißig Jahre Freiheit sind für jeden Mann genug. Das alles kommt mir jetzt ziemlich töricht vor, wenn du die Wahrheit wissen willst.«

Sie wandte sich ab und blickte ins Kaminfeuer. »Du kennst mich doch kaum, Phillip. Am Abend unserer Hochzeit sagtest du mir, du hättest keine Wahl gehabt seit dem Morgen, an dem du mich im Schneegestöber im Wald von Eppingham gefunden hast. Das kannst du nicht leugnen, Phillip.«

»Das würde ich auch nicht versuchen. Wie ich deinem Großvater schon sagte, haben wir beide in unserem kurzen gemeinsamen Leben es vorzüglich verstanden, ständig aneinander vorbeizureden. Das muß aufhören.«

»Aber du bist ein Bonvivant, das hast du mir oft genug gesagt. Und dennoch hast du nicht einmal den Versuch unternommen, mich . . .« Sie stockte peinlich berührt.

»Du bist doch sonst nicht um Worte verlegen, meine Liebe. Also sei bitte jetzt nicht zimperlich. Welchen Versuch habe ich nicht unternommen?«

»Ich bin nicht zimperlich!« fauchte sie. »Du hast nicht einmal versucht ... in unserer Hochzeitsnacht mit mir zu schlafen.«

»Ich habe deine Gefühle falsch eingeschätzt, Sabrina! Wenn du dich erinnerst, schien dir bei unserem denkwürdigen Gespräch im Hotel Cavendish der Gedanke an Liebe Grauen einzujagen. Ich bin kein hirnloser Schurke, mußt du wissen.«

»Ja«, sagte sie leise. »Das dachte ich auch. Deshalb hatte ich mir vorgenommen, dich zu verführen.«

»Wie bitte?«

Sie betrachtete ihn mit gefurchter Stirn in Gedanken an ihre Empörung. »In der zweiten Nacht nach unserer Hochzeit. Ich hatte den Eindruck, daß du dich zu rücksichtsvoll verhältst. Ich schlich mich spät nachts in dein Zimmer.« Ihre Stimme wurde scharf. »Du hast nach dem Rosenparfum einer Frau gerochen!«

»Guter Gott! Da hatte ich wohl verdammtes Glück, daß du mich nicht im Schlaf umgebracht hast!«

Sie versteifte sich beim amüsierten Unterton seiner Stimme und entgegnete spitz: »Ich hatte große Lust dazu, wenn du es genau wissen willst.«

»Habe ich deinen Stolz sehr verletzt, Sabrina?«

Sie dachte über seine Frage nach und wandte den Blick. »Nein, es war nicht so sehr mein verletzter Stolz. Ich hatte eher das Gefühl, von dir betrogen worden zu sein. Du hast mir nicht einmal eine Chance gegeben.«

»Welche Chance, Liebes?«

Verblüfft über den zärtlichen Ton wirbelte sie herum und starrte ihn an: »Ich bin nicht dein Liebes«, explodierte sie. »Das hast du mir von Anfang an in aller Deutlichkeit zu verstehen gegeben!«

»Das war falsch von mir.«

Sie blickte ihn unverwandt an, wollte seine Worte nicht wahrhaben aus Angst, sie könne seine Absicht mißverstehen. Phillips Blick wanderte von ihrem Gesicht aus abwärts.

»Mein Gott, bist du schön.«

Plötzlich spürte sie einen kühlen Hauch auf ihrer Haut, senkte den Blick und stellte fest, daß ihr Morgenkleid sich geöffnet hatte und ihre Brüste entblößte. Entsetzt fuhr sie herum und raffte das Kleid zusammen.

Phillip machte keine Anstalten, sich ihr zu nähern. »Weißt du eigentlich, mein Liebes, daß du mich noch nie geküßt hast?«

Sie nickte stumm.

»Bevor ich dir das gestatte, meine Teure, halte ich es für sinnvoll, wenn du mir deine Gefühle und Absichten zu erkennen gibst.«

»Du bist unmöglich! Ich dulde nicht, daß du dich über mich lustig machst, hast du verstanden?«

Er erhob sich langsam und trat auf sie zu. Mit Daumen und Zeigefinger nahm er ihr Kinn und zwang sie, ihn anzusehen.

»Ich mache mich nicht über dich lustig, Sabrina. Ich möchte nur wissen, ob du meine Gefühle erwiderst. Ich liebe dich nämlich.«

»Aber ich bin doch so mager«, platzte sie heraus. »Ich weiß, daß du nichts für magere Frauen übrig hast.«

»Das stimmt so nicht«, sagte er und verschlang sie schier mit Blicken.

»Ich habe dich auch schon nackt gesehen, Phillip«, sagte sie unvermittelt.

»Ich finde es nicht sehr taktvoll, mich daran zu erinnern. Sabrina, ich möchte eine Antwort. Bist du bereit, die nächsten fünfzig Jahre mit mir zu verbringen?«

»Wäre dein Leben sinnlos, wenn ich mich weigere?«

»Wahrscheinlich würde aus mir ein ausschweifender, lasterhafter Säufer und Taugenichts werden.«

»Fünfzig Jahre scheinen mir eine unendlich lange Zeit zu sein, Mylord«, meinte sie hinhaltend. Dabei tasteten ihre Hände zu seinen Schultern.

»Spielen Sie etwa mit meinen Gefühlen?« fragte er, und seine Hände wanderten über ihren Rücken.

»Nein, Mylord«, hauchte sie.

»In diesem Fall, Liebes, gestatte ich dir, mich zu küssen.« Er beugte sich über sie, seine Lippen berührten ihren Mund, federleicht, ohne Forderung.

Sabrina schlang ihre Arme zaghaft um seinen Hals, um seinen Mund auf ihren zu drücken. Sie spürte seine Zunge, die zärtlich über ihre Lippen glitt. Und ohne weitere Ermunterung öffnete sie ihm leise stöhnend ihre Lippen.

Er schmunzelte und küßte ihre Nasenspitze. »Ist meine geliebte Ehefrau soweit zufrieden?«

»Ich glaube, es macht mir großen Spaß, dich zu küssen, Phillip.«

»Ich bin davon überzeugt, es gibt noch viel mehr, das dir Spaß machen wird, Sabrina. Und nun gestatte ich dir, mich zu verführen. Aber nur, wenn du mir versprichst, mich nicht wie einen alten Stiefel wegzuwerfen, wenn du deine Lust an mir gestillt hast.«

Seine Arme umfingen sie, und sie schmiegte selig ihre Wange an seine Brust. »Ich verspreche es hoch und heilig, mein geliebter Gatte.«